Mirjam Schweigkofler

Abendrot am Gardasee

Roman

MIRJAM SCHWEIGKOFLER

Abendrot am Gardasee

Erste Auflage, 2023

Lektorat & Korrektorat:
Meerwörter – Astrid Töpfner – www.astrid-toepfner.com

Cover- und Umschlaggestaltung:
Florin Sayer-Gabor – www.100covers4you.com

Buchsatz:
Sabrina Milazzo – www.sabrinamilazzo.net

Verantwortlich für den Inhalt: Mirjam Schweigkofler
mirjamschweigkofler@outlook.com

Druck: epubli – ein Service der Neopubli GmbH, Berlin

ISBN: 978-3-757528-11-9

Markus

Eins

New York, 18. Dezember 2018

Papi!

Genau zehn Jahre ist es nun her, seitdem du nicht mehr bei mir bist. Aus diesem Grund möchte ich dir gern diesen Brief schreiben. Ich weiß, dass du ihn nie in deinen Händen halten wirst, aber ich bin mir sicher, dass du mir über die Schulter schauen wirst und ihn liest. Zehn Jahre sind eine lange Zeit, in der sich wahnsinnig viel verändert hat. Zu Beginn war es eine große Herausforderung, jeden Tag aufs Neue aufzustehen und die positiven Aspekte des Lebens zu finden. Ich muss zugeben, dass es mir nicht immer leichtfiel, denn du warst mein Hafen, in den ich immer zurückkehren konnte. Auch wenn ich meinen eigenen Weg auf dem großen weiten Meer finden musste, so wusste ich, dass ich abends meinen sicheren Ort hatte, der mich beschützte. Haben Stürme mir den Tag erschwert, warst du meine beruhigende Stimme. Habe ich aber in der Schule, in meiner Freizeit und wo auch immer etwas geschafft, hast du mir gezeigt, wie stolz du auf mich bist. Anfangs war der Schmerz riesengroß, nach Hause zurückzukehren und dich nicht vorzufinden, aber mit der Zeit wurde aus der tiefen Wunde in meinem Herzen eine Narbe. Eine, die immer noch viel Liebe und Pflege braucht, aber nicht mehr schmerzt, wenn man sie berührt. Ich habe gelernt, daraus Kraft zu schöpfen, und immer, wenn ich an dich denke, dann spüre ich, dass du nicht weit von mir weg bist. Momentan geht es mir gut, ich möchte, dass du das weißt. Mama und alle anderen wichtigen Personen in meinem Leben sind für mich da und ich könnte mich kaum glücklicher schätzen. Papi, ich hoffe, dir geht es im Himmel auch gut und du blickst voller Stolz auf mich herab. So viele Dinge und Geschehnisse würde ich dir noch gern erzählen, aber das mache ich in einem weiteren Brief. Zu deinem Geburtstag vielleicht.

In Liebe,
deine Kate

Ein Polizeiauto rast wenige Zentimeter an mir vorbei. Nicht, dass mich das nach all den Jahren in New York noch erschrecken würde, trotzdem reißt es mich aus meinen Gedanken. Die Stadt ist heute nervöser als sonst, überall ertönen die Sirenen der Ambulanzen und der Feuerwehrwagen. Ich habe das Gefühl, dass es die Menschen eiliger haben als sonst. Es liegt womöglich daran, dass in vier Tagen Heiligabend ist und alle noch wie verrückt ihre Weihnachtseinkäufe erledigen müssen. Ich liebe diese Jahreszeit. Nur schon beim Gedanken daran beginnt es in mir zu kribbeln und ich könnte Purzelbäume schlagen. Auch mit fünfundzwanzig Jahren habe ich mir diese kindliche Freude bewahrt. Die schneebedeckten Straßen, die Lichterketten und die Lieder, die aus allen Lautsprechern tönen. Was gibt es Schöneres? Es macht mir Spaß, lauthals mitzusingen, was zur Folge hat, dass sich jeder erstaunt nach mir umdreht. An Weihnachten ist mir das aber egal. Ich bin fasziniert von den geschmückten Schaufenstern und dem großen Baum am Rockefeller Center mit seinen vielen Lichtern. Noch nie habe ich eine Erleuchtung des Baumes verpasst. Es ist einfach gigantisch. An solchen Tagen wird mir noch viel bewusster, dass es die Magie von Weihnachten wirklich gibt. Wenn sich alle feierlich um den Baum versammeln und laut den Countdown zählen, dann erkennt man, dass sie wahrhaftig existiert.

Dieses Jahr habe ich den Anlass zusammen mit Henry genossen und es war ein wunderbarer romantischer Abend geworden. Als der Countdown gegen null ging, beobachteten wir nicht, wie alle anderen, den Baum, sondern sahen einander tief in die Augen. Jedes Mal, wenn mich Henry so ansieht, schlägt mein Herz schneller und eine wohlige Wärme breitet sich in mir aus. Seine glänzenden Augen, sein braunes Haar und seine zärtliche Stimme lassen meine Beine schwach werden. Ein Strahlen breitet sich immer auf seinen Lippen aus, wenn ich ihn anlächle. Und ein Grinsen, wenn ich ihn berühre.

Nach der feierlichen Erleuchtung, von der wir voneinander abgelenkt wurden, schlenderten wir Hand in Hand durch die Stadt. An den Hochhäusern waren Lichterketten angebracht und überall roch es nach gebratenen Maronen, glasierten Mandeln und Zuckerwatte. Henry hat mich in den Central Park geführt, wo man wunderbar die Sterne beobachten kann. Er weiß nun mal, was mich glücklich macht. Er liebt mich.

Das Weihnachtsfest mit ihm zusammen wird wahrscheinlich der schönste Tag meines Lebens werden.

Ich überquere den Zebrastreifen, um zur Fifth Avenue zu gelangen. In der Stadt wird es langsam hell und zwischen den Hochhäusern erscheinen erste Sonnenschimmer, die verraten, dass New York für einen weiteren wunderschönen Tag bereit ist. Der Himmel glüht noch sanft in einem Rotorange, und der Anblick ist so überwältigend, dass ich mitten auf der Straße stehen bleibe und das Naturschauspiel bewundere.

»Sind Sie verrückt? Runter von der Straße!«, brüllt ein älterer Herr aus seinem Auto und hupt dabei ununterbrochen. Erschrocken, aber dennoch glücklich, laufe ich auf die andere Straßenseite. Ich kann es immer noch nicht glauben, aber heute ist mein letzter Tag an der Universität. Egal wie oft ich es auch leise wiederhole, es fühlt sich immer noch unrealistisch an. Ein letztes Mal mache ich mich auf den Weg dahin und ein allerletztes Mal muss ich mich in die langweilige Vorlesung von Miss Mariah setzen. Eigentlich bin ich immer gern zur Uni gegangen, aber der Gedanke, endlich beruflich durchzustarten und mein eigenes Geld zu verdienen, lässt mich Luftsprünge machen. Und Miss Mariah ist einfach unerträglich. Es ist spannender, ein loderndes Feuer zu beobachten, als ihrem Unterricht zu folgen. Ab jetzt heißt es nur noch lernen, lernen und nochmals lernen für die allerletzte Prüfung am 27. Dezember, dann steht meiner Zukunft als Eventmanagerin nichts mehr im Wege.

Am Eingang zur Uni warten bereits Mia und Grace auf mich und winken wie zwei Verrückte zu mir herüber. Mia schneidet sogar eine Grimasse und streckt mir die Zunge raus. Ihr olivgrünes Kleid steht ihr ausgezeichnet, es wird zwar an den Schultern von einem schwarzen Mantel verdeckt, sticht aber trotzdem hervor. Sie kann mit ihrer Hammerfigur aber alles tragen. Grace hat sich einen karierten Poncho übergeworfen, der ihr auch gut steht. Sie wählt die Klamotten gern so aus, dass sie ihre etwas korpulenten Hüften kaschieren. Ich muss lächeln, als ich sie sehe. Sie sind meine besten Freundinnen, und auch wenn ich sie manchmal am liebsten auf den Mond schießen würde, liebe ich sie über alles. New York wäre ohne sie nicht dasselbe. Ich kenne die beiden schon seit meiner Kindheit und jeden Meilenstein unseres Lebens haben wir zusammen absolviert. Fünfundzwanzig Jahre mittlerweile. Wenn ich zurückdenke, waren wir nie länger als zwei Wochen voneinander getrennt. Eine kurze Emoji auf WhatsApp reicht aus und innerhalb kürzester Zeit treffen wir uns zu Tee und Kuchen und plaudern über Gott und die Welt. Ich könnte mir wirklich keine besseren Freundinnen vorstellen.

»Hi«, rufe ich. »Habt ihr diesen Idioten im Auto gesehen?«

»O du liebe Güte, ja. Wir dachten schon, du bist lebensmüde, als du bei Rot noch mitten auf der Straße standest«, keucht Mia vor Lachen.

Ich blicke sie vorwurfsvoll an. »Wenn jemand lebensmüde ist, dann dieser Trottel, der mich verrückt nennt«, knurre ich so gespielt zornig, dass ich selbst lachen muss. Was denkt der eigentlich, wer er ist?

Ich umarme die beiden, so wie jeden Morgen. Heute war alles wie immer, nur eben schöner.

»Ein letztes Mal. Wollen wir?«, fragt Mia, während sie unsicher dem Eingang entgegenblickt.

»Ein letztes Mal. Zusammen«, sage ich und ziehe die beiden näher an mich.

Wir nehmen uns an die Hand und betreten das Gebäude, in dem wir so viel gelernt haben. Besser gesagt: Wir schreiten voller Stolz und Vorfreude über die Türschwelle. Eine, hinter der es aufregender nicht sein könnte. An schlechten Tagen haben wir dahinter geweint, an guten gelacht, bis uns die Bäuche schmerzten. Ja, die Universität war anstrengend, aber wir haben uns hier nicht nur auf unseren zukünftigen Beruf vorbereitet, wir haben hier fürs Leben gelernt.

»Es war wunderschön, mit euch in den Vorlesungen zu quatschen und die Mittagspausen gemeinsam zu verbringen, aber ich bin froh, dass wir das nicht mehr in der Uni tun müssen, sondern endlich frei sind«, sagt Mia.

Seufzend betreten wir den Vorlesungssaal. Überall tummeln sich bereits Studenten und zwischen all dem Gedrängel erblicke ich Henry, der sich bereits auf meinem Platz breitgemacht hat. Ich setze mich neben ihn und gebe ihm einen dicken Kuss auf den Mund, den er kaum erwidert.

»Alles ok bei dir?«, frage ich ihn und bekomme ein schiefes Lächeln zurück, das eine Entschuldigung oder der Ausdruck seiner neuerdings fast permanenten Genervtheit sein könnte. Was ist bloß los mit ihm? Bis vor Kurzem hat er sich immer gefreut, mich zu sehen, und hat sogar in der Uni alles liegen und stehen gelassen, um Zeit mit mir zu verbringen. Mir ist bewusst, dass unser Abschluss vor der Tür steht und wir beide sehr mit Lernen beschäftigt sind, aber sein distanziertes Verhalten in letzter Zeit verletzt mich trotzdem. Nein, mehr nervt es mich. *Er* nervt mich. Um mich aufzumuntern, denke ich an den Abend am Rockefeller Center zurück, an das Kribbeln in meinem Bauch und diese innigen Gefühle, die wir füreinander hegen. Unsere Beziehung ist etwas Besonderes, denn es war Liebe auf den ersten Blick. Ich kann mich noch gut daran erinnern, wie er vor fünf Jahren die Aula betrat, mit großen und selbstsicheren Schritten, gefolgt von seinen besten Freunden. Ich glaube, er wusste in dem Moment genau, dass er gut aussah, und dementsprechend drehten sich alle nach ihm um. Ich inklusive. Mit meinen braunen, wild gelockten Haaren und dem roten Kleid zog ich seinen Blick direkt auf mich, und sofort kribbelte die Luft zwischen uns und schien zu leuchten. Auch wenn es noch zwei Monate und etliche solcher intensiver Momente dauerte, bis er sich überhaupt traute, sich neben mich zu setzen, wusste ich von jenem magischen Augenblick an, dass wir zusammengehörten. Und das hat sich bis heute nicht geändert. Wenn ich in seine Augen blicke, fühle ich mich sicher und geborgen. Es ist, als würde ich mich selbst in ihm sehen. Eine innigere und intensivere Liebe gibt es nicht, davon bin ich überzeugt.

Nach dem Abschluss werden wir mit Sicherheit wieder mehr Zeit füreinander haben und weiter an unseren Zukunftsplänen feilen. Wir möchten Karriere machen, heiraten, ein Haus kaufen, Kinder bekommen und uns noch viele weitere Jahre so intensiv in die Augen blicken, dass ich dabei Gänsehaut bekomme. Momentan sehe ich diesen Traum aber etwas verschwommen, wenn ich daran denke, was bis zur Prüfung noch alles auf uns zukommt. Er wahrscheinlich auch, weswegen ich mich, was seine abwesende Art angeht, in Nachsicht übe.

Mia hat sich direkt neben mich gesetzt, Grace hingegen eine Reihe hinter uns.

»Hey, hier ist doch noch ein Platz frei, warum kommst du nicht nach vorn zu uns?«, frage ich sie flüsternd, doch sie beantwortet meine Frage nicht, sondern starrt stattdessen mit ihren großen Kulleraugen ununterbrochen auf ihr Smartphone. Ihr langer blonder Pferdeschwanz hängt ihr dabei ins

Gesicht, was sie aber anscheinend nicht stört. Sie gehört einfach zu den liebsten Personen in meinem Leben und ist wie eine Schwester für mich. Auch wenn wir nicht verwandt sind, gehören sie und ihre Eltern sozusagen zur Familie. Unsere Mütter haben zusammen in New Jersey studiert und sind nach ihrem Abschluss für die Karriere nach New York gezogen. Dort haben sie dann im Leni's unsere Väter kennengelernt und sind in der schönsten Stadt der Welt geblieben. Wir verbringen jedes Jahr Heiligabend zusammen. Lachen, bis uns die Tränen kommen, essen, bis wir platzen, und trinken Punsch, bis wir nicht mehr stehen können. Anschließend landen wir nach einigen vielen Gläsern im Leni's, das aufgrund der Geschichte, die unsere Eltern zusammengebracht hat, zu unserem Lieblingslokal geworden ist. Auch wenn mein Vater vor zehn Jahren verstorben ist, halten wir an der Tradition fest.

»Kate Williams!« Miss Mariahs laute Stimme reißt mich aus meinen Gedanken. Die ganze Klasse starrt mich an, und ich bekomme das ungute Gefühl, dass ich eine Frage verpasst habe, auf deren Antwort jetzt jeder im Raum wartet. Ich spüre, wie sich meine Wangen rot verfärben und blicke verzweifelt zu Henry. Der lächelt mich nur an. Sein blödes Grinsen ist mir aber gerade keine große Hilfe. Ich blicke zurück zu Miss Mariah. Sie schüttelt entrüstet den Kopf und ruft einen anderen Studenten auf.

»Kate, was ist los? Du wirkst heute abwesend«, fragt mich Mia vorsichtig. »Miss Mariah wollte doch nur wissen, was du nach dem Abschluss vorhast«, fügt sie hinzu und lächelt mich an.

»Alles gut. Ich hatte nur gerade einen meiner Tagträume«, rechtfertige ich mich, dennoch schwebt mir Miss Mariahs Frage im Kopf umher. Gute Frage, was ich nach dem Abschluss vorhabe. Meine Zukunft wirkt momentan noch sehr verschwommen. Ich bin gerade erst dabei, zu realisieren, dass ich endlich die Uni beende und mir mein komplettes Leben nun zur Verfügung steht. Eigentlich könnte ich jetzt tun und lassen, was ich möchte. Frei sein. Mit Henry. Wir wollen nach Europa reisen, uns unter dem Eiffelturm küssen und zusammen in den Gondeln von Venedig durch die Kanäle schippern. Aber was danach folgt, steht noch in den Sternen. Wahrscheinlich besteht meine Mutter darauf, dass ich mir zeitnah einen Job suche. Aber eigentlich möchte ich das auch. Ich freue mich sogar schon riesig darauf.

Zwei

Mama, es schneit«, juble ich, während ich aus dem Fenster blicke. »Was ist heute bloß für ein wundervoller Heiligabend.« Die Tage bis zum 24. Dezember, meinem absoluten Lieblingstag, vergingen glücklicherweise wie im Fluge. Aus der Küche dringt bereits der köstliche Duft des Feiertagsbratens und die vielen Lichter funkeln hell im ganzen Haus. Überall habe ich meine Weihnachtsdeko verteilt und auch der Baum kann sich dieses Jahr sehen lassen. Ich habe den ganzen Vormittag damit verbracht, ihn liebevoll zu schmücken. Das Highlight ist der Stern ganz oben, den ich vor einigen Jahren zusammen mit meinem Vater gebastelt habe. Es ist einfach herrlich. In meinem Bauch kribbelt es bereits vor Aufregung. Nichts, rein gar nichts könnte mir diesen Tag vermiesen.

Es klingelt an der Tür. Vor Schreck hätte ich beinahe die Punschschüssel fallen gelassen. Ich stelle sie am Wohnzimmertisch ab und laufe zum Eingang. Das müssen Henry, Grace und ihre Eltern sein. Noch mehr Freude steigt in mir hoch.

»Frohe Weihnachten, Kitty-Kate«, schreit Grace hinter ihren Eltern hervor und fällt mir um den Hals.

»Wie schön, dass ihr hier seid. Ich warte schon ungeduldig den ganzen Tag darauf«, gebe ich zu.

»Katie, hast du deiner Mutter auch fleißig geholfen?«, fragt mich Lily, Graces Mutter, mit einem leichten Zwinkern.

Ihr ist es immer besonders wichtig, dass wir Mädchen brav im Haushalt mithelfen. Glücklicherweise sieht das meine Mutter nicht so streng wie sie. Lily überreicht mir ihren traditionellen Karotten-Ingwer-Kuchen, ohne den kein Heiligabend stattfindet. Schon seit ich denken kann, haben wir immer denselben Ablauf an diesem besonderen Tag. Zu Beginn ein gemeinsames Gläschen Punsch, dann der zauberhafte Braten meiner Mutter und anschließend Lilys Kuchen. Henry haben wir vor einigen Jahren mit offenem Herzen in unserer Runde aufgenommen. Auch er liebt Weihnachten über alles und freut sich jedes Jahr wie ein kleines Kind darauf, mit uns Heiligabend zu verbringen. Seine Eltern betreiben in New York ein großes Unternehmen, wo an jedem Tag im Jahr gearbeitet wird und somit dieser Tag genau gleich wie jeder andere ist. Meistens hat er dann allein zu Hause vor dem Fernseher gesessen und sich „Kevin – Allein zu Haus“ reingezogen oder saß neben seinem Vater am Bürotisch. Als ich von dieser traurigen Geschichte hörte, war für mich klar, dass er von nun an jedes Weihnachten mit uns feiern wird. Grace und er haben sich von Beginn unserer Beziehung an sehr gut verstanden, was den Abend umso witziger machte.

»Grace, du siehst heute wirklich atemberaubend aus«, platzt es aus mir heraus. Ihre langen blonden Haare passen super zu ihrem roten Kleid, das ihren Ausschnitt gelungen zur Geltung bringt. Sie scheint bereits startklar fürs Leni's zu sein, so aufgebrezelt wie sie ist. Sie lächelt mich an. Ihre makellosen weißen Zähne blitzen dabei.

»Ich bitte dich, sieh dich erst an. Du siehst so wunderschön wie ein Weihnachtsengel aus«, flüstert sie in mein Ohr. Ich habe heute mein silbernes Lieblingskleid angezogen, das ich letzten Sommer zusammen mit Henry in unserem Urlaub in Los Angeles gekauft habe. Dieser Urlaub wird unvergessen bleiben, denn dort hat er mir die Halskette seiner verstorbenen Großmutter geschenkt. Ein Lächeln breitet sich auf meinem Gesicht aus, wenn ich daran denke.

»Nach ihr bist du der wichtigste Mensch in meinem Leben. Deswegen sollst du sie nun tragen«, hat er dabei gesagt, und dieser Liebesbeweis war fast so viel wert wie ein Heiratsantrag. Ich trage sie, wann immer ich kann, so auch heute. Er wird sich freuen, da bin ich mir sicher. Nur …

»Wo ist Henry?«, flüstere ich Grace zu.

»Er wollte lieber selbst fahren«, erklärt sie mir.

Komisch, Henry fährt normalerweise nie selbst, wenn er eine Mitfahrgelegenheit hat. Ich schreibe ihm eine Nachricht:

Henry, wo bist du?
Wir warten auf dich!
K.

Keine zehn Sekunden später erhalte ich seine Antwort:

Ich verspäte mich.
Beginnt ruhig ohne mich.
H.

Was? Er verspätete sich nie zum Weihnachtsfest, denn er weiß genau, was es mir bedeutet. Verdattert blicke ich zu Grace, die jedoch löffelt großzügig Punsch aus der Glasschüssel und hält mir eine Tasse voll vor die Nase.

»Na ja, was soll's. Lass uns Spaß haben«, rufe ich und verdränge den Anflug schlechter Laune, der sich in mir breitmachen möchte.

Grace ist so in Feierlaune, dass sie bereits nach drei Gläsern Punsch beschwipst Weihnachtslieder summt. Das gesamte Essen lang quatschen und kichern wir, aber je länger Henry nicht auftaucht, desto erzwungener wird mein Lachen. Bei jedem Besteckklirren fahre ich hoch, weil ich denke, es ist die Türglocke. Und als wir beim Kuchen ankommen, liegt mir seine Abwesenheit so schwer im Magen, dass ich mein Stück nicht einmal aufessen mag. Stattdessen entschuldige ich mich, schleiche in die Küche und rufe ihn an, doch ich gelange nur zu seiner Mailbox. Ihm wird doch nichts passiert sein?

Zurück im Wohnzimmer setze ich mich neben Grace und knibble nervös an meinen weinrot lackierten Fingernägeln. Ach was, wahrscheinlich ist er eingepennt oder so, versuche ich seine Abwesenheit zu entschuldigen, aber es gelingt mir nur teilweise.

»Grace, ich will heute nur noch raus und feiern, lass uns endlich ins Leni's gehen«, brumme ich verstimmt.

Sie stockt und sieht mich zerknirscht an. »Kate, ich glaube, der Besuch im Leni's muss dieses Jahr ausfallen, mein Kopf pocht wie verrückt. Wahrscheinlich habe ich zu tief in die Punschschüssel geschaut. Es tut mir leid, ich weiß, wie viel dir unsere Tradition bedeutet.«

Mein Atem setzt für einen Moment aus. Was ist das heute für ein beschissener Weihnachtsabend? Henry versetzt mich und geht nicht ans Telefon, und dann soll auch noch der Besuch im Leni's ausfallen?

»Wirst du dennoch gehen?«, fragt sie mich und reibt sich dabei die Schläfen. Ich schüttle den Kopf. Was soll ich denn allein im Leni's?

»Gute Besserung, Grace! Melde dich morgen, wenn es dir besser geht«, murmle ich meiner Freundin zu, nachdem ich sie und ihre Eltern zur Tür begleitet habe. Enttäuscht stapfe ich die Treppen hoch in mein Zimmer, lege mich aufs Bett und versinke in tiefem Selbstmitleid. Aber als ich nach einer halben Stunde meine schlechte Laune selbst nicht mehr ertragen kann, beschließe ich, dennoch allein ins Leni's zu gehen. Natürlich könnte ich den Abend auch gemütlich mit meiner Mutter auf dem Sofa ausklingen lassen, aber es ist der schönste Tag des Jahres und ich trage mein Lieblingskleid. Von diesen zwei Trantüten lasse ich mir doch nicht den Spaß verderben!

Die Scheiben des Leni's sind beschlagen, trotzdem kann ich sehr gut erkennen, dass darin viele Menschen tanzen und eine tolle Stimmung herrscht. Auch der große Weihnachtsbaum wurde wieder in der Mitte des Lokals aufgestellt und die große silberne Discokugel strahlt auf ihn hinab. Voller Vorfreude betrete ich den geschmückten Eingangsbereich – und bleibe wie angewurzelt stehen, denn ich sehe Grace, wie sie Arm in Arm mit einem Kerl tanzt. Grace, hier? Wut steigt in mir hoch. Was sollte vorhin die blöde Ausrede mit den Kopfschmerzen? Leider kann ich nicht erkennen, wer dieser Typ ist. Er trägt eine rote Weihnachtsmütze und steht mit dem Rücken zu mir, aber sie sehen so vertraut miteinander aus, dass sie sich heute sicher nicht das erste Mal getroffen haben. Warum weiß ich nichts davon? Ich überlege kurz, ob ich sie zur Rede stellen soll, denn ich hasse nichts mehr als Lügen, aber meine Vernunft drängt mich in Richtung Ausgang. Sauer und verletzt stehe ich am Eingang und schaue ratlos umher, als mein Telefon vibriert. Hat Grace mich gesehen und will sich entschuldigen? Oder mir weitere Ausreden auftischen? Aber es ist eine Nachricht von Henry.

Schaffe es heute leider nicht mehr.
Bitte entschuldige.
Ich mache es wieder gut.
Kuss, H.

Da stehe ich nun vor dem Leni's in der eisigen Kälte und Tränen kullern mir über die Wange. Noch nie habe ich den Weihnachtsabend so verabscheut und mich so allein gefühlt wie dieses Jahr. Dass Grace mich belügt, geht mir sehr nahe, und von Henry fühle ich mich im Stich gelassen. Ohne zu überlegen, antworte ich auf seine Nachricht:

Ich hätte dich heute an meiner Seite gebraucht!
Das hat mich wirklich verletzt, du Blödmann.
K.

Mit meiner rechten Hand winke ich ein Taxi an den Straßenrand, um zu ihm zu fahren. »Können Sie mich in die Third Avenue bringen?«, bitte ich den Fahrer. Nach einigen Minuten wird mir unwohl im Magen. »Ich kann das nicht. Fahren Sie mich bitte nach Hause!«, stottere ich. Nach all dem, was heute passiert ist, werde ich Henry mit Sicherheit nicht hinterherlaufen. Aber ich muss zugeben, dass ich seine wohltuende Umarmung gerade brauchen würde, nachdem mir Grace einen Stich ins Herz versetzt hat.

Ihr Betrug liegt mir auch in den zwei darauffolgenden Tagen noch wie ein Stein im Magen. Eigentlich wollte ich noch das Thema Eventmarketing durchgehen, aber stattdessen grüble ich nur darüber nach, wie ich sie auf diesen Vorfall anspreche. Auch Henry hat auf meine Nachricht nicht geantwortet; entweder ist er beleidigt, wie des Öfteren, weil meine Nachricht heftiger war als beabsichtigt, oder er lernt. Ich sehne mich nach ihm, aber mein Stolz verbietet es, mich zuerst bei ihm zu melden. Dass er mich am Weihnachtsabend versetzt hat, schreit nach einer angemessenen Entschuldigung in persona, am besten mit einem fetten Blumenstrauß.

Ein Blick auf die Uhr verrät mir, dass es bereits beinahe elf Uhr ist. Eigentlich sollte ich schon längst schlafen, doch es kreisen noch viel zu viele Gedanken durch meinen Kopf. Ich trete hinaus in den Flur und schleiche barfuß die Treppen hinunter.

»Du bist ja noch wach«, flüstert mir meine Mutter in mein Ohr und nimmt mich dabei fest in ihre Arme. Ich kuschle mich an sie und schlüpfe unter die wohlig warme Sofadecke.

»Die Prüfung morgen macht mir mehr Sorgen, als ich geglaubt habe«, gebe ich mit feuchten Augen zu.

»Die Prüfung, oder bedrückt dich noch etwas anderes? Du warst die letzten Tage so ruhig und reserviert. Anders als sonst«, erkundigt sie sich. Und auch wenn sich innerlich in mir alles dagegen wehrt, breche ich in Tränen aus. Meine Mutter schließt ihre Arme noch fester um mich und sagt einfach nichts. Genau das, was ich in diesem Moment brauche.

»Ich liebe dich«, schluchze ich und schließe meine Augen.

»Ich liebe dich auch, kleine Kate. Es wird alles gut werden, du wirst schon sehen«, bestätigt sie mir. Das sagt sie mir immer dann, wenn ich am Boden bin, und bis heute hatte sie immer damit recht. *Es wird alles gut werden.*

Am großen Tag stehen Mia und ich vor dem Klassenzimmer und warten darauf, dass der Raum endlich freigegeben wird. Mia dreht wie immer komplett durch. Ihre panischen Atemzüge zeigen, dass sie an echt übertriebener Prüfungsangst leidet.

»Mia, beruhige dich. Alles wird gut gehen, du wirst schon sehen«, versuche ich sie zu besänftigen.

»Du kleine Streberin hast auch leicht reden, mit deinem Superhirn hast du auch noch nie am Abgrund einer Prüfung gestanden«, sagt sie zu Beginn ernst, als sie aber merkt, mit welchen Wörtern sie um sich haut, muss sie lachen.

Ich kichere mit und boxe sie leicht in den Oberarm. »Das wirst du mir nachher noch büßen, dass du mich Streberin genannt hast!«

In der Zwischenzeit hat sich der Eingangsbereich mit zahlreichen nervösen Studenten gefüllt, die noch einen letzten Blick in ihre Unterlagen werfen. Es riecht bereits jetzt nach vollgeschwitzten Shirts und Prüfungsangst. Oh, wie ich diesen Moment niemals in meinem Leben vermissen werde!

In der Schlange weiter hinten entdecke ich Grace, die zu uns rüber winkt. Mia winkt zurück, ich aber ignoriere sie und drehe mich um.

»Was hast du?«, fragt mich Mia erstaunt.

»Ich habe Grace am Weihnachtsabend im Leni's erwischt, wie sie mit einem fremden Typ getanzt hat. Wegen starker Kopfschmerzen hat sie mir aber abgesagt«, antworte ich ihr wütend und verschränke die Arme vor meiner Brust.

»Warum sollte sie das tun?« Mia schüttelt sichtbar verwundert den Kopf. »Ich meine, ihr geht doch jedes Jahr …« Um die Situation genauer zu analysieren, bleibt keine Zeit, denn in dem Moment öffnen sich die Türen zum Prüfungssaal.

Zu unserem Entsetzen müssen wir feststellen, dass die Platzverteilung vorgegeben ist. Ich sehe Henry ganz am anderen Ende des Saales sitzen, er starrt geradeaus, ohne mich zu bemerken – wahrscheinlich geht er im Kopf noch einmal alles durch. Oder er ist immer noch sauer, was ziemlich kindisch wäre, schließlich hat er mich versetzt und nicht ich ihn. Nach der Prüfung werde ich mich mit ihm versöhnen, nehme ich mir fest vor.

»Auch das noch. Was hält dieser Tag noch für Überraschungen bereit?«, schnaubt Mia. Ich drücke ihr einen sanften Kuss auf die Wange und schubse sie zu ihrem Tisch. Noch einige Meter entfernt kann ich in ihren Augen Panik aufsteigen sehen.

Vom Nebentisch meines mir zugewiesenen Platzes grinst mich bereits Uni-Schönling Nikolas an. Dieser eingebildete Schnösel hat mir gerade noch gefehlt, aber gut, wir sollen ja eine Prüfung schreiben und keine Konversation betreiben. Ginge eh nicht, denn außer Football und Mädchen hat der Typ nichts im Kopf. Ich werde nie vergessen, wie er mich damals vor der ganzen Klasse bloßgestellt hat, als ich mir meinen Orangensaft auf mein Shirt gekippt habe. Mit einem knappen Nicken begrüße ich ihn. Er hingegen lächelt mich ununterbrochen an. Was für ein Blödmann.

Ich setze mich und nehme einen letzten tiefen Atemzug, bevor ich den Umschlag vor mir öffne. Nervöser als erhofft kaue ich auf meinem Kugelschreiber herum und lese mich durch die Unterlagen. Die ersten Fragen gehen mir leicht von der Hand und ich juble innerlich bereits ein wenig. So einfach hatte ich mir das nicht vorgestellt. Nach vollendeten zwei Dritteln der Prüfung drehe ich meinen Zettel für das letzte Themengebiet um. Ein kalter Schauer läuft über meinen Rücken. »Eventmarketing!«, sage ich erschrocken und lauter als geplant.

Ein paar Mitstudenten drehen sich um und auch die Blicke der Aufsichtspersonen ziehe ich auf mich. Ich winke ab und mache mich in meinem Stuhl ganz klein. Genau dieses eine einzige Thema, das ich nicht mehr angeschaut habe, weil mich Graces und Henrys Verhalten davon abgehalten haben! Meine Verzweiflung muss spürbar sein, denn Nikolas blickt mich verschwörerisch an. Er schiebt vorsichtig sein Blatt zu mir und fordert mich auf, bei ihm abzuschreiben. Diese nette Geste überrascht mich zwar, da ich aber wirklich keine Frage beantworten und es somit nicht schlimmer werden kann, beschließe ich, die letzten Antworten von ihm zu übernehmen. Ich habe das Gefühl, mich selbst nicht mehr zu erkennen. Eigentlich hätte dieser Themenbereich ein Klacks für mich sein sollen. Vor ein paar Wochen wäre es das auch noch gewesen. Vor ein paar Wochen hätte ich mich an meinen Schreibtisch gesetzt und die Unterlagen studiert. Zwei-, vielleicht auch dreimal, aber dann hätte ich das Thema in- und auswendig gekonnt. Mein Zorn auf Henry und Grace hätte mir soeben fast meinen Notendurchschnitt gekostet. Verärgert blicke ich zu Grace, die ununterbrochen auf ihr Blatt Papier schreibt. Na toll, sie trägt natürlich keinen Schaden von ihrem Fehlverhalten.

Nach fünfundsiebzig Minuten ist es endlich geschafft und mein Abschluss so nahe wie noch nie. Auch Mia lächelt, als sie auf mich zukommt.

»Kate, Kate, Kate, ich konnte alle Fragen beantworten!«, teilt sie mir ganz außer Atem mit.

»Ich habe keine Sekunde an dir gezweifelt, du kleine Streberin!«, sage ich und nehme sie in den Arm. Mir ist gerade aber nicht ganz klar, wer die Umarmung mehr benötigt. Sie, weil sie ihre Prüfung mit Bravour gemeistert hat und so erleichtert ist, oder ich, weil ich mich wegen meiner schlechten Leistung ärgere.

»Ich freue mich sehr mit dir, du hast dich für deinen Abschluss wirklich ins Zeug legen müssen. Ich bin sehr stolz auf dich«, flüstere ich in ihr Ohr. Sie drückt mich noch fester. Und ja, es tut gut. Ich brauche die Umarmung gerade mehr als sie.

»Wo ist er bloß?«, murmle ich vor mich hin. Ich scanne den Eingangsbereich.

»Suchst du Henry?«, fragt mich Mia vorsichtig.

»Nein, eigentlich Nikolas. Er hat mir bei der Prüfung geholfen und ich möchte mich dafür bedanken«, entgegne ich ihr. Aber ja, Henry sehe ich auch nirgends. Hat er sich wirklich einfach davongeschlichen?

»Waas? Das kann doch gar nicht sein?« Mia lacht lauthals. »Nikolas hat dir helfen müssen? Was ist das heute bloß für ein Tag?«

»Lach du nur. Auch ich bin nicht immer ein Streber und ein Superhirn, oder wie hast du mich nochmals genannt?«, bricht es doch etwas verbittert aus mir heraus.

»Du wirst immer mein Lieblingssuperhirn bleiben«, antwortet sie spöttisch, aber mit dem süßesten Lächeln, das ich kenne.

»Ich werde ihm einfach heute Abend bei der Abschlussfeier im Leni's danken, denke ich«, rede ich in mich hinein.

»Ich weiß ja nicht, wie sehr du sie gerade hasst, aber Achtung, Grace im Anmarsch«, sagt Mia leise.

Und tatsächlich, Grace kommt mit geöffneten Armen auf uns zu. Sie rennt förmlich. Am liebsten würde ich davonlaufen, denn es ärgert mich, sie zu sehen. Wut breitet sich in mir aus. Sie hat keine Ahnung, dass ich sie ertappt habe und sauer auf sie bin. Wie naiv kann man sein? Am liebsten würde ich diesen entspannten Moment nach der Prüfung genießen, aber es platzt alles aus mir heraus, als sie mich ansieht.

»Wie kannst du mich nach deiner eiskalten Lüge noch so herzlich umarmen?«, keife ich Grace an.

Sie wird kreidebleich. »Ich … Kate …«, stottert sie, findet aber keine Worte, was mich überrascht, denn sie hat zu allem und zu jedem eine Meinung.

»Ich kann's ja kaum glauben, dass dir einmal die Worte fehlen würden. Was soll der Scheiß, Grace, willst du mich total verarschen? Was wolltest du an Heiligabend im Leni's?«, fauche ich zornig. Sie beißt sich fest auf ihre Unterlippe. Das macht sie immer, wenn sie nervös ist oder sich wegen etwas schuldig fühlt.

»Wenn du mir nichts zu sagen hast, dann gehe ich jetzt«, füge ich hinzu.

»Nein, warte, Kate.« Endlich bringt sie den Mund auf. »Es tut mir so wahnsinnig leid. Ich wollte dich nicht belügen und schon gar nicht verletzen. Aber ich wusste nicht, wie ich es dir sagen sollte. Ich hatte meine Verabredung schon länger geplant und wusste in dem Moment einfach nicht, was richtig und was falsch ist. Ich habe mich verliebt. Aber ich wollte es noch nicht jetzt sagen. Irgendwann hätte ich es euch erzählt. Bitte glaubt mir! Und Kate, bitte verzeih mir«, presst sie zwischen herzzerreißenden Schluchzern hervor. Ihre Augen füllen sich mit Tränen und ihre Lippen zittern. So aufgelöst habe ich Grace schon lange nicht mehr gesehen.

»Henry hat dich versetzt und ich wollte dich nicht noch mehr verletzen, indem ich sage, dass ich mich mit jemandem treffe«, fügt sie hinzu, blickt mir aber nicht in die Augen, sondern schaut an mir vorbei.

Ob ich ihre herzerwärmende Geschichte glaube und die Entschuldigung annehme, weiß ich nicht. Ihrem zerknirschten Blick nach zu urteilen, tut es ihr aber vermutlich wirklich leid. Und jetzt, wo sie ihn erwähnt: Wo zum Teufel steckt Henry?

Um mir den Abend nicht total zu versauen, gehe ich trotz der Auseinandersetzung mit den beiden ins Leni's. Wir stoßen auf die Prüfung an und fixieren unsere Handys, während wir auf die Prüfungsergebnisse warten. Bei jeder eingehenden Nachricht fallen wir vor Aufregung fast vom Stuhl. Dank der Warterei habe ich den Streit mit Grace beinahe vergessen. Was aber nicht bedeutet, dass ich ihr schon vergeben habe. In einer Freundschaft sollte Ehrlichkeit das höchste Gebot sein.

Kling. Alle drei Geräte piepsen, und das kann nur bedeuten, dass die Ergebnisse online sind. Wie Verrückte greifen wir danach und halten unsere Gesichter direkt in die Kamera, um die Handys zu entsperren.

»85 von 100 Punkten«, schreit Grace und freut sich wie ein kleines Kind.

»74 von 100!«, kreischt Mia völlig aus dem Häuschen. »Das ist ja weit über meinem sonstigen Notendurchschnitt!«.

Ich öffne meine Mail als Letzte und lese laut vor:

An: *Kate Williams*
Von: *Fakultät für Eventmanagement*
Betreff: *Prüfungsergebnis*

Nachricht:
Sehr geehrte Frau Williams,

wir möchten Ihnen mitteilen, dass Sie bei der Prüfung 98 von 100 möglichen Punkten erreicht haben und somit Ihr Studium mit »Auszeichnung« abschließen. Der Studienrat hat Ihren bisherigen ausgezeichneten Notendurchschnitt geprüft und möchte Ihnen zu Ihrer hervorragenden Leistung gratulieren. In Summe aller erbrachten Leistungen werden Sie das Studium mit der höchsten Punktzahl abschließen.

Herzlichen Glückwunsch, Frau Williams, zu Ihrem ausgezeichneten Abschluss an der NYU.

Mit freundlichen Grüßen und alles Gute für Ihre Zukunft,
die Fakultät für Eventmanagement

»O mein Gott«, hauche ich. Ich kann meinen Augen nicht trauen und bin den Tränen nahe. Die Emotionen sprudeln aus mir heraus und die Anspannung der letzten Tage legt sich.

»Habt ihr das gehört? Ich kann es einfach nicht fassen«, sage ich, während mir die ersten Tränen über die Wangen kullern.

»Du hast es dir wirklich verdient, Kate. Du hast alles für diese Uni gegeben und noch viel mehr«, jubelt Mia und wischt mir die Tränen weg.

»Ich muss Nikolas finden«, stottere ich und hüpfe von meinem Stuhl. Einerseits freue ich mich sehr über diese Nachricht, andererseits weiß ich auch, dass nicht ich die 98 Punkte verdient habe, sondern Nikolas.

»Nikolas kannst du später suchen, jetzt trinken wir erst mal was«, sagt Mia und strahlt mich an. Mit gemischten Gefühlen stoße ich mit den Mädels an. Sie sind nicht mehr zu bremsen. So aufgedreht und glücklich habe ich die beiden schon lange nicht mehr erlebt. Sie springen und tanzen durchs Leni's, das sich mit immer mehr Studenten füllt, die ihre letzte Prüfung feiern.

Zur späten Abendstunde werden die Cocktails gefühlt immer stärker und in meinem Kopf dreht sich bereits alles. Im Augenwinkel erblicke ich endlich Henry. Die Herausforderungen der letzten paar Wochen haben mich fast vergessen lassen, wie wunderschön seine Augen leuchten und wie lockig seine Haare zur rechten Seite fallen. Das viele Lernen und die Prüfungen haben uns unsere Energie geraubt und für viel zu viele dumme Spannungen gesorgt, aber jetzt, wo er so gelöst vor mir steht, verzeihe ich ihm sein Verhalten vom Weihnachtsabend auch ohne Blumenstrauß. Vielleicht reagieren in mir gerade auch die zehn Margaritas, die ich intus habe. Aber es ist mir einfach egal. Er nimmt meine Hand und fordert mich zum Tanzen auf. Ich folge ihm. In seinem grauen Jackett sieht er unwiderstehlich heiß aus und ich fühle mich ihm seit langer Zeit wieder sehr nahe. Ich spüre seine Hände an meinem Rücken und seine Hüften an meinen. Alles in mir kribbelt, und als er mich sanft küsst, rast mein Herzschlag.

Sein Becken stößt an meines und ich spüre seine Erektion. Das Kribbeln in meinem Körper wird immer stärker und bringt mich fast zum Platzen.

»Los, verschwinden wir hier«, murmle ich ihm heiser vor Erregung ins Ohr und ziehe ihn hinter mir her zur Garderobe. Normalerweise sitzt dort ein Student, der sich neben dem Studium einige Cent dazuverdient, aber glücklicherweise ist gerade niemand dort.

Ich ziehe Henry hinter eine Kleiderstange, die mit sehr vielen Jacken bedeckt ist. Seine Augen sind unwiderstehlich, und ich spüre, wie er mit seinem Zeigefinger langsam über meine Wange streicht. Es fühlt sich endlich wieder alles so an wie vor der Prüfung und ich genieße den Moment sehr. Seine Hand wandert von meiner Schulter zu meiner Taille und berührt sie zärtlich. Ich lasse mich fallen, denn Henry weiß genau, was ich will.

Zurück in der Bar fühle ich mich frei, frei von der Uni und auch frei von dem mulmigen Gefühl, das ich Henry gegenüber in den letzten Wochen verspürte.

Drei

Es ist noch dunkel, als der Wecker meiner Mutter im Nebenzimmer klingelt. Ich bin es mittlerweile von der Uni gewöhnt, früh aufzustehen, doch meine Mutter muss noch früher zur Arbeit. Mit verschlafenen Augen blicke ich auf meinen Wecker. Zehn vor sechs. Erschrocken schaue ich ein zweites Mal auf die Anzeige. *Verdammt.* Heute ist der 31. Dezember. Im Gegensatz zu Weihnachten ist Silvester ein Feiertag, den ich ganz und gar nicht leiden kann. An diesem Tag wird jeder gezwungen, zu feiern und mit Freude ein neues Kapitel zu beginnen. All die Probleme der Welt werden für einen kurzen Moment vergessen und jeder startet in ein Jahr voller neuer Vorsätze. Viele davon werden tatsächlich für ein bis zwei Wochen eingehalten, aber dann nimmt der Alltag wieder seinen normalen Lauf und alles ist wieder beim Alten. Die Probleme, die so schnell vergessen wurden, kommen gleich schnell wieder ans Tageslicht. Das Einzige, was sich ändert, ist die Jahreszahl, der Rest wiederholt sich immer wieder von Neuem, wie in einem großen Hamsterrad.

Henry hat mir gestern Abend noch in einer kurzen Nachricht geschrieben, dass er eine Mitternachtsüberraschung für mich vorbereitet hat:

Hey Liebling,
ich komme dich morgen gegen elf Uhr abholen.
Zieh dich warm an, es könnte windig werden.
Kuss, H.

Die ersten Sonnenstrahlen scheinen durch den kleinen Spalt zwischen meinen Rollläden auf mein Bett. Ich muss nochmals eingeschlafen sein, denn der Kirchturm gegenüber schlägt bereits halb acht. Gähnend strecke ich meine Hände in die Höhe und rolle mich schwungvoll aus dem Bett. Als ich das Fenster öffne, strömt eine eiskalte Brise direkt in mein Gesicht. Die cremefarbenen Vorhänge flattern wunderschön im Wind. Ich nehme einen tiefen Atemzug und schmeiße mir meinen Morgenmantel über. Mit noch müden Füßen stapfe ich die Treppe hinunter in die Küche, wo zu meinem Erstaunen meine Mutter am Tisch sitzt. Sie trägt ihre blaue Lieblingsjeans und den olivgrünen Wollpullover, der wunderbar zu ihren dunkelbraunen Haaren passt. Sie sind wie immer leicht gewellt und fallen über ihre Schultern. Sie sieht mir sehr ähnlich und darauf bin ich unglaublich stolz, denn sie ist eine wunderschöne und elegante Frau.

»Guten Morgen«, sage ich und drücke ihr einen Kuss auf die Wange. »Solltest du nicht schon seit einer Stunde bei der Arbeit sein?«

»Da war ich auch kurz«, sagt sie und grinst fröhlich. »Doch dann gab es einen Kabelbrand an einer der Teigmaschinen und der gesamte Strom war weg. Der Techniker meinte, dass es bis morgen dauern wird, bis er den Schaden repariert hat!«

»Dann könnten wir heute ja einen Mutter-Tochter-Tag machen?«, frage ich sie freudig. »Henry holt mich erst am Abend für eine Überraschung ab«.

»Wie wär's, wenn wir dir ein hübsches Kleid shoppen für diese Überraschung und am Nachmittag einen Spaziergang durch den Central Park machen, mit anschließender heißer Schokolade im Loeb Boathouse?«, schlägt meine Mutter vor.

»O ja! Das wäre schön«, entgegne ich ihr.

Vielleicht wird es ja tatsächlich kein so schlechter Tag.

Nachdem wir ein ganz bezauberndes Kleid im Macy's gefunden und lecker zu Mittag gegessen haben, durchqueren wir nun den Central Park. Auch wenn heute die Sonne scheint und einen magischen Schimmer über die Stadt wirft, fehlen die grasgrünen Blätter an den Bäumen. Ich liebe es hier im Sommer einfach viel mehr. An einer kleinen Brücke machen wir Halt. Sie erstrahlt in einem zarten Weiß, von dem Schnee, der noch auf den Geländern liegt. Auch die Bäume daneben sind noch mit Schnee bedeckt. Im Hintergrund stechen die Hochhäuser hervor und bilden einen wunderschönen Anblick. Mit langsamen Schritten betreten wir die Brücke.

»Ich gehe immer hierher, wenn ich nicht mehr weiterweiß, weil …«, breche ich die Stille zwischen mir und meiner Mutter.

»… weil du dich hier deinem Vater näher fühlst«, unterbricht sie mich.

»Woher weißt du das?«, frage ich sie verwundert.

»Immer wenn es dir nicht so gut ging, du Stress mit Henry hattest oder die Uni dich überforderte, bist du in den Central Park gegangen. Früher, wenn du als Kind zornig warst, dich verletzt hattest oder traurig warst, ist dein Vater mit dir hierhergekommen und ihr habt von der Brücke aus die Enten gefüttert. Du warst so begeistert davon, dass du alles, was dich bedrückt hat, vergessen hast«, erklärt sie mir.

»Ich spüre ihn hier so sehr, und er gibt mir das Gefühl, dass ich alles schaffen kann«, füge ich hinzu. Er ist vor zehn Jahren an Krebs verstorben. Er gehörte zu den wundervollsten Menschen in meinem Leben. Wenn ich an seine Art zurückdenke, wünsche ich mir, dass ich eines Tages genauso werde. Nichts, aber rein gar nichts konnte ihn aus der Ruhe bringen, und war die Situation auch noch so brenzlich, atmete er zwei- bis dreimal tief durch und fand dann eine Strategie, die das Problem in wenigen Sekunden löste. Er war in jungen Jahren ein Charmeur und viele Frauen verloren sich in seinen Worten. Aber für ihn gab es nur eine Frau. Meine Mutter. Glücklicherweise, denn sonst gäbe es mich wahrscheinlich nicht.

Wir blicken beide auf das gefrorene Wasser des Sees vor uns. In drei bis vier Monaten werden hier wieder kleine Enten schwimmen, die Bäume werden sich wieder grün verfärben und der Central Park wird wieder zum Leben erwachen. Eine kleine Vorfreude breitet sich in mir aus.

»Wollen wir ins Loeb Boathouse? Es ist kalt«, sagt meine Mutter mit zitternden Lippen. Ich hänge mich bei ihr ein und zusammen machen wir uns auf den Weg in die Bar.

Das Loeb Boathouse liegt am Seeufer inmitten des Central Parks und bietet einen erstklassigen Blick auf den Park und die dahinter liegenden Hochhäuser. Im Sommer kann man sich sogar ein Tretboot ausleihen und damit auf dem See umherschippern. Im Winter wirkt das kleine Haus so idyllisch, weil man durch die großen Fensterscheiben auf die kühle, winterliche Landschaft blicken kann, während man drinnen an der Feuerstelle ein warmes Getränk schlürft.

»Für mich bitte eine heiße Schokolade mit Sahne und Marshmallows«, gebe ich dem Kellner meine Bestellung auf und lächle ihn voller Freude an.

»Für mich genau dasselbe«, bittet ihn meine Mutter.

»Ich liebe diesen Ort so sehr«, sagt sie und blickt abwechselnd zu mir und zum zugefrorenen See.

»Wir sind früher jeden Sonntag hergekommen und haben am Ufer Karten gespielt, das weiß ich noch so genau, als wäre es gestern gewesen«, entgegne ich ihr.

Meine Kindheit in New York war wundervoll. Es fehlte mir an nichts und ich bekam von meinen Eltern jeden Wunsch von den Augen abgelesen. Auch heute liebe ich New York noch sehr. Es ist nur nicht mehr so wie damals, ohne meinen Vater.

Der Kellner bringt uns schließlich unsere Getränke und genüsslich schlürfen wir die süße Schokolade und verlieren bei unserer Plauderei vollkommen die Zeit aus den Augen.

»Oh, so spät schon!« Erschrocken blicke ich auf die Uhr. »Machen wir uns langsam auf den Nachhauseweg?«, bitte ich meine Mutter. Mich in mein Silvesterkleid zu zwängen und mich für Henrys Überraschung aufzubrezeln, könnte etwas Zeit in Anspruch nehmen.

»Welcher Mantel passt deiner Meinung nach besser zu meinem roten Kleid? Der schwarze oder der graue?«, frage ich meine Mutter und halte beide vor mich hin.

»Du siehst in beiden bezaubert aus, aber nimm den grauen. Bis später!«, antwortet sie mir und drückt mir einen Kuss auf die Stirn.

Ich stelle mich gespannt vor die Tür und warte auf Henry. Die Straße vor dem Haus ist heute kaum befahren und auch die Gehsteige sind menschenleer. An diese Stille könnte ich mich gewöhnen. Diese herrscht in New York selten. In den meisten Wohnungen brennt Licht, bei einigen sieht man sogar noch den leuchtenden Weihnachtsbaum durchs Fenster. In wenigen Tagen liegen sie dann vertrocknet am Gehsteig und die wundervolle Magie von Weihnachten nimmt ein Ende.

»Wo ist er bloß?«, kommt es zittrig über meine Lippen. Kurz bevor ich beschließe, wieder zurück ins Haus zu gehen, fährt ein Taxi vor. Pünktlich wie er ist, kommt er natürlich zehn Minuten zu spät.

Ich steige zu ihm ins Taxi und küsse ihn zärtlich.

»Eines musst du mir verraten, Henry: Wie kannst du in allen anderen Dingen so wahnsinnig ordentlich sein, schaffst es aber nie, pünktlich zu kommen?«, frage ich und schmunzle.

»Wenn ich auch noch pünktlich wäre, dann wäre ich einfach zu perfekt«, scherzt er.

»Das glaubst auch nur du!« Ich zwinkere ihm zu. »Kannst du mir bitte endlich verraten, wohin wir fahren?«

»Du musst endlich lernen, zu verstehen, dass man eine Überraschung nicht ausplaudert, sonst ist es doch keine Überraschung mehr«, weist er mich zurecht und lacht.

Er legt seine Arme um meinen Oberkörper und verbindet vorsichtig meine Augen. Und als wäre mir nicht schon vor Aufregung schlecht, so tragen die verbundenen Augen im Auto nicht wirklich zur Verbesserung bei. Glücklicherweise dauert die Fahrt nicht lange und ich behalte die heiße

Schokolade mit Sahne und Marshmallows von heute Nachmittag im Magen.

Mit einem lauten Hupen signalisiert uns der Taxifahrer, dass wir angekommen sind. Henry nimmt meine Hand und führt mich aus dem Auto. Weder am Geruch noch an den Geräuschen kann ich erkennen, wo wir gelandet sind. Im Hintergrund höre ich Kirchturmglocken, wie sie halb zwölf schlagen. Aber es gibt zu viele Kirchen in New York, um erraten zu können, wo genau wir uns befinden. Er hält meine Hand und begleitet mich sicher in einen Aufzug. Es sind sehr viele Stockwerke, die wir nach oben fahren. Ich klammere mich noch fester an ihn, denn es braucht eine Menge an Gleichgewicht, blind Aufzug zu fahren. Alles schaukelt und mein Körper wehrt sich gegen die Schwerkraft, aber es fühlt sich auch irgendwie magisch an. Wie ein Abenteuer, ohne zu wissen, was mich oben erwartet. Ich fühle mich sicher an Henrys Seite, bin aber trotzdem aufgeregt, welches Bild sich mir gleich bieten wird. Mein Herz schlägt Loopings und mein Atem wird immer schneller. Wird er mir vielleicht sogar einen Antrag machen?

»Hey, dass du mir nicht umfällst vor Aufregung!« Ich höre ein feines Lächeln in seiner Stimme. Er fasst meine Hand noch fester und übermittelt mir ein Gefühl von Sicherheit. Weil er eben in jedem Augenblick unseres Lebens ganz genau weiß, was ich brauche. Er ist mein Fels in der Brandung, ohne den ich mir ein Leben nicht vorstellen könnte. Und wenn ich es müsste, müsste ich erst wieder allein schwimmen lernen, um in der rauen See nicht zu ertrinken.

Nach einigen Sekunden öffnen sich die Aufzugtüren und unser Weg führt uns wieder ins Freie. Ich atme tief ein und kalte Luft strömt in meine Nase. Ein leichter Wind weht durch mein Haar und lässt sie nach hinten fliegen. Alles fühlt sich gerade leicht an, und so, als wäre kein Hindernis zu groß für mich.

Henry befreit meine Augen von der Binde und ich öffne sie langsam. Der Anblick, der sich mir bietet, ist unbeschreiblich schön. Mein Kopf kann die vielen Lichter und die zahlreichen Bilder nicht so schnell verarbeiten, wie meine Augen sie sehen. Freude steigt in mir hoch und ich könnte in die Luft springen vor Aufregung. Ich kann es kaum glauben, am Silvesterabend auf dem Empire State Building zu stehen und auf die ganze Stadt blicken zu können.

Die Autos auf New Yorks Straßen wirken so klein, dass man sie kaum noch erkennen kann. Sie bilden einen langen Lichtstrahl durch die Stadt, und es sieht so aus, als würden sie sich keinen Zentimeter bewegen. In den vielen Häusern um uns herum brennt Licht, dadurch kann man perfekt deren Umrisse erahnen. Durch den Wind, der das Empire streift, fühlt es sich so an, als würde es wackeln. Ich greife nach Henrys Hand und stelle mich unter seine schützenden Schultern. Er umarmt mich von hinten und legt beide

Arme um mich. Die Stimmung mit Henry war seit Langem nicht mehr so romantisch und ich genieße jede Sekunde davon. Seine Berührungen und die Küsse, mit denen er meinen Hals verwöhnt. Die innigen Blicke, die er mir zuwirft. So schön, dass ich mich beinahe in seine Augen fallen lassen kann.

»Ich bin einfach nur sprachlos. So etwas Wundervolles hätte ich mir im Leben nie erträumt«, flüstere ich ergriffen und strahle.

»Eine sprachlose Kate. Wo sollen wir das notieren?«, scherzt er und lächelt mich an. »Ich möchte mich damit bei dir entschuldigen, dass ich in letzter Zeit so distanziert war. Die Uni ist mir über den Kopf gewachsen, aber ich verspreche dir, dass das nie wieder vorkommt, denn ich liebe dich.«

»Das möchte ich auch hoffen«, entgegne ich ihm und küsse ihn zärtlich.

»Darf es noch ein Gläschen Champagner für die Herrschaften sein?«, erkundigt sich einer der Kellner und hält uns ein Tablett voller Gläser vor die Nase. Es ist ein sehr exklusives Event, das kann man bereits an der Kleidung der Kellner erkennen. Neben uns gibt es nur noch einige wenige Personen, die den Ausblick von hier oben genießen dürfen. Wir schnappen uns ein Gläschen und stoßen an.

»Wie hast du es bloß geschafft, hier einen Platz zu reservieren? Ich kann mir vorstellen, dass dieses Event sicher sehr teuer ist«, stammle ich.

»Vielleicht habe ich den Namen meines Vaters etwas missbraucht. Aber erzähl keinem etwas davon, schon gar nicht meinem alten Herrn!« Sein Vater ist eine sehr angesehene Person in New York und führt eine der größten Investmentfirmen. Trotz seines Status ist er einer der herzlichsten Menschen, die es gibt.

Glücklich lasse ich mich in Henrys Arme fallen und blicke in die Ferne. Die Musik der Band passt perfekt zu der romantischen Stimmung und ich fühle mich wie eine Prinzessin auf einem Ball. Es fehlen nur noch die Tänzer und Tänzerinnen.

»Ich könnte gerade nicht glücklicher sein, Henry«, murmle ich an seinen Lippen. Sie schmecken nach dem prickelnden Sekt und einer rosaroten Zukunft.

»Zehn, neun, acht, sieben«, ertönt es von den Menschen um uns herum. Henry zieht mich noch fester an sich, und in meinem Bauch entsteht ein Kribbeln, das ich bereits damals gefühlt habe, als ich ihm das erste Mal begegnet bin. Ich blicke ihm tief in die Augen. Er legt seine Arme um mich und hält mich fest, so, als würde mich jemand stehlen wollen.

»Drei, zwei, eins«, schreie ich, so laut ich kann. Überall sind Feuerwerke zu sehen, als würde die ganze Stadt explodieren. Alles erstrahlt in bunten Lichtern und das Jubeln der Menschen auf den Straßen ist nicht zu überhören. Eigentlich finde ich Silvester gar nicht so schlecht, muss ich zugeben.

Hi K,
wird sind im Leni's.
Wann kommst du endlich?
M.

Mit einem Schmunzeln stecke ich mein Handy wieder in meine Tasche. Ich freue mich, mit meinen Freundinnen nachher dort anzustoßen. Auf ein wundervolles Jahr, einen grandiosen Abschluss und eine noch schönere Zukunft. Silvester hat mir seit vielen Jahren nicht mehr so großen Spaß bereitet.

»Wollen wir los? Dann können wir mit den Mädels den Abend ausklingen lassen«, flüstert Henry in mein Ohr.

»Nichts lieber als das«, antworte ich ihm freudig. Endlich scheint alles wieder im Lot zu sein. Henry ist an meiner Seite und gleich treffen wir Mia und Grace. Die ganzen Gedanken der letzten Wochen waren völlig umsonst.

Vor dem Leni's nimmt Henry meine Hand und legt sie auf seinen Mund und küsst sie.

»Wir könnten auch nach Hause und du weißt schon was machen?«, fragt er mich mit zwinkerndem Auge.

Meine Wangen werden heiß und ich grinse verschmitzt.

»Das wäre wundervoll, aber Mia und Grace warten doch auf uns«, sage ich dann aber beinahe enttäuscht.

»Dann lass uns hineingehen, wir haben doch noch unser ganzes Leben Zeit«, sagt er und küsst mich auf die Stirn.

Bereits am Eingang sieht man die vielen tanzenden Personen hinter den beschlagenen Scheiben. Überall hängen noch Weihnachtslichter in den Schaufenstern und in der Mitte des Lokals leuchtet nach wie vor der große, prachtvoll geschmückte Baum. Diese Nacht fühlt sich magisch an und es ist mit Sicherheit das beste Silvester meines Lebens.

»Kitty-Katiiiiiii!«, kreischt mir Mia ins Ohr, während Grace sich mir an den Hals schmeißt, sodass wir beide zusammen beinahe das Gleichgewicht verlieren. Sie gackern wie die Hühner, und ich kann es kaum erwarten, ein paar Cosmopolitan hinabzustürzen, um mein Niveau dem ihren anzupassen! Wir tanzen, singen und feiern, als gäbe es kein Morgen. Einfach nur lachen, glücklich sein und feiern, und wenn man das auch noch mit den liebsten Menschen kann, dann hat man im Leben alles, was man benötigt. Wenn ich so an meine Lieblingsmenschen denke, fällt mir auf, dass ich Henry bereits seit längerer Zeit nicht mehr gesehen habe.

»Hast du Henry gesehen?«, schreie ich Mia ins Ohr.

»Waaaaaas? Ich kann dich nicht verstehen«, schreit sie zurück.

»Wo ist Henry?«, versuche ich es erneut und deute mit Händen und Füßen.

»Ich weiß nicht, wo Grace ist«, schreit Mia zurück.

Erst jetzt realisiere ich, dass auch Grace verschwunden ist.

»Komm, gehen wir sie suchen!« Ich ziehe Mia hinter mir her. Doch weder an der Bar noch im Tanzbereich ist eine

Spur von den beiden. Nachdem wir das ganze Leni's abgesucht haben, nehmen wir unsere Mäntel und gehen vor die Tür, da Henry raucht, wenn er betrunken ist. Im Schatten der Straßenlaterne erblicke ich ihn – jedoch nicht allein. Er küsst ein Mädchen, und je näher ich komme, umso nüchterner werde ich. Er küsst nicht irgendein Mädchen. Er küsst Grace.

Schlagartig wird mir schlecht und eigentlich will ich weglaufen, weg von diesem Albtraum, aber ich kann mich nicht bewegen. Ich spüre förmlich, wie mein Herz in tausend Stücke zerbricht und sich das Gefühl von Kälte in mir ausbreitet.

»Was …«, krächzte ich, aber meine Stimme bricht.

Henry blickt zu mir und zuckt zusammen. Als Grace mich sieht, lässt sie Henry sofort los.

»Es ist nicht so, wie es aussieht«, redet Grace auf mich ein.

»Es tut mir so leid, Kate, das hätte nie passieren dürfen. Bitte verzeih mir, ich liebe dich!«, stammelt Henry und nimmt meine Hand. Ich reiße mich von ihm los. Mein Kopf ist wie ausgeschaltet.

»Lass mich bloß los. Was soll das ganze Geschwafel von wegen du liebst mich und wir hätten noch unser ganzes Leben Zeit? Was verheimlicht ihr mir noch? Hast du etwa auch an Weihnachten schon mit Grace geknutscht, warst du das?«, frage ich und kann ein Schluchzen nicht unterdrücken. Er blickt zu Boden, ohne mir eine Antwort auf meine Frage zu geben.

»Jetzt rede endlich, du Idiot«, flehe ich ihn förmlich an. Ein leichtes Nicken von seiner Seite lassen meine Tränen ungehindert fließen. Sie kullern über meine eisigen Wangen und tropfen auf den Boden.

»Lass uns hier abhauen«, höre ich Mia sagen. Sie nimmt mich in ihren Arm und schützt mich so davor, Henry und Grace weiterhin ansehen zu müssen. Mit der anderen Hand winkt sie und ruft ein Taxi zu uns heran. Sie bugsiert mich auf den Rücksitz, und als der Wagen an Henry und Grace vorbeirollt, steht ihnen das schlechte Gewissen ins Gesicht geschrieben und ich sehe Reue in ihren Augen. Aber dafür ist es zu spät. Vor zwei Stunden noch stand ich mit Henry auf dem Empire State Building und dachte, die Welt läge uns zu Füßen, und nun hat er einfach so alles kaputt gemacht. Mein Leben ist zusammengebrochen wie ein Kartenhaus. Einfach kaputt.

»Wie kann er mir das nur antun?«, wispere ich und werfe mich haltlos weinend um Mias Hals. »Was soll ich jetzt bloß tun? Es schmerzt so sehr.«

Vier

Ich habe bereits in so vielen Büchern und in unzähligen Filmen das Zitat »Du hast mir mein Herz gebrochen« gehört, aber bis heute konnte ich mir nicht wirklich etwas darunter vorstellen. Jetzt weiß ich, was es bedeutet. Es fühlt sich so an, als hätte mir Henry mein Herz zerrissen. In tausend Stücke. Und jede Faser darin schmerzt. So sehr, dass ich mich kaum bewegen kann. Die Erinnerung an uns tut so unendlich weh. Jeder Blick zum Empire, immer wenn ich seine Straße überquere und jedes Mal, wenn ich seinen Namen höre, läuft mir ein kalter Schauer über den Rücken. Es waren unsere Momente, die wir zusammen geteilt haben. Unsere. Jetzt gibt es nur noch mich, und das nur, weil er sich gegen uns entschieden hat. Er hat mich alleingelassen. Geblutet hat mein Herz bereits damals, als mich mein Vater verlassen hat, aber er konnte nicht anders. Er musste gehen. Niemals hätte er mich freiwillig zurückgelassen, sondern alles dafür gegeben, zu bleiben. Aber Henry stand vor der Wahl. Hinterlassen hat er einen riesigen Scherbenhaufen.

Tagelang drehe ich mich im Bett hin und her, in der Hoffnung, dass dieser Schmerz in meiner Brust eines Morgens verschwunden sein wird. Meine Augen sind feuerrot von dem ganzen Geheule, als hätte mir Henry eine Packung Salz ins Gesicht geschüttet. Ich hätte mir nie träumen lassen, dass zwei so wichtige Menschen in meinem Leben mich dermaßen verletzen können. Es handelt sich nicht nur um den Schmerz, den sie mir mit ihrem Verhalten zugefügt haben. Ich kämpfe auch mit dem Gedanken, zwei meiner besten Freunde verloren zu haben.

Wenn uns Menschen bereits ein Leben lang begleitet haben, können wir ihnen nicht verzeihen, wenn sie uns zu Boden gebracht haben. Am Boden. Genau diese Aussage beschreibt meine derzeitige Situation. Ich bin am Boden!

Es klingelt an der Tür, aber ich ignoriere es. Es klingelt ein zweites und drittes Mal und noch immer habe ich mich keinen Zentimeter bewegt. Nachdem es vier weitere Male klingelt, werde ich zunehmend sauer.

»Verdammt! Welcher Idiot versteht nicht, dass keiner öffnet, wenn niemand zu Hause ist!«, schreie ich. Eigentlich bin ich ja zu Hause, das weiß derjenige vor der Tür nur glücklicherweise nicht.

Es klingelt erneut. Dieses Mal raffe ich mich auf und gehe zur Tür. Barfuß. Mit der Klinke in der Hand blicke ich in den Spiegel, der links davon hängt. Ich erkenne mich kaum wieder. Meine Haare sind zerzaust und sehen aus wie ein Vogelnest. Meine Augenringe reichen bis zum Kinn, und der Geruch, der sich unter meinen Achseln gebildet hat, würde einige umhauen. An einem so tiefen Punkt in meinem Leben war ich noch nie. Wo ist der fröhliche Sonnenschein, den ich an mir so liebe? Den alle so an mir lieben? Den Henry so an mir geliebt hat? Henry.

Ich öffne die Tür und würde am liebsten gleich losbrüllen. Aber es ist weder Henry noch Grace. Es steht ein junger, attraktiver Mann im Anzug vor meiner Tür.

»Miss Williams?«, fragt er mich mit skeptischem Blick. Zurecht.

»Ja? Was ist?«, antworte ich kurz angebunden.

»Ich habe Sie versucht zu erreichen, aber es scheint, als hätten Sie seit Tagen Ihr Handy ausgeschaltet.« Klang da etwa ein Tadel in seiner Stimme mit? Er hält mir einen Brief vor die Nase. »Hier ist eine Einladung für Sie.«

Der Mann spricht mit einem Akzent, aber ich kann nicht erkennen, ob er Franzose oder Italiener ist. Er ist schätzungsweise um die dreißig und trägt einen Dreitagebart und einen dunkelblauen Anzug, der ihm außerordentlich gut steht. Sein Äußeres wirkt generell sehr gepflegt, was mich aber am meisten an ihm fasziniert, ist das Funkeln in seinen Augen. Noch bevor ich den Mund aufmachen kann, um meiner Verwunderung über die geheimnisvolle Einladung kundzutun, ist der Mann auch schon wieder weg. Das Einzige, was er hinterlässt, ist der Brief in meiner Hand und eine Parfümwolke. Ein Duft, den ich gern nochmals riechen würde.

Ich starre ihm nach und atme das erste Mal seit Tagen wieder Frischluft ein. Silvester ist nun genau eine Woche her und es ist das erste Mal seitdem, dass ich das Haus verlassen habe. Zumindest stehe ich vor der Türschwelle, was definitiv als draußen aufzufassen ist. New York ist erstaunlich ruhig, keine Autos, die die Straße hoch- und runterfahren und auch keine Fußgänger sind zu sehen. Es scheint so, als würde die Welt mit mir trauern.

Verwundert starre ich auf den Brief, der in meiner zittrigen Hand liegt. Ein wunderschönes kleines Wappen ziert die linke Ecke des Kuverts. Verschlossen wurde es professionell mit einem Siegelstempel. Vielleicht werde ich nach England zur Queen eingeladen oder nach Monaco zu Fürst Albert. Bei dieser Vorstellung muss ich unerwartet schmunzeln.

Meinen nackten und mittlerweile kalten Füßen nach zu urteilen, stehe ich bereits mindestens fünf Minuten im Freien und blicke auf den hübschen Brief. Also verlasse ich die Außenwelt wieder und setze mich im Haus auf die unterste Stufe der Treppe, so wie ich es früher immer um kurz vor sechs Uhr tat, um auf meinen Vater zu warten. Er kam immer pünktlich um zehn nach sechs von der Arbeit nach Hause, und wenn ich dann endlich das Schloss hörte, sprang ich auf und warf mich überglücklich in seine Arme.

Ich liebte den Geruch, den er von der Arbeit nach Hause brachte. Er roch nach Werkstatt und Schweißerarbeiten. Noch heute, wenn ich eine Werkstatt betrete und den Geruch in die Nase bekomme, fühle ich mich ihm näher. Sie strahlt im Moment etwas Tröstliches aus, so als würde mir jemand unter die Schultern greifen und mich innerlich aufrichten. Ich glaube normalerweise nicht an Übersinnliches, doch es fühlt sich so an, als wäre mein Vater hier bei mir und würde mich stützen.

Der Brief liegt noch immer verschlossen in meinen Händen und wartet darauf, geöffnet zu werden. Bereits die Anschrift sieht wunderschön geschrieben aus. Das »K« von Kate ist größer als die anderen Buchstaben und verziert. Aber wer macht sich so eine wahnsinnige Mühe, mir einen dermaßen schönen Brief zu schreiben? Ich überlege, ob ich überhaupt jemals einen handgeschriebenen Brief erhalten habe. Es fällt mir nur die Kritzelei von John in der dritten Grundschulklasse ein, als er versucht hat, mir seine Liebe zu gestehen. Als Kind war das Leben noch frei von Sorgen und es fühlte sich leicht an. Die wärmenden Sonnenstrahlen habe ich früher anders wahrgenommen als heute, sie waren so beruhigend und friedlich. Aber genau das Gefühl der beruhigenden Sonnenstrahlen möchte ich wieder zurück, so frei und unbeschwert leben können wie damals. Ich öffne den Brief.

Lugana, 03. Januar 2018

Sehr geehrte Kate Williams,

herzlichen Glückwunsch zu Ihrer hervorragenden Leistung an der NYU. Als eine der besten Absolventinnen dieses Jahrgangs laden wir Sie herzlich zu uns auf unser Weingut nach Italien ein. Unsere Familie betreibt seit Jahren ein internationales Eventmanagement-Unternehmen und möchte Ihnen, Miss Williams, die Möglichkeit geben, beruflich bei uns durchzustarten. Wir suchen junge Talente wie Sie, die noch unbeschriebene Blätter sind und die wir gemeinsam mit Farbe und Tinte füllen möchten.

Wir haben Ihnen bereits den nächstmöglichen Flug am Donnerstag, 7. Januar gebucht und hoffen, dass Sie unsere Einladung annehmen. Das Ticket erhalten Sie online auf Ihrem Smartphone. Bitte checken Sie bei Gate 3 ein. Sie werden in Mailand landen und dann mit dem direkten Zug nach Peschiera fahren. Von dort sind es mit dem Bus nur noch zirka zehn Minuten bis Lugana.

Wir freuen uns auf Sie und wünschen Ihnen bis dahin eine gute Zeit.

Mit freundlichen Grüßen,
Familie Ventura

Auf einem weiteren Zettel stehen nochmals alle Reisedaten.

Ich lese den Brief ein zweites Mal und auch beim zweiten Mal kann ich nicht glauben, was darin steht. Kurz befürchte ich sogar, dass es sich hierbei um einen fiesen Streich handelt. Um herauszufinden, wo genau sich Lugana befindet, schalte ich mein Handy ein. Ein Dauerpiepsen ertönt. 97 verpasste Nachrichten und 36 entgangene Anrufe. Abgesehen von einer unbekannten Nummer – wahrscheinlich dem schicken Brief-Überbringer – stammen fast alle von Grace und Henry. Sie enthalten Erklärungen und viele Entschuldigungen. Eigentlich will ich keine Erklärung und schon gar keine Entschuldigung von ihnen. Ich will sie einfach nie mehr wieder sehen oder hören. Eine Nachricht ist von Mia:

Liebe Kate,

wie du weißt, wäre ich nirgendwo lieber als bei dir, um dich zu trösten und diese Zeit mit dir zusammen durchzustehen. Aber wie jedes Jahr machen wir unseren Winterurlaub. Dieses Jahr in Spanien, um gleichzeitig den Onkel meines Vaters zu besuchen. Ich war am Neujahrsmorgen bei dir und habe geläutet, um mich zu verabschieden, aber du hast nicht geöffnet. Ich bin ganz bald zurück und dann können wir über alles reden, und wenn du bis dahin reden willst, kannst du mich jederzeit anrufen.

Ich liebe dich! M.

Ich habe das Läuten am Neujahrsmorgen gehört, aber ich wollte nur unter meiner Bettdecke zusammengerollt liegen und weinen. Die ganze Woche habe ich nur geheult und mich selbst bemitleidet, aber damit ist jetzt Schluss. Heulen kann ich schon den ganzen Tag nicht mehr. Es ist keine einzige Träne mehr in mir. Und wenn ich noch länger liegen bleibe, muss mein Körper erst wieder laufen lernen.

Ich wische alle Nachrichten von Henry und Grace ungelesen in den Papierkorb und suche stattdessen den Ort Lugana. Die Bilder, die ich sehe, verleiten mich zum Träumen. Ein malerisches Örtchen mit bunten Häusern und einem imposanten Kirchturm, umgeben von zahlreichen Weinreben. Der See, an dessen Ufer es liegt, strahlt auf den Fotos im Abendrot, und die Promenaden sind bedeckt von Blättern. Das Weingut der Familie Ventura existierte tatsächlich, ebenso wie das Eventmarketing-Unternehmen. Und dort, wo die Firma ihre Visionen und Projekte vorstellt, steht tatsächlich, dass sie jedes Jahr die Jahrgangsbesten einiger auserlesener Universitäten zu einem Praktikum einladen. Der Brief ist verdammt noch mal kein Witz!

Ich schnappe ihn mir wieder und lese ihn ein drittes Mal. Der Flug geht am Donnerstag, 7. Januar, und laut meinem Handy ist das bereits morgen. *O verdammt, der Flug geht schon morgen.*

Völlig überstürzt renne ich die Treppen hoch bis ins Obergeschoss. Da lagert meine Mutter ihre zahlreichen Koffer.

Von früher weiß ich noch, dass sie einen wunderschönen alten braunen Koffer besitzt. Er war ihr Lieblingskoffer, denn sie glaubte, dass ihr dieser im Flugzeug Glück bringen würde.

Ich schnappe mir diesen Koffer, denn Glück kann ich momentan sehr gut gebrauchen. Sie hoffen, dass ich die Einladung annehme? Aber so was von! Sie kommt wie gerufen. Wie vom Himmel gesandt, denke ich, und komme nicht umhin, an meinen Vater zu denken. Zusammen mit dem Koffer setze ich mich vor meinen Kleiderschrank auf den Boden. Ich krame dicke Pullover und lange Hosen aus meinem Schrank, denn laut dem Wetterfrosch im Internet herrschen auch in Italien winterliche Temperaturen.

Als ich meinen Koffer schließe, fällt mein Blick auf das Foto von meiner Mutter und mir, das auf dem Schreibtisch steht.

Fünf

Die wenigen Klamotten, die den Weg bereits in den Koffer gefunden haben, nehme ich vorsichtig wieder heraus. Als ich das Foto von meiner Mutter und mir erblickte, wurde mir klar, dass ich New York nicht verlassen kann.

Nein. Ich kann *sie* nicht verlassen.

Sie war immer für mich da und ist nicht nur meine Mutter, sondern gleichzeitig meine beste Freundin. Als mein Vater gestorben ist, war sie am Boden zerstört, raffte sich aber jeden Tag wieder aufs Neue auf und das nur für mich. Sie war stark in den Momenten, wo sie eigentlich keine Kraft mehr hatte, und das tat sie alles nur meinetwegen. Ich kann sie hier nicht allein lassen.

»Ich bin wieder zurück. Bist du in deinem Zimmer?«, ruft meine Mutter die Treppen hoch.

»Ja. Ich bin hier oben. Ich komme gleich runter«, antworte ich und verstecke erschrocken den Koffer hinter meiner Zimmertür. Aber ich bin zu langsam, denn meine Mutter steht bereits mit einem Fuß in meinem Zimmer.

»Oh, mein wunderschöner alter Koffer. Was willst du denn damit? Gehst du auf Reisen?«, fragt mich meine Mutter mit liebevollem Blick.

»Ähm, ja. Ähm, ich meine nein. Ich wollte, aber es ist eine blöde Idee«, sage ich mit gesenktem Kopf.

»Meine Kate hat nie blöde Ideen. Also schieß los und erzähl mir alles«, sagt meine Mutter und setzt sich aufmunternd lächelnd zu mir auf den Boden. Etwas zögerlich nehme ich den Brief aus meiner Tasche und drücke ihn ihr in die Hand. Sie liest ihn aufmerksam durch.

»Ich habe es recherchiert, es ist wahr«, platzt es aus mir heraus.

»Das klingt doch alles wundervoll. Was ist denn daran eine blöde Idee?«, wundert sie sich und streicht mir zärtlich über die Wange.

»Es ist doch in Italien«, sage ich und halte kurz inne. »Und du bist doch hier allein in New York.«

»Ach so, jetzt verstehe ich, was dich bedrückt. Das hier«, sagt sie und wedelt mit dem Brief vor meiner Nase herum, »ist eine einmalige Chance, die du nutzen musst. Hier geht es nur um dich und nicht um mich. Ich werde nie allein sein, wenn ich dich in meinem Herzen dabeihabe. Und ich komme dich einfach jeden Monat besuchen«, scherzt sie und holt den Koffer hinter der Tür hervor.

»Wie sind die Temperaturen in Bella Italia? Was müssen wir einpacken?«, fragt sie. Überglücklich falle ich meiner

Mutter um den Hals. Ich könnte mir nie im Leben eine bessere wünschen.

Mit meinem dicken kirschroten Wintermantel, den Pelzhandschuhen und einer Mütze bekleidet stehe ich nun am Straßenrand und winke eines der vielen Taxis von New Yorks Straßen zu mir her. Glücklicherweise leben wir in einer Straße, wo man relativ einfach eines erhält. Je näher man dem Times Square kommt, umso schwieriger wird es.

Ein etwas älterer Mann hält mit seinem gelben Taxi direkt vor mir an.

»Bitte ins Mona's Bakery an der Seventh Avenue«, sage ich freundlich zu ihm. Er wirkt gestresst, wie sehr viele Personen in New York. Mit den Jahren wurde in der Stadt alles viel hektischer. Personen laufen mit ihren Handys vor dem Gesicht und den Kopfhörern in den Ohren wie verwirrte Lämmchen umher. Sie beachten die Schönheiten an Gassen, Promenaden und Parks, die New York zu bieten hat, nicht mehr. Immer wenn ich mich vom Lernen erholen musste, nahm ich meine Laufschuhe und joggte durch die Stadt. Ich fand es wunderschön, die speziellen Gebäude zu betrachten, den Straßenkünstlern zuzuhören oder die menschenleeren Parks im Winter zu beobachten. Und wenn ich eine neue Gegend entdeckte, fotografierte ich sie und klebte die Fotos abends in mein Tagebuch. Es gibt so viele Orte in New York, die ich noch nicht gesehen habe, und jeder Ort hält etwas Magisches bereit.

Wir Menschen müssen wieder mehr unsere Augen öffnen, um diese Magie zu sehen. Doch wir können sie nicht mehr erkennen, weil wir mehr in unseren sozialen Medien leben als in der wirklichen Welt. Wir schauen uns lieber Hunderte Stories an, wie es endlich zum ersten Mal in New York schneit, anstatt vor die Tür zu gehen und das Schauspiel mit eigenen Augen zu betrachten. Es gibt Tausende Bilder von Sonnenuntergängen und dem wunderschönen Abendrot am Empire im Internet, doch niemals würde es uns einfallen, einfach selbst hinzufahren und den Sonnenuntergang in Wirklichkeit zu erleben. Und die Menschen, die das Bild davon machen, sind so damit beschäftigt, das Foto zu schießen, dass sie den eigentlichen wunderschönen Sonnenuntergang im Hintergrund gar nicht wahrnehmen. Ich habe vor einiger Zeit ein Buch gelesen, wo es darum ging, das Hier und Jetzt bewusst wahrzunehmen. Darin stand, dass jeder Moment, den wir nicht bewusst für zehn lange Atemzüge genießen, nicht in unserem Langzeitgedächtnis gespeichert wird.

»Das macht dann fünf Dollar zwanzig«, sagt der Taxifahrer und reißt mich aus meinen Gedanken.

»Könnten Sie hier kurz auf mich warten? Ich muss anschließend noch zum Flughafen«, bitte ich ihn.

Voller Vorfreude springe ich aus dem Auto und renne ins Mona's Bakery. Seit dem Tod meines Vaters arbeitet meine Mutter dort als Geschäftsleiterin, denn sie wollte mehr Zeit für mich haben und das war in ihrem vorherigen

Beruf mit den ganzen Meetings und Geschäftsreisen nicht mehr möglich. Zudem war sie unzufrieden in ihrem Job und fand ihr Lächeln in der Arbeit unter anderem mit den Kunden in der Bäckerei wieder.

»Mama, Mama, mein Flug geht in weniger als drei Stunden! Ich fliege nach Italien«, schreie ich über die Theke in das Büro dahinter.

Sie sieht mich glücklich an. »Ich freue mich so sehr mit dir, du weißt gar nicht, wie stolz ich auf dich bin. Schreib mir, wenn du angekommen bist. Ich liebe dich«, sagt sie und drückt mir einen Kuss auf die Wange.

Meine Mutter ist immer auf meiner Seite und unterstützt mich, wo sie nur kann. Manchmal weiß sie natürlich schon vor mir, dass meine Ideen zum Scheitern verurteilt sind, trotzdem wird sie bei jeder Entscheidung hinter mir stehen. Dieses Mal weiß ich aber, dass es eine gute Idee ist.

»Ich liebe dich auch! Komm mich so schnell es geht besuchen«, sage ich mit einem breiten Grinsen auf den Lippen.

»O ja. So schnell es geht«, antwortet sie mir. Wie immer kann ich auf sie zählen. Ich umarme sie und laufe zurück ins Taxi. Als wir losfahren, wird mir erst so richtig klar, was ich gerade mache. Ich lasse das, was mir am meisten bedeutet, auf unbestimmte Zeit zurück. Meine Mutter.

»Bitte zum Flughafen.« Gern würde ich mich auch noch persönlich von Mia verabschieden, aber ich werde ihr eine Nachricht senden, sobald ich in Italien angekommen bin.

Italien liegt sowieso näher an Spanien als New York. Vielleicht kann ich im Flugzeug sogar auf sie hinabsehen, wie sie gerade die Läden Spaniens leer kauft.

»Wo ist bloß dieses verflixte Gate 3?«, stammle ich vor mich hin. Dank meiner Orientierungslosigkeit fühle ich mich etwas verloren zwischen all den Personen, die scheinbar genau wissen, welchen Weg sie gehen müssen. Mit der Reisetasche unter dem Arm und dem riesengroßen Koffer an der anderen Hand dränge ich mich durch die Menschenmengen. Ich blicke nach oben zu den Schildern und gleichzeitig ins Handy, um zu diesem unauffindbaren Gate zu gelangen.

Ein junger Mann drängt sich an mir vorbei. Meine Tasche fällt zu Boden, aber er bemerkt es gar nicht und eilt einfach weiter.

»Was sind Sie bloß für ein Arsch!«, schimpfe ich ihm nach. Er dreht sich nun doch zu mir um, und als ich in das vertraute Gesicht dieses fremden Mannes blicke, verstumme ich sofort. Am liebsten würde ich im Boden versinken. Der Mann, der gestern Vormittag noch mit dem Brief vor meiner Haustür stand, hebt meine Tasche auf und drückt sie mir in die Hand. Ich bete, dass er nicht gehört hat, was ich von mir gegeben habe. Er nickt, ohne ein Wort zu sagen, und verschwindet. Ich stehe wie angewurzelt und schäme mich zu Tode. Aber wie sollte es auch anders sein? Ich bin Meisterin solcher peinlicher Situationen.

Ich blicke ihm noch eine Weile hinterher und entdecke dabei am Ende des Ganges ein Schild mit *Gate 3*. Erleichterung macht sich in mir breit.

Vollgepackt laufe ich an den vielen Menschen vorbei und kann mich nach ausführlicher Sicherheitskontrolle endlich im Flieger auf meinem Platz am Fenster niederlassen. Geschafft! So einen Stress hatte ich schon lange nicht mehr.

Eine junge Frau setzt sich neben mich und ich bin erleichtert, dass der dritte Sessel frei bleibt. Normalerweise mag ich es nicht, am Fenster zu sitzen, denn jedes Mal, wenn man sich die Füße vertreten oder auf die Toilette will, muss man zwei weitere Personen bitten, aufzustehen. Aber heute scheint, abgesehen von meinem Fauxpas vorhin, trotzdem mein Glückstag zu sein.

Ich kralle mich an den Handlehnen fest, um meine Flugangst zu kontrollieren. Glücklicherweise schaukelt es kaum und wir sind nach wenigen Minuten hoch oben im Himmel. Kurze Zeit später riecht es bereits wunderbar aus den Galleys und die Stewardessen servieren uns das leckere Abendessen. Hähnchencurry mit Pilawreis und als Nachspeise Schokoladenmousse. Um mich auf die Weinregion Lugana vorzubereiten, bestelle ich einen Pinot Grigio dazu.

Mit meinem Gläschen Wein in der Hand klicke ich zwischen den verschiedenen Filmtiteln hin und her. Beim Film »Fifty Shades of Grey« bleibe ich stehen und sehe mir den Trailer an. Wie kann man im Leben nur so Glück haben und zufällig in das Büro eines reichen Unternehmers stolpern, der zu Beginn zwar sehr dominant ist, aber sich im Laufe des Films zu einem weichen Liebhaber entwickelt? So ein Unsinn, solche Momente gibt es im wahren Leben nicht. Ich suche weiter und meine Wahl fällt auf einen Zeichentrickfilm. Bei diesem Genre schlafe ich immer am besten ein. Und es scheint so, als würden der Film und das Glas Wein ihre Wirkung zeigen, denn ich schaffe es kaum, die ersten zehn Minuten zu schauen.

Ein Signal aus dem Cockpit ertönt; erschrocken fahre ich auf und öffne meine Augen. Die junge Frau neben mir legt beruhigend ihre Hand auf meinen Arm.

»Keine Sorge, Miss, der Pilot hat nur soeben den Landeanflug angekündigt«, sagte sie mit einer zarten und wunderschönen Stimme. Ich blicke aus dem Fenster und tatsächlich befinden wir uns bereits im Tiefflug. Das ging ja schnell, denke ich zufrieden, aber etwas traurig, dass ich Spanien verpasst habe.

»Ich wünsche Ihnen noch einen schönen Aufenthalt in Italien«, sagt meine Sitznachbarin, während sie sich ihren Koffer vom Gepäckband schnappt. Viele der Passagiere haben ihr Gepäck bereits erhalten, und nachdem das Gepäckband das dritte Mal die Runde fährt, mache ich mir langsam Sorgen um mein Hab und Gut. Auch nach zwei weiteren Runden ist mein Koffer immer noch nicht aufgetaucht. Am Schalter für Verlustmeldungen versuche ich verzweifelt nach meinem Koffer zu fragen. Die Dame dort sieht mich mit großen Augen an.

»Come posso aiutarla?«, fragt sie in schönem Italienisch.

»Buonasera«, stottere ich. Da ich leider außer ein paar wenigen Wörtern kein Italienisch spreche, will ich mein Handy als Übersetzer zu Hilfe ziehen. Klarerweise habe ich hier in Italien kein Netz; internationales Roaming ist kein Bestandteil meines Handyvertrags. Mit Händen und Füßen versuche ich der Dame zu erklären, wie mein Koffer aussieht. Sie legt ein Formular in englischer Sprache auf den Tisch und bittet mich, dieses auszufüllen. *Verlustmeldung eines Gepäckstücks.* Ich fülle das Formular aus und reiche es ihr. Falls mein Koffer auftaucht, wird er an die Adresse geliefert, die ich soeben angegeben habe. Das klingt doch gut.

Erleichtert stehe ich nun vor dem Flughafen und beobachte die vielen Reisenden dabei, wie sie in alle Richtungen laufen. Ein älterer Herr geht an mir vorbei.

»Signore, aiuto«, spreche ich ihn mit meinem besten Italienisch an.

»Tutto bene, signorina? Ha bisogno di aiuto?« Er blickt mich besorgt an. Ich versuche ihm mit den Händen zu erklären, dass alles in Ordnung ist und ich nur eine Frage an ihn habe.

»Dove treno?«, frage ich vorsichtig.

»Ah, ich verstehe, Sie müssen zum Zug«, antwortet er zu meiner Erleichterung in englischer Sprache. »Dafür müssen

Sie die Metro bis zur Haltestelle *Milano Centrale* nehmen. Von dort verkehren dann alle Regionalzüge.«

»Ich danke Ihnen vielmals!«, sage ich und umarme ihn beinahe vor Freude. Voller Ehrgeiz springe ich die Rolltreppen hinunter. Einen Vorteil hat es, ohne Gepäck zu reisen: Man kommt viel schneller von A nach B und muss nichts schleppen.

Vorsichtig besteige ich den alten Regionalzug nach Peschiera. In so einem klapprigen Gefährt bin ich vorher noch nie gewesen. Die U-Bahnen in New York sind zum Teil auch nicht mehr die jüngsten, aber dieser *Trenitalia* toppt alles. Ich lasse mich auf einen der freien Plätze fallen und atme erst einmal tief ein und wieder aus. Wäre ich zwei Minuten später angekommen, hätte ich den Zug wohl verpasst.

Langsam fahren wir aus dem Bahnhof aus, dann nimmt der Zug an Geschwindigkeit auf. Obwohl er bereits in die Jahre gekommen ist, finde ich das Rattern äußerst angenehm. Ein Gefühl von Glück und Zufriedenheit macht sich in mir breit und ich beobachte die Natur, die vor dem Fenster vorbeizieht. Die unendlichen Weiten und die vielen Felder, die im Moment zum Teil noch mit Schnee bedeckt sind, glitzern im Sonnenlicht. Auch einzelne Weingüter sind bereits zu sehen. Die endlosen Reihen an Reben verraten mir, dass es nicht mehr lange dauern kann bis zum Bahnhof von Peschiera del Garda.

Ein wenig später hält der Zug an einem sehr kleinen Bahnhof, der alt und zerbrechlich wirkt. Von hier kann man schon den See funkeln sehen. Bereits jetzt bin ich von dem Anblick verzaubert. Die Häuser rund um den Bahnhof sind bunt, alt und wirken so, als stünden sie schon ewig hier. Auf den Straßen sieht man nur sehr wenige Personen. Sie schlendern mit großer Ruhe vor sich hin. Ich fühle mich sofort wohl und angekommen, denn hier spüre ich keinerlei Hektik wie in New York. Allerdings fühle ich mich auch etwas verloren, denn die Schilder sind alle in italienischer Sprache und den Busbahnhof zu finden, ist schwerer als gedacht. Nachdem ich erst rechts die Straße hochgelaufen bin und in eine Sackgasse kam, biege ich nun links ab. Von Weitem sehe ich einen Bus auf mich zukommen mit der Aufschrift *LN026 Lugana.*

»Scheiße! Das ist mein Bus«, schreie ich laut.

Ich winke und zapple am Straßenrand und versuche ihn aufzuhalten, aber er fährt eiskalt an mir vorbei. Wie kann man nur so unfreundlich sein? Außer Atem laufe ich in die Richtung, aus der der Bus kam. Dort muss ich zu meiner Enttäuschung feststellen, dass es der letzte Bus war, der nach Lugana fährt.

Wütend mache ich mich also zu Fuß auf den Weg und folge den Schildern nach Lugana/Sirmione. Eine lange Weile laufe ich am Straßenrand entlang und versuche, nicht von den vielen Autos überrollt zu werden. Italiener können eindeutig nicht gut fahren, so hektisch wie das hier alles läuft.

Ein Ferrari fährt dicht an mich heran. Der Sportwagen macht einen heillosen Lärm und drängt mich beinahe von der Straße. Auch nach einigen Metern ist er immer noch neben mir, was mich etwas verunsichert. Ich habe viel zu viele Serien geschaut, wo junge Frauen gekidnappt werden. Ich gehe einige Schritte nach außen und mache dem Fahrer Andeutungen, bitte weiterzufahren. Als dieser auch noch die Scheibe öffnet, wird mir noch unwohler zumute. Innerlich habe ich bereits längst einen Fluchtplan ausgearbeitet, wohin ich laufe, wenn der Lenker auf komische Gedanken kommen sollte. Ich versuche meinen Blick so gut es geht von ihm abzuwenden.

»Guten Abend, Miss Williams«, ertönt es. Ich erschrecke mich, als ich die Stimme des Fahrers wahrnehme. Es handelt sich dabei um meinen Briefträger und den Mann am Flughafen, der mich angerempelt hat. »Bis nach Lugana sind es noch einige Kilometer und ich würde Sie ja gern mitnehmen, aber ich bin mir sicher, dass Sie zu keinem Arsch ins Auto steigen würden«, sagt er schadenfroh und schließt langsam das Fenster wieder. Verlegen blicke ich zu Boden. Was habe ich mir nur dabei gedacht, einen Fremden am Flughafen Arsch zu nennen?

An der nächsten Kurve wird das Auto immer schneller, bis ich nur noch seine Rücklichter sehe und der Straßenstaub in alle Richtungen weht. Ich kann nicht glauben, dass mich der Kerl hier stehen lässt, obwohl er genau weiß, dass es gleich dunkel wird. Arsch!

Ich folge einem Schild, das mich zur Seepromenade führt. Auf einer der zahlreichen Parkbänke lasse ich mich nieder und genieße das Naturschauspiel, das der Gardasee in der Abenddämmerung zu bieten hat. Ich bin augenblicklich verzaubert von dem Anblick. Eine rosa-orange Wolke blickt auf mich herab und der kühle Wind treibt den Duft des Wassers in meine Nase. Ein tiefer Frieden macht sich in mir breit und ich vergesse für eine kurze Zeit die ganze Aufregung. Noch nie habe ich so etwas Schönes gesehen. Wenn man sich in einen Ort so verlieben kann wie in einen Mann, dann ist dies der Ort, in den ich mich verlieben will.

Die Sonnenstrahlen verschwinden langsam und machen erst der Dämmerung und dann ziemlich rasch der für Januar typisch frühen Dunkelheit Platz. Glücklicherweise ist die Promenade beleuchtet und einzelne Jogger laufen an mir vorbei. Ich kann mir auch sehr gut vorstellen, hier meine Laufrunden zu drehen und dabei die Natur zu genießen. Verträumt spaziere ich dem See entlang. Vor der Ortstafel *Lugana* mache ich kurz halt, um mich zu orientieren. Ein Schild mit der Aufschrift *Tenuta Ventura* führt mich in eine Nebenstraße. Der Weg ist uneben und steinig und führt durch die *Proprietà privata Ventura*. Am Ende des Weges erscheint ein sehr großes Haus, das von oben bis unten beleuchtet ist. Es strahlt etwas Magisches aus und ich fühle mich bereits jetzt wohl. Die Suche nach der Klingel gestaltet sich jedoch schwierig, denn der Eingangsbereich ist so groß, dass ich gar nicht weiß, wo die richtige Tür ist. Ich entscheide mich für die größte in der Mitte des Gebäudes und klopfe vorsichtig.

Einige Sekunden später höre ich im Innenbereich Schritte, die näher kommen und kurz vor der Tür verstummen. Ich klopfe erneut, um sicher zu gehen, dass ich gehört wurde. Eine junge Dame im Nachthemd öffnet die Tür. Sie sieht mich fragend, aber sehr nett an.

»Guten Abend, mein Name ist Kate Williams. Ich komme wegen des Jobs als Eventmanagerin«, sage ich vorsichtig.

»Ah, buonasera, Kate! Wir haben dich bereits erwartet, nur etwas früher«, antwortet sie mit einem Lächeln auf den Lippen und zum Glück in einwandfreiem Englisch. Ich entschuldige mich und erkläre ihr den peinlichen Vorfall mit dem Bus. Verständnisvoll legt sie ihre Hand auf meine Schulter.

»Ich ziehe mir nur schnell meinen Mantel über, dann zeige ich dir deine Unterkunft«, sagt sie und schreitet mit großen Schritten voran.

Schade, ich wäre sehr gern in das große Haus gebeten worden und nicht in eines der drei kleinen Häuschen etwas abseits, die wie Bungalows aussehen und wahrscheinlich Mitarbeiter beherbergen. Sie wirken dennoch sehr idyllisch. Ich bin sehr gespannt, wie es hier morgen im Tageslicht aussehen wird. Die junge Dame übergibt mir einen Schlüssel, der die Größe meiner Hand hat. Das letzte Mal, als ich so einen Schlüssel in der Hand hielt, musste ich mit meiner Großmutter die Kirchentür entsperren, in der sie früher den Chor leitete.

»Bitte entschuldige das Durcheinander in der Wohnung. Wir haben in den letzten Wochen so viel zu tun gehabt, dass wir nicht dazu gekommen sind, hier sauber zu machen. Aber ich bin sicher, dass du dich bei uns wohlfühlen wirst. Mein Name ist Elisa. Ich bin die Tochter von Leonardo, unserem Oberhaupt und Seniorchef hier am Weingut. Am Küchentisch habe ich dir dein Abendessen hingestellt. Frische Wäsche findest du im Schrank. Und falls du mich brauchst, meine Nummer klebt an deinem Spiegel!«, sagt sie und schreitet mit denselben großen Schritten wieder davon.

Im Häuschen neben mir brennt noch Licht. »Wer wohnt hier noch?«, rufe ich Elisa nach.

»Federico, und das dritte Häuschen wird erst morgen besetzt«, antwortet sie. Federico also. Der Name klingt sehr schön, so italienisch. Ich freue mich schon darauf, morgen meinen Arbeitskollegen und Nachbarn kennenzulernen.

Ich schaue mich im Haus um. Die hölzernen Fensterläden sind geschlossen und verstaubt. Die Vorhänge wirken urig, aber romantisch. Das Badezimmer ist gerade so groß, dass man sich einmal um die eigene Achse drehen kann, und am Spiegel entdecke ich den Zettel mit der Nummer von Elisa und einer Nachricht:

Herzlich willkommen
in der Tenuta der Venturas.
Falls du etwas brauchst oder
Fragen hast, ruf mich gern an:
6537297463
Elisa

Die Fliesen im Bad wirken düster, und ich brauche unbedingt farbige Handtücher, um das hier auf Vordermann zu bringen. Im Nebenraum liegt das Schlafzimmer. Es ist sehr groß und führt direkt in den Garten. Das Bett ist zum Fenster gerichtet, und ich freue mich, dass mir beim Aufwachen die Sonnenstrahlen direkt ins Gesicht scheinen werden. Die Küche hingegen ist nicht viel größer als das Badezimmer. Auf dem Tisch stehen eine Packung Nudeln und Tomatensoße in einer großen Glasflasche. Ich schraube den Deckel ab. Sie riecht selbst gemacht, herrlich würzig und fruchtig. Wenn ich von der langen Fahrt nicht so müde wäre, würde ich kochen. Aber ich schaffe gerade nur noch, mein Bett zu beziehen, und lege mich schlafen.

Am nächsten Morgen weckt mich ein sanftes Klopfen. Ich habe geschlafen wie ein Stein und gar nicht bemerkt, dass die Sonne bereits hell in mein Zimmer scheint. In meinem rosa Morgenmantel mache ich mich auf den Weg zur Tür. Ich öffne sie, sehe aber niemanden. Ein warmer Geruch von Kaffee und Croissants steigt in meine Nase. Auf dem Boden steht ein Körbchen mit verschiedenem Gebäck und einer Thermoskanne. Verzaubert stehe ich im Türrahmen und blicke um mich. Bei Tageslicht sieht es hier noch viel schöner aus, als ich es bereits gestern Abend erahnt habe.

Voller Neugierde öffne ich die Tür in meinem Schlafzimmer und betrete das Gärtchen hinter dem Haus. Die Sträucher und Bäume wirken liebevoll gepflegt. Ein kleiner runder Tisch und zwei Stühle runden den Anblick ab und machen ihn perfekt. So stehe ich nun hier in Italien mit nackten Füßen und der Kaffeetasse in der Hand. Einen schöneren Morgen könnte ich mir nicht vorstellen.

Ein lautes Knirschen von nebenan erschreckt mich. Es kommt von der Zimmertür, die mit viel Schwung geöffnet wird. Zwischen den beiden Gärtchen liegt ein dichter Strauch, sodass ich mich sehr konzentrieren muss, zu erkennen, wer nebenan ist. Ein junger Mann in Trainerhose kommt aus dem Zimmer – das muss Federico sein. Seine Schultern sehen trainiert und stark aus. Die braunen Haare wirken sehr gepflegt. Schade, dass er mit dem Rücken zu mir steht. Um ihn besser sehen zu können, beuge ich mich so weit nach vorn, dass ich mit meinem Kopf im Gebüsch lande. Das Geräusch, das dabei entsteht, ist so laut, dass sich der Mann umdreht.

Schnell hüpfe ich wieder zurück in mein Zimmer und hoffe, dass er mich nicht gesehen hat. Mein Herz rast. Denn dieser Federico ist der Kerl, der mir den Brief übergeben hat, mich am Flughafen angerempelt und mich gestern mitten auf der Straße stehen gelassen hat. Was habe ich bloß verbrochen, dass mich dieser Mann auf Schritt und Tritt verfolgt?

Erstaunlich, dass hier die Angestellten einfach so nach New York fliegen und dann mit dem Ferrari vom Bahnhof zurück zur Tenuta fahren. An den Gedanken, einen Ferrari zu fahren, könnte ich mich gewöhnen. Etwas Gutes hat das Ganze aber, denn ich muss mich nicht mehr vor ihm schämen. Er ist ein Angestellter genau wie ich und der andere Typ, der heute das dritte Häuschen beziehen wird. Zufrieden mit meiner Feststellung stelle ich mich vor den Spiegel im Schlafzimmer.

Glücklicherweise hatte ich in meinem Koffer nicht genügend Platz für meine Kleidung und musste etwas in mein Handgepäck stopfen. Ohne Koffer ist man echt am Arsch. Ich schlüpfe in die braune Jeans und das rostfarbene Karohemd, das ich mir extra für das Leben auf einem Weingut gekauft habe. Dazu kombiniere ich meine Lederstiefelchen. Bevor ich das Haus verlasse, blicke ich nochmals in den Spiegel. Ich sehe gleichzeitig süß und arbeitswillig aus, so wie ich es von mir erwarte. Im Frühstückskorb liegt noch ein Zettel mit der Nachricht, dass wir uns heute um elf Uhr zu einer ersten Besprechung am großen Kirschbaum im Garten treffen. Aber wo ist denn bloß dieser Kirschbaum?

Pünktlich um elf warte ich neben einem Baum, der einem winterlichen Kirschbaum ähnelt, auf Elisa, Leonardo, meinen Chef, und meinen dritten Nachbarn und Arbeitskollegen. Der Baum ist riesengroß, und wenn dort wirklich alles Kirschen darauf wachsen, dann wünsche ich mir, im Sommer darunter sitzen zu können, damit mir die großen, roten Kirschen direkt in meinen Mund fallen würden.

Elisa und die anderen lassen auf sich warten und ich beginne zu frieren. In Italien ist es kälter, als ich erwartet habe. Mein dicker Mantel hält mich in New York normalerweise immer warm und dort kann es auch arschkalt sein. Trotzdem zittere ich. Vielleicht sollte ich am Nachmittag ins Städtchen Sirmione fahren und mir einen dicken Wollpullover kaufen.

»Gefällt es dir bei uns, Kate?«, fragt mich eine sanfte Stimme. Ich drehe mich um und ein braungebrannter Herr um die fünfzig steht vor mir. Das muss Leonardo sein. Der dunkelblaue Anzug, den er trägt, passt wie angegossen, und ich gehe davon aus, dass er maßgefertigt und sehr teuer ist.

»Sie müssen Herr Leonardo Ventura sein? Im Moment fühlt es sich noch wie ein Traum an, aber ich fühle mich bereits jetzt pudelwohl«, antworte ich ihm mit einem Lächeln.

»Nur Leonardo bitte. Es freut mich sehr, dass es dir bei uns gefällt«, sagt er und lächelt mich freundlich an.

Er erklärt mir, wie sein Urgroßvater das Land erstanden und Stück für Stück aufgebaut hat. Eine der ersten Pflanzen, die hier Wurzeln schlug, war der Kirschbaum, vor dem wir stehen, erklärte er mir. Ich kann mir bildlich vorstellen, wie dieser kleine Baum sich im Laufe der Zeit entwickelt und all das Geschehen des Guts miterlebt hat. Vertieft in unser Gespräch merke ich nicht, dass sich Elisa mit dem neuen Arbeitskollegen angeschlichen hat.

Ich drehe mich um und mein Herz setzt für einige Schläge aus. Meine Beine fühlen sich mit einem Mal an, als wären sie aus Gummi. Am liebsten würde ich im Boden versinken und nie wieder auftauchen, als ich realisiere, wer vor mir steht.

Sechs

Hartnäckig weiche ich seinen Blicken aus und konzentriere mich auf die Ansprache, die Leonardo hält. Ich verstehe nicht, warum er hier ist, und ich verstehe absolut nicht, wie er es schaffen konnte, hier zu sein.

»Kate, das ist Henry, vielleicht kennt ihr euch, ihr habt denselben Kurs besucht an der NYU. Nikolas, der eigentlich hätte kommen sollen, musste aus persönlichen Gründen leider absagen, weswegen Henry als Drittbester des Jahrgangs nachrücken konnte«, erklärt Leonardo. Ich nicke verlegen. Wie hat er das bloß geschafft? Irgendetwas geht hier nicht mit rechten Dingen zu. Ich war nicht einmal dazu gekommen, Henry nach seiner Note zu fragen, bevor er alles kaputt gemacht hat. Aber für den drittbesten hätte ich ihn nun wirklich nicht gehalten. Ich hasse Nikolas dafür, dass er die Stelle nicht wollte und ich jetzt hier neben meinem Ex stehen muss. Er, der mir mein Herz gebrochen hat. Mit dem ich mein Leben verbringen wollte und dachte, ich würde ihn immer lieben.

Es ist erschreckend, wie fremd man sich von einer Sekunde auf die andere werden kann. Vor einer Woche noch dachte ich, er ist nicht nur mein Partner, sondern auch mein bester Freund und der Mann, dem ich alles anvertrauen kann. Jetzt sehe ich ihn an und blicke in ein mir nicht vertrautes Gesicht. Sofort wende ich den Blick wieder von ihm ab, aber dennoch ist mir nicht entgangen, dass er versucht, sich mit seinen großen, aber wunderschönen Augen zu entschuldigen. Diese Augen haben mich jahrelang begleitet. In schönen, aber auch in traurigen Momenten waren sie immer bei mir und gaben mir Halt.

Um innerlich nicht zu zerbrechen, konzentriere ich mich noch intensiver auf Leonardo, denn es geht jetzt nicht um unser blödes Beziehungsdrama, sondern um meinen allerersten Job. Und auch wenn es verdammt noch mal wahnsinnig schmerzt, muss ich jetzt stark bleiben und mich auf das Wichtige konzentrieren.

Neben Leonardo steht Elisa. Sie wirkt heute anders als gestern Abend in ihren Schlafklamotten. Ihre Haare sind offen und frisch gestylt, sie trägt hohe Schuhe und wirkt äußerst professionell neben ihrem Vater.

»Ich habe noch eine weitere wunderbare Neuigkeit für euch zwei. In einigen Wochen findet der jährliche Nachtmarkt in Sirmione statt. Er ist das Highlight des Jahres und zieht sehr viele Besucher von nah und fern an«, sagt Leonardo voller Freude. »Und ihr zwei werdet euch um die Organisation kümmern. Das ist eine große und verantwortungsvolle Aufgabe, eure Feuerprobe, sozusagen!«

Ich schlucke, da ich weiß, wie viel Arbeit die Organisation eines Marktes bedeutet. Wir haben nur knapp einen Monat Zeit, um Werbung zu machen und Flyer zu verteilen. Die Aussteller zu kontaktieren, den Platz zu organisieren und die Stände zu vergeben. Aber das Schlimmste an dem Ganzen ist die Zusammenarbeit mit Henry. Beim Gedanken daran bekomme ich Bauchschmerzen. Ich wünsche mir, dass der Nachtmarkt ein voller Erfolg wird, aber das funktioniert nur, wenn die Organisatoren gut kommunizieren und harmonieren. Weder von guter Kommunikation oder irgendeinem kleinen Hauch an Harmonie kann hier gesprochen werden. Am liebsten würde ich alles allein organisieren und ihn wieder in das nächste Flugzeug setzen und über den großen Teich zurück nach New York schicken.

»Sollten während eurer Arbeit Fragen oder Unklarheiten aufkommen, dürft ihr uns jederzeit um Rat bitten. Der Nachtmarkt ist das Highlight und das wichtigste Fest unserer Region«, legt uns Leonardo ans Herz und blickt zu Elisa, die ihm eifrig zustimmt.

»Es sollte ein einheitliches Fest werden, deshalb ist es sehr wichtig, dass ihr euch gut absprecht, um Differenzen zu vermeiden«, fügt Elisa hinzu.

Leonardo verabschiedet sich mit einem festen Händedruck und macht sich auf den Weg ins Haus. Ich blicke ihm noch hinterher, bis er hinter der großen Eingangstür verschwindet.

Elisa überreicht uns einen nigelnagelneuen Laptop und eine Broschüre, wo alle wichtigen Kontakte und Informationen zur Stadt und der Umgebung enthalten sind.

»Wir haben auf dem Weingut keine fixen Büros. Die Mitarbeiter können überall dort arbeiten, wo es ihnen gerade am besten passt. Egal ob unter dem Kirschbaum, im Hauskaffee, in den Feldern oder am Hügel der Venturas«, erklärt sie und empfiehlt uns die Arbeit im Außenbereich aber erst ab Mitte März, wenn die Temperaturen allmählich steigen und sich die Wiesen grün färben.

»Wenn ihr Hilfe benötigt oder Fragen habt, meldet euch gern telefonisch bei mir«, sagt sie freundlich, bevor sie Leonardo ins Haus folgt.

Mit meinem Laptop in der Hand mache ich mich auf den Weg ins Haus. Henry folgt mir wie ein verwirrter Welpe auf Schritt und Tritt. Was soll ich jetzt bloß mit ihm anstellen? Ich kann ihn schlecht an unserem ersten Arbeitstag allein sitzen lassen, das würde vor den Venturas kein gutes Bild abgeben. Wir setzen uns ins Hauskaffee, einem niedlichen Ort mit großem Kamin, mehreren kleinen Tischen, einer Bar mit Kaffeekannen und Kuchen und großen Glasfenstern. Durch diese kann man den gesamten Garten sehen. Der große Kirschbaum wirkt von hier noch mächtiger, und der Hügel der Venturas, von dem Elisa vorhin gesprochen hat, strahlt im Sonnenlicht. Es handelt sich dabei um eine Erhebung inmitten der Weinreben, wo verschiedene Bäume und Beerensträucher gepflanzt wurden. In die Mitte dieser Pflanzen wurde eine Schaukelbank gestellt. Der Platz soll zum Träumen und Genießen einladen. Von dort aus kann man den Ausblick über das gesamte Gut der Familie und den Gardasee, der einige hundert Meter entfernt liegt, genießen.

Stirnrunzelnd vertiefe ich meinen Blick in den neuen Laptop, wo bereits alle nötigen Programme und Informationen abgelegt und installiert sind. Wir schweigen uns nun seit mehreren Minuten an. Neben ihm zu sitzen, fühlt sich so vertraut an. Für mich war die Reise nach Italien ein großer Schritt aus meiner Komfortzone, ein Schritt, auf den ich sehr stolz bin. Gestern noch war alles neu und fremd und ich habe dieses Gefühl geliebt. Nun ist diese Person bei mir, ohne die ich vorher keinen Schritt allein gegangen bin. Wenn ich in sein Gesicht sehe, spüre ich aber keine Liebe mehr, ich fühle Schmerz und Abneigung. Seine Präsenz macht mich nervös, und ich befürchte, dass der Mut, den ich mir in den letzten zwei Tagen aufgebaut habe, wieder zerfällt.

»Kate, ich weiß, dass du mir meinen Fehler nicht verzeihen wirst, und ich weiß auch, dass ich dich sehr verletzt habe«, sagt er mit zitternder Stimme. Ich merke, wie weh ihm dieser Satz tut und welchen Mut er dafür aufbringt. Seine Worte ändern nichts an der Tatsache, dass er mich hintergangen und mich mit meiner besten Freundin betrogen hat. Diese Entscheidung hat er getroffen – ungeachtet der Konsequenzen, und ich muss ihm nicht verzeihen. Trotzdem sitzen wir hier, mit unserer gemeinsamen Vergangenheit, und müssen zusammenarbeiten.

»Können wir uns bitte auf das Geschäftliche konzentrieren? Das Einzige, was uns hier verbindet, ist die Arbeit und der Nachtmarkt. Ich bin bereit, mit dir zu arbeiten und diese Arbeit gut zu machen, aber außerhalb davon möchte ich nichts mit dir zu tun haben«, entgegne ich beherrscht und bemüht, professionell zu bleiben.

Der Zorn ihm gegenüber strömt langsam aus meinem Herzen. Seine großen, sonst so strahlenden Augen werden kleiner und füllen sich mit Tränen. Er würde es aber nie freiwillig zulassen, in der Öffentlichkeit zu weinen. Auch mir fällt es schwer, meine Tränen im Zaum zu halten. Noch nie habe ich meine Gefühle so offen auf den Tisch gebracht, aber ich merke, wie sie meine Magenschmerzen lindern. Im Hauskaffee sitzen noch weitere Mitarbeiter und darum versuche ich, professionell zu bleiben, und richte meinen Blick wieder in den Laptop.

»Wenn du nichts dagegen einzuwenden hast, dann würde ich gern die Aussteller kontaktieren, einladen und betreuen. Auch die Zuteilung der Stände übernehme ich und bereite mit ihnen eine kurze Rede zu ihrem Themenbereich vor. Diese stellen wir dann den Besuchern vor, um einen genaueren Einblick in ihre Tätigkeit zu geben«, sage ich fest entschlossen.

Er nickt und wirkt damit einverstanden, aber ich glaube, er hätte sich im Moment nie getraut, mir zu widersprechen.

»Du übernimmst bitte das Marketing, kümmerst dich um den Druck der Flyer und die Information der Besucher. Zudem kannst du mit einem der Venturas die Eröffnungsrede einstudieren«, schlage ich ihm mit kühler Stimme vor.

»Ja, ok«, ist das Einzige, was er mir antwortet. Ich bin sehr froh über die Aufgabenteilung, denn so muss ich nicht in seiner Nähe sein und kann mich vollkommen auf meine Arbeit konzentrieren. Vor allem kann ich so mein zerbrochenes Herz vor seinen Augen verstecken.

Um kurz vor vier blicke ich auf meine Armbanduhr. Es wird langsam Zeit, mich auf den Weg in die Stadt zu machen, um einen neuen, kuscheligen Wollpullover zu kaufen. Gleichzeitig kann ich mir ein genaueres Bild von Sirmione machen, dort wird der Nachtmarkt stattfinden.

Der Weg dorthin ist bereits zauberhaft. Die meiste Zeit verläuft die Promenade am Seeufer entlang und der Ausblick ist gigantisch schön. Ich laufe an einem winzigen Hafen vorbei, wo an Holzstämmen kleine Boote befestigt sind. Das Wasser wirkt trotz der frostigen Kälte sehr klar und die Boote schaukeln im Rhythmus der kleinen Wellen. Über eine Brücke gelange ich schließlich ins Zentrum. Es ist ein kleines, schmales

Städtchen mit nur achttausend Einwohnern. Es ragt weit in den See hinein und kann nur mittels besagter Brücke erreicht werden. Es fühlt sich so an, als würde man einen Burggraben überqueren und in eine königliche Burg eintreten. Inmitten des Städtchens liegt ein Schloss, umgeben von bunten, urigen und typisch italienischen Häusern. Direkt beim ersten Anblick verliebe ich mich in die kleinen Gassen und in die traditionellen Geschäfte. Die Bars und Cafés an den Straßenecken sehen sehr niedlich und einladend aus.

Am Ende einer schmalen Gasse erblicke ich eine kleine Bäckerei mit einem wunderschön dekorierten Schaufenster. Die kleinen Gebäcke sehen zum Anbeißen aus und das zartrosa Kirschbrot sticht mir sofort ins Auge. Noch nie zuvor habe ich davon gehört und muss es unbedingt probieren. Ich öffne langsam die Ladentür, wobei ein sanftes Klingeln ertönt.

»Ciao!«, begrüßt mich die junge Dame hinter der Theke laut, aber sehr freundlich. Ihr Strahlen ist ansteckend und sie zieht mich damit gleich in ihren Bann.

Ihr Englisch ist ausgezeichnet, und sie erzählt mir, dass sie ihre Konditorausbildung in England absolviert hat und vor einigen Jahren die Bäckerei ihrer Eltern übernommen hat. Ihr Traum, die Bäckerei zu vergrößern und landesweit Menschen mit ihren Kreationen zu erfreuen, steht bereits in den Startlöchern.

»Aber die Menschen, die hier in der Umgebung leben, trauen sich nicht, neue Wege zu gehen. Sie sind langweilig und probieren nicht einmal mein Kirschbrot, das ich aus frisch gepressten und im Sommer von Hand gepflückten Kirschen herstelle«, sagt sie mit trauriger Stimme.

»Was?«, frage ich verwundert. »Ich kann beim besten Willen nicht verstehen, woran das liegt, denn ich bin in dein Geschäft gekommen, weil ich das Kirschbrot im Schaufenster gesehen habe.« Mit meiner Aussage zaubert sich wieder ein Lächeln auf ihre Lippen.

»Zwei Stück, bitte. Wie viel macht das?«, frage ich, aber sie lächelt mich bloß an.

»Ich schenke es dir. Seit Tagen hat mich keine so freundliche Kundin mehr besucht. Mein Name ist Anna und ich wünsche dir noch einen schönen Tag bei uns in Sirmione. Vielleicht kommst du mich ja nochmals besuchen«, sagt sie.

Was für eine nette junge Dame. Mit guter Laune verlasse ich die Bäckerei und setze mich auf das kleine Bänkchen vor der Ladentür. Es zeigt zum See. Nur wenige Boote überqueren ihn und warten bestimmt schon voller Hoffnung auf die zahlreichen Urlauber im Sommer. Der Gardasee ist ein Touristenmagnet, an denen mehr als die Hälfte der Einwohner ihr Geld verdienen. Sei es mit den Restaurants, den Bars am Wasser oder den kleinen Geschäften. Alle sind vom Tourismus abhängig, das habe ich in einer der Broschüren gelesen, die Elisa uns mitgegeben hat.

Das fluffige Kirschbrot in meiner Hand ist noch warm, und als ich die Papiertüte öffne, um daran zu riechen, fällt mein Blick auf den Spruch darauf. »Es ist nie zu spät, Neues zu wagen«. Er fasziniert mich. Die junge Frau aus dem Laden fasziniert mich, die trotz der schwierigen Situation hier an sich und ihre Ideen glaubt. Ein vollkommener Duft aus Kirschsaft, Brot und Liebe strömt in meine Nase, als ich die Tüte vollständig öffne.

Bereits beim Geruch läuft mir das Wasser im Mund zusammen, und als ich abbeiße, verstehe ich, was Anna meint. Es schmeckt modern und gleichzeitig so vertraut. Es fühlt sich an, als würde man eine neue Welt kennenlernen, aber gleichzeitig zu Hause im Wohnzimmer sitzen. Annas Kirschbrot ist das Beste, was ich seit Langem gegessen habe, und es erfüllt mein Inneres mit Freude und Zuversicht und lässt mich meinen Schmerz für einen Moment vergessen.

Nachdem ich viel zu lange auf der kleinen Bank verbracht habe, spaziere ich zurück zum Weingut. Meinen Wollpullover habe ich dank Anna total vergessen. Vom Stadtzentrum Sirmione bis zum Weingut der Venturas sind es knapp vier Kilometer, wobei die ersten drei Kilometer direkt am See verlaufen. Auf der Seepromenade sind im Moment nicht viele Personen anzutreffen. Es herrscht keine Hektik und ich kann die letzten Sonnenstrahlen unbeschwert genießen. Auf der rechten Seite der Promenade, ungefähr auf der Hälfte des Weges, befinden sich zwei kleine Restaurants, die in den Berg hinein gebaut sind. Ihre Terrassen sind mit Lichterketten geschmückt und schön dekoriert. Im Inneren sieht es wohlig warm und freundlich aus. Spontan beschließe ich, dort zu Abend zu essen. An einem Tisch direkt am Fenster, von dem aus ich die andere Seite der Küste des Gardasees sehe, nehme ich Platz. Da es langsam dämmert, strahlen bereits einige Lichter und kennzeichnen so die kleinen Ortschaften. Der See wird immer dunkler und die Lichter auf der gegenüberliegenden Seite kommen immer mehr zum Vorschein. Ein paar letzte Boote kehren mit ihren kleinen Lampen in den Hafen zurück und das Restaurant füllt sich allmählich mit Gästen. Die Speisekarte ist in italienischer Sprache und ich wähle per Zufall ein Gericht aus. *Ricetta di mamma Rosa.* Es ist mit Sicherheit das Gericht des Hauses, da darunter liebevoll das Rezept und ein Foto einer Frau in Küchenuniform angebracht sind.

Spaghetti alle Vongole

Zutaten für zwei Personen:
400 g Spaghetti
1 kg Venusmuschel
1 Zwiebel
2 Zehen Knoblauch
Petersilie
175 g Weißwein
Salz, Pfeffer, Chili, Olivenöl, Zitronensaft

Zubereitung:

- Wasser für die Spaghetti zum Kochen bringen. In der Zwischenzeit Zwiebel, Knoblauch und Petersilie fein hacken und mit Öl bei geringer Hitze andünsten. Die Venusmuscheln hinzugeben.
- Mit der restlichen Petersilie, Salz, Pfeffer, Chili und Zitronensaft abschmecken und köcheln lassen.
- Venusmuscheln, die sich nicht öffnen, entfernen.
- Gekochte Nudeln in die Pfanne geben und alles gut vermischen.

Zu meinen Spaghetti bestelle ich mir noch ein Glas Weißwein von dem Weingut der Venturas. Während ich auf das Essen warte, überlege ich, wie ich die Aussteller für den Nachtmarkt am besten kontaktiere. Elisa hat mir bereits eine Liste mit allen Ausstellern gemailt, die an den vergangenen Märkten teilgenommen haben. Darunter befinden sich die Weinbauern der Umgebung, kleinere Manufakturen und Künstler. Ich finde es sehr schön, dass hier in Sirmione die kleineren Betriebe von Organisatoren, Einwohnern und Touristen geschätzt und gefördert werden.

»Einmal Spaghetti alle Vongole und einen ausgezeichneten Vino für unsere Signorina an Tisch drei«, sagt ein junger blonder Kellner Namens Carlo, wie sein Namensschild verrät. Er stellt mir den Teller vor die Nase und lächelt mich dabei an. Es riecht einfach unbeschreiblich lecker. Der Geruch von frisch angeschmorten Vongole steigt in meine Nase und lässt mir das Wasser im Mund zusammenlaufen. Die frische Petersilie rundet das Ganze optisch noch perfekt ab. Als ich die erste Gabel in den Mund stecke, werde ich von dem Duft nicht enttäuscht. Es schmeckt beinahe noch besser, als es riecht. Ich nehme das Weinglas in die Hand und schwenke es hin und her. So wie professionelle Sommeliers. Ich glaube zumindest, dass sie es so machen. Nach dem ersten Schluck bin ich total überwältigt. Noch nie habe ich so einen guten Wein getrunken. Die Säure harmoniert wunderbar mit der Süße und er passt perfekt zu meinen Nudeln, die ich bereits zur Hälfte verspeist habe.

In mein Essen vertieft, bemerke ich nicht, dass sich die Tür öffnet und zwei Personen das kleine Restaurant betreten. Sie nehmen am Tisch hinter mir Platz und unterhalten sich sehr vertraut. Ich nehme die Stimme eines Mannes wahr, die mir bekannt vorkommt. In meinem Magen kribbelt es unangenehm und meine Hände werden schwitzig. Aus irgendeinem Grund macht mich dieser Mann nervös. Nervös auf eine schöne und gleichzeitig unangenehme Weise. Nach einem kurzen Blick über meine Schulter bestätigt sich meine Vermutung. Es ist mein Briefüberbringer Federico. Ich drehe meinen Kopf schnell wieder in seine Ausgangsposition und hoffe, dass er mich nicht gesehen hat. Er sitzt zusammen mit einem anderen jungen Mann an einem Tisch, der ebenfalls auf den See ausgerichtet ist. Er kommt wahrscheinlich nicht von hier, denn Federico und er sprechen Italienisch und Englisch gemischt. Sie unterhalten sich über ihre Studienzeit in Mailand und wie sie jeden Tag eine andere Disco besucht haben und um die Häuser gezogen sind. Glaube ich zumindest. Leider kann ich nicht der gesamten Konversation folgen.

Verzweifelte Fluchtgedanken strömen durch meinen Kopf. Wie kann ich das Restaurant schnell verlassen, ohne von ihm bemerkt zu werden? Natürlich habe ich keinen überdimensionalen Grund, mich zu verstecken oder ihm aus dem Weg zu gehen, aber nach den vielen peinlichen Vorfällen finde ich es so am vernünftigsten. Wie erstarrt sitze ich auf meinem Stuhl und starre in meinen leeren Teller.

Ich teile dem Kellner mit einer unauffälligen und vorsichtigen Handbewegung mit, dass ich gern bezahlen möchte. Ich dachte zumindest, dass es mir unauffällig gelungen ist. Leise stehe ich auf, um mich auf den Weg zur Tür zu machen. Doch in dem Moment, als ich mich vom Tisch entferne, bleibe ich an der Tischdecke hängen und das Weinglas fällt zu Boden. Erschrocken drehe ich mich um und blicke Federico direkt in die Augen.

»Hat dir der Wein nicht geschmeckt, dass du mit den Gläsern um dich wirfst, New York?«, fragt er mich mit einem Schmunzeln auf den Lippen. Für einen kurzen Moment verharre ich in meiner Position. Mein Herz beginnt schneller zu pochen und meine Knie zittern. Es wäre ohne seine Anwesenheit schon peinlich genug, aber dank ihm ist es noch viel schlimmer.

»New York?«, frage ich so leise es geht.

»Da kommst du doch her?«, sagt er mit einem Schmunzeln auf den Lippen. Wie peinlich. Schnell drehe ich mich um und gehe zum Ausgang.

Es ist mittlerweile stockdunkel und ich eile zurück zum Weingut. Was hat dieser Federico bloß an sich, dass ich in seiner Nähe immer in so peinliche Situationen gerate? Zornig und erschöpft lasse ich mich ins Bett fallen.

Sieben

Federico steht vor meiner Zimmertür, die ich einen Spalt geöffnet habe. In einem kurzen Pyjama-Shirt und ohne Hose stehe ich vor ihm und blicke in den hellen Flur. Seine Augen funkeln im Licht und lassen mein Herz schneller schlagen. Seine Oberarme kommen in dem blauen Anzug verführerisch zur Geltung, und ich wünschte mir, sie würden mich fest umschließen und schützen.

»Darf ich hineinkommen?«, fragt er flüsternd, sodass es keiner im Haus hört. Langsam öffne ich die Tür und bitte ihn mit einer zarten Handbewegung herein. Selbstbewusst schließt er die Tür hinter sich. Mit dem Rücken stehe ich zum Kleiderschrank und kann vor seinen intensiven Blicken nicht fliehen. Das Kribbeln in meinem Bauch wird intensiver, und als Federico mit seiner Hand meine Wange streichelt, halte ich es kaum länger aus. Ich genieße das Gefühl, von ihm berührt zu werden. Er zieht mich näher an sich und küsst mich zärtlich.

Schweißgebadet schrecke ich auf. Es ist noch dunkel draußen, aber ich kann die Gardasee-Grillen, wie ich sie getauft habe, bereits zirpen hören. Verwirrt von meinem Traum mit Federico bleibe ich noch eine Weile an der Bettkante sitzen. Was zur Hölle soll das bedeuten? Warum muss ich mich nun auch noch nachts vor ihm fürchten? Um einen freien Kopf zu bekommen, schmeiße ich mich in meine verstaubten Laufschuhe. Ich habe mir vorgenommen, öfters laufen zu gehen, bin seit meiner Ankunft aber nicht mehr konsequent. Die ersten Tage war ich meistens müde vom Jetlag und habe lieber noch etwas weitergeschlafen, aber heute fühle ich mich sehr motiviert und voller Freude, in den Tag zu starten. Vor allem möchte ich meinen Traum von letzter Nacht vergessen.

Ich laufe am Küchenfenster des Haupthauses vorbei. Es brennt bereits Licht und riecht köstlich nach frischen Croissants und Kaffee. Ich kann es kaum erwarten, mich damit vollzuschlagen. Am liebsten würde ich mich direkt hineinsetzen und essen, aber vorher muss ich etwas erledigen. Im Laufschritt mache ich mich auf den Weg nach Sirmione ins Zentrum zu Annas Bäckerei. Da Bäcker bereits sehr früh auf den Beinen sind, treffe ich sie auch schon um kurz vor sieben Uhr im Laden an. Ihre Augen strahlen, als sie mich durch das Schaufenster sieht. Sie entsperrt die Tür und bittet mich hinein.

»Guten Morgen, Kate«, sagt sie freundlich.

»Morgen. Bitte entschuldige, dass ich dich bereits so früh störe, aber ich möchte dich gern um etwas bitten«, sage ich etwas außer Atem.

»Du möchtest mich um etwas bitten?«, wiederholt sie schüchtern. Ich merke, dass sie versucht, freundlich zu reagieren, aber trotzdem unsicher ist, was sie davon halten soll.

»Ich möchte dich gern bitten, als eine meiner Ausstellerinnen am Nachtmarkt teilzunehmen.«

Sie zieht eine ihrer dunklen Augenbrauen nach oben. »Aber ich dachte, dass außer Weinbauern keine Lebensmittel vertreten sein werden?«

»Das stimmt. Leider! Aber ich finde, die Besucher sollten die Möglichkeit erhalten, deine Produkte zu sehen und zu probieren. Und wo geht das besser als auf dem Markt mit so vielen verschiedenen Menschen?«, ergänze ich. Sie nickt, wirkt jedoch etwas skeptisch.

»Gern kannst du auch noch weitere Lebensmittelhersteller einladen«, biete ich ihr an. »Anna, das wird großartig. Vertrau mir«, muntere ich sie auf.

»Welcher Engel hat dich bloß geschickt«, sagt sie und lacht schließlich doch.

Zum Abschied drückt sie mir eines ihrer fabelhaften Kirschbrote in die Hand. Der Duft, der mich überkommt, ist überwältigend, es riecht so friedlich warm und nach frisch gebacken. Ich beiße einen großen Bissen davon ab und lasse ihn im Mund zergehen. Es ist weich und flauschig und schmeckt einfach grandios. Dank Anna habe ich jetzt umso mehr Energie und mache mich auf den Weg zurück ins Weingut.

Dort haben sich mittlerweile einige Personen im Hauskaffee zum Frühstücken versammelt. Ich entscheide mich, meinen Kaffee und die Croissants mit in mein Häuschen zu nehmen und nach dem Duschen zu frühstücken. Die verschiedenen Croissants werden täglich frisch aus Annas Bäckerei geliefert, und ich verstehe nicht, warum beispielsweise das Kirschbrot nicht bestellt wird. Aber wie sie mir erzählt hat, sind die Personen hier nicht sehr offen für Neues. Vielleicht sollte ich irgendwann ein Wörtchen mit Leonardo reden.

Gestärkt mache ich mich auf den Weg zu Elisa. Sie hat mir ein Fahrrad besorgt, mit dem ich mich im Städtchen fortbewegen kann. Als ich bei ihr ankomme, erwartet sie mich bereits, und als ich das Fahrrad sehe, muss ich lachen.

»Oh, das ist aber sehr pink!«

Sie lacht Tränen. »Bitte entschuldige, da hat wohl jemand die Bestellung versemmelt.« Ein knallpinkes Fahrrad hätte ich wahrscheinlich nicht freiwillig gewählt, aber Hauptsache, es fährt. An der Lenkstange ist eine weiße Klingel angebracht und darum ein Zettel gewickelt.

Pink und auffällig, damit du nicht auch noch
unschuldige Personen anfährst.
Fede

Somit wäre also geklärt, wer die Bestellung *versemmelt* hat, und dass nicht ich ihn, sondern er mich am Flughafen angerempelt hat, spielt bei ihm anscheinend keine Rolle. Gern würde ich Elisa fragen, was Federicos Aufgabe am Weingut eigentlich ist. Aber als ich meinen Mund öffnen will, ist sie bereits wieder im Haus verschwunden. Ich tippe auf Hausmeister oder Leonardos Assistent.

Mit meinem neuen pinken Fahrrad mache ich mich auf den Weg zu den ersten Ausstellern, um sie zum Nachtmarkt einzuladen. Einige der Weinbauern, die ich besuche, leben noch nach einem sehr alten Lebensstandard. Andere haben topmoderne Maschinen und sind auf dem neuesten Stand. Ein älterer Herr um die sechzig namens Antonio zeigt mir seine Halle, wo er den Wein verarbeitet. Es ist noch sehr vieles in Handarbeit zu tun und man merkt, wie viel Liebe er in sein Handwerk steckt. Jede seiner Flaschen wird per Hand abgefüllt und mit Etiketten versehen. Sein Umgang mit den Flaschen ist wie der einer Mutter mit ihrem Kind. Er erklärt mir jeden Schritt der Weinherstellung, vom Wimmen über den Garprozess bis zum schlussendlichen Abfüllen.

Sein Sortiment besteht aus sieben verschiedenen Weinsorten, und seiner Meinung nach macht natürlich er den besten Wein Italiens. Er ist sehr begeistert davon, was wir als Eventmanagement-Unternehmen Ventura leisten und versuchen, auf die Beine zu stellen.

»Heute Morgen war bereits ein Kollege von Ihnen bei mir. Ein hübscher junger Mann. Er hat Flyer für den Nachtmarkt vorbeigebracht und er zeigte ebenso großes Interesse an meinem Handwerk und meinen Weinen wie Sie«, erzählt er mir. Es versetzt mir einen Stich, dass er Henry einen hübschen Mann nennt. Würde er unsere Geschichte kennen, fände er ihn bestimmt auch nicht mehr so sympathisch. Ich lächle ihn an, um einen freundlichen Eindruck zu erwecken.

»Warum kommt ihr nicht am Abend vor dem Markt bei mir vorbei und verkostet meine Weine? Meine Frau reserviert euch unseren besten Tisch im Keller«, versucht er mich zu überreden. Innerlich fühle ich mich unwohl bei dem Gedanken, zusammen mit Henry eine Weinverkostung zu machen. Ich wäre dankbar, wenn ich ihn nicht riechen, sehen oder hören müsste. Auch wenn er nachts zwei Häuser entfernt liegt, ist er mir immer noch zu nahe.

Antonio sieht mich mit seinen dunklen Augen, die aus seinem braun gebrannten Gesicht hervorstechen, fragend an. Seufzend willige ich ein und bedanke mich für die Einladung.

»Sehr schön, das freut mich sehr. Bitte geben Sie Ihrem freundlichen Kollegen Bescheid«, bittet er mich. Ich spiele mit dem Gedanken, Henry nichts zu verraten und mir stattdessen eine Ausrede für Antonio zu überlegen, warum er nicht dabei sein kann. Aber dafür bin ich einfach zu ehrlich. Leider.

Die weiteren Wochen vergehen wie im Flug. Es ist bereits Donnerstagabend vor dem Nachtmarkt und ich konnte alle Aussteller persönlich antreffen und einladen. Die Arbeit mit den Menschen hier macht mir großen Spaß, ihre Geschichten sind so individuell und einzigartig. Selbst die Sprachbarriere stellt dabei kein Hindernis dar, zwischen Englisch und Italienisch und zur Not mit Händen und Füßen können wir uns gut verständigen. Viele Menschen wissen nicht, mit wie viel Liebe der Wein hergestellt wird, den sie zum Abendessen trinken, oder welche Arbeit hinter handgefertigtem Schmuck steckt. Nicht nur diesen Ausstellern gebührt mein größter Respekt, sondern auch Anna und ihren Kollegen in der Lebensmittelherstellung. Eine Person wie Anna leistet jeden Tag hundertzehn Prozent. Sie beginnt morgens um drei Uhr mit der Arbeit und steht jeden Tag bis sieben Uhr abends im Laden. Nur in den zwei Stunden Mittagspause schafft sie es, sich kurz zu erholen und ihre Augen zu schließen. Für uns ist es nur Brot. Brot, das wir morgens mit Marmelade und mittags zu unseren Nudeln essen. Aber für sie ist Brot Leben. Dieser kleine Laden, der ihr die Welt bedeutet, ist zugleich ihr Arbeitsplatz und Lebensraum. Der Laden läuft in der Zeit, wo viele Touristen im Ort sind, ziemlich gut. Die restliche Zeit hingegen läuft er schleppend, weil viele Einheimische das Brot auch bei großen Ketten kaufen. Sie versucht also, so viel wie möglich selbst im Laden zu machen, um keine Kosten für eine weitere Verkäuferin ausgeben zu müssen. Ich muss zugeben, dass mir diese kleinen Läden und Manufakturen in New York nicht aufgefallen sind, da ich immer in die großen und bekannten Läden wollte.

Zurück von den finalen Besorgungen und den letzten Checks in der Stadt setze ich mich auf die kleine Bank vor meiner Haustür. Die letzten Sonnenstrahlen scheinen in mein Gesicht und ich starre in meinen Laptop und kontrolliere die Punkte, die für den Nachtmarkt noch offen sind. Im Augenwinkel sehe ich, wie Henry in meine Richtung kommt und sich dann doch entscheidet, den direkten Weg zu seiner Haustür zu nehmen. Er steckt seinen Schlüssel ins Schlüsselloch, dreht ihn aber nicht. Einige Sekunden verharrt er in dieser Position, dann kommt er doch in meine Nähe.

»Kate, ich weiß, dass du nicht glücklich darüber bist, mit mir Zeit zu verbringen. Aber ich war vorhin bei Antonio, weil ich ihm weitere Flyer für das Geschäft seiner Tochter versprochen habe, und er hat mir erzählt, dass er sich wahnsinnig auf die morgige Weinverkostung mit uns freut. Ich verstehe aber, wenn du nicht mit mir da hinwillst«, stottert er. Ich senke meinen Blick noch intensiver in den Laptop, um Henry nicht direkt ins Gesicht zu schauen.

»Leider habe ich es Antonio versprochen. It's business«, antworte ich kurz angebunden. Es dauert eine Weile, bis eine Antwort von ihm kommt.

»Ich hole dich ab«, sagt er, bevor er sich wieder umdreht und endlich sein Häuschen betritt.

Was in New York zwischen uns passiert ist, fühlt sich hier in Italien zwar weit entfernt an, und obwohl die Trennung noch immer fürchterlich schmerzt, muss ich an meine Arbeit denken, die mir so großen Spaß bereitet. Erschöpft vom Tag, aber auch von Henry, lege ich mich schlafen.

Es ist ein weiterer wunderschöner Morgen in Italien. Freitagmorgen, genauer gesagt, was bedeutet, dass heute die letzten Vorbereitungen für den Nachtmarkt getroffen werden können. Ich springe vor Schreck aus meinem Bett, als ich auf den Wecker blicke. Zehn Minuten vor neun Uhr. So lange habe ich in diesem Bett noch nie geschlafen. Was aber daran liegen dürfte, dass Federico das erste Mal keinen Lärm in dem Häuschen neben mir gemacht hat. Ich öffne den Vorhang, um mir ein Bild von der Wetterlage zu machen. Ein Meer aus Wolken erstreckt sich über den gesamten Himmel. Und als ich den Vorhang wieder zuschiebe, um mich noch fünf Minuten unter meine wohlig warme Bettdecke zu verkriechen, klopft es an der Haustür. Ich ziehe mir meinen Morgenmantel über und öffne sie.

Elisa steht davor und übergibt mir endlich meinen langersehnten Koffer. Mehrere Wochen hat es gedauert, aber sie sagt, dass dies an italienischen Flughäfen keine Besonderheit sei. Ich vermisse bereits meinen Pyjama und die flauschigen Hausschuhe und bei einem solchen Wetter meinen quietschgelben Regenmantel. Ich bedanke mich und mache mich sofort ans Auspacken. Das Haus ist nicht sehr groß und der Schrank bereits voll. Einige der Sachen müssen wohl oder übel im Koffer bleiben. Ich schiebe ihn unter mein Bett und hoffe, dass er dort nicht zu sehr verstaubt.

Trotz des Wetters mache ich mich mit meinem pinken Fahrrad und dem quietschgelben Regenmantel auf den Weg in die Stadt. Auch bei Regen strahlt der Ort etwas Besonderes aus. Die alten Mauern kommen noch mehr zum Vorschein und das Nebellicht reflektiert sich in den zahlreichen Schaufenstern. Bei Anna angekommen springe ich vom Fahrrad und befestige es an der Straßenlaterne vor ihrer Bäckerei. Sie winkt bereits hinter der Theke hervor und gibt mir mit einer Handbewegung ein Zeichen, dass ich schnell in den Laden kommen soll. Meine Regenjacke lasse ich vor der Tür, um den Laden nicht zu überfluten. Vor ihr auf dem Tresen stehen unzählige verschieden Köstlichkeiten. Eine schöner als die andere. Sie strahlt mich an.

»Du musst unbedingt probieren! Das ist ein Minztörtchen, dieses hier ein Mandelsplitterbrot mit Walnussfüllung und hier haben wir noch Basilikum-Macarons mit Himbeerfüllung«, sprudelt es aus ihr heraus.

»Aber Anna, hast du das etwa alles heute Nacht gebacken?«, frage ich sie verwundert.

»Ich konnte nicht schlafen, da ich mich so sehr auf den Markt morgen freue, und anstatt mich im Bett hin und her zu drehen, habe ich beschlossen, zu backen«, sagt sie stolz.

»Wow, ich weiß gar nicht, was ich sagen soll.« Ich beiße einen großen Biss vom Minztörtchen ab. Der Teig ist fluffig und auf der Zunge angenehm zart. Die Creme schmeckt nach Minzbonbons mit ein bisschen Schärfe im Abgang.

»Ist da noch eine Geheimzutat drin? Es schmeckt einfach köstlich!«

Sie grinst mich spöttisch an, reagiert aber nicht auf meine Frage. »Du musst unbedingt noch meinen Macaron probieren, ich glaube, der könnte vielen hier im Städtchen schmecken«, fordert sie mich auf.

Ich stecke ihn mir als Ganzes in den Mund und bin überwältigt von der Geschmacksexplosion. »Der schmeckt überwältigend. Meine Mutter arbeitet in einer Bakery in New York, aber ich schwöre dir, ich habe noch nie etwas so Gutes gegessen«, gestehe ich.

Sie lacht und bringt mich damit auch zum Lachen. »Ich danke den Venturas, dass sie dich importiert haben.«

»Ach Anna …« Ich zwirble verlegen eine feuchte Haarsträhne und weiß gar nicht, wo ich hinschauen soll. Der zufällige Blick auf die Armbanduhr hilft mir. »Ich muss los. Wir sehen uns morgen im Laufe des Tages. Ich helfe dir, deinen Stand aufzubauen«, sage ich und verabschiede mich.

Am Hauptplatz kümmere ich mich um die Überraschung, die ich den Besuchern des Marktes bereiten möchte. Carlo wartet bereits auf mich. Carlo ist der Kellner, den ich neulich Abend im kleinen Restaurant mit den köstlichen

»Spaghetti alle Vongole« kennengelernt habe. Er hat mir erzählt, dass er Sänger in einer Band ist, und nachdem er mir ein Video davon zeigte, bat ich ihn, für den Nachtmarkt zu spielen. Er willigte sofort ein.

Wir beobachten, wie die Bühne aufgebaut wird, und Carlo kontrolliert jeden Handgriff der Arbeiter. Er wirkt glücklich, aber etwas nervös, was mir seine Falte auf der Stirn verrät. Es scheint aber so, als hätte er alles im Griff und wäre froh, wenn endlich Samstagabend wäre. Auch ich hätte gerade lieber Samstagabend als Freitagabend, denn dann hätte ich diese blöde Weinverkostung bereits hinter mir. Nichtsdestotrotz mache ich mich auf den Weg zum Weingut, um mit Elisa und Leonardo die letzten Details zu besprechen. Elisa und Henry erwarten mich bereits im Hauskaffee am Tisch neben dem Kachelofen. Durch die großen Fenster sieht man das schlechte Wetter, was den Kachelofen umso gemütlicher erscheinen lässt. Ich setze mich auf den leeren Stuhl und bin erstaunt, dass Henry vor mir zum Treffen erschienen ist. Wir warten schweigend auf Leonardo. Es dauert nicht lange, bis er sich zu uns gesellt.

»Zu Beginn möchte ich mich bei euch bedanken, dass ihr so viel Arbeit in die Organisation unseres Nachtmarkts gesteckt habt. Leider muss ich euch mitteilen, dass ich heute noch für ein Meeting nach Deutschland fliege und euch daher morgen tagsüber nicht unterstützen kann. Elisa und Federico werden euch aber bestmöglich helfen, sollte es Fragen geben. Hoffentlich bin ich abends bei der Eröffnungsrede wieder hier und kann mir den Nachtmarkt und die Werke der vielen Aussteller ansehen«, sagt er freundlich. Seine Stimme klingt ruhig, aber trotzdem ernst und vollkommen. Er leitet neben dem Weingut ein internationales Unternehmen mit Hunderten Angestellten und nimmt sich trotz allem die Zeit, hier bei uns zu sitzen. Nachdem wir die letzten Details für morgen besprochen haben, stellen wir mit Freude fest, dass alle Punkte unserer Liste vollständig bearbeitet sind und der Nachtmarkt in den Startlöchern steht.

Es ist beinahe fünf Uhr und ich mache mich auf den Weg in mein kleines Häuschen, um mich für die Weinverkostung fertig zu machen. Um bei Henry keine falschen Gefühle zu erwecken, entscheide ich mich für das einfache schwarze Kleid und gegen das silberne. Das silberne Kleid weckt so viele Erinnerungen, an den gemeinsamen Urlaub, wo Henry es mir geschenkt hat, an das zauberhafte Silvester auf dem Empire (abgesehen davon, was anschließend passierte) und die aufregende gemeinsame Zeit, die wir verbringen durften. Vorsichtig hänge ich es in den Schrank zurück und versuche die Gefühle, die sich in mir entwickeln, zu unterdrücken. Henry war und ist meine erste große Liebe – nichts kann das ändern. Auch wenn Herzen brechen und Liebe vergeht, die Erinnerungen bleiben für immer in uns.

Pünktlich um zehn nach sechs klopft es an meiner Tür. Langsam öffne ich sie. Henry steht mit seinem dunkelblauen

Anzug und dem grauen Mantel, den ich ihm vorletztes Jahr zu Weihnachten geschenkt habe, vor der Tür. Seine Haare sind noch etwas nass und zerzaust und bringen das Funkeln in seinen Augen zum Vorschein. Ein innerliches Gefühl von Unwohlsein macht sich in mir breit. Der Schmerz, den ich fühle, wenn ich ihn sehe, hat sich zwar bereits etwas verringert, aber die Gefühle, die ich für ihn habe, leider noch nicht. Und das wird mir in diesem Moment klarer denn je. Ich dachte, dass ich ihn nicht mehr liebe, aber es war nur der Schmerz, der die Liebe unterdrückt hat. Wenn er hier so gut aussehend vor mir steht, würde ich am liebsten für einen Moment alles vergessen, was geschehen ist.

»Du siehst bezaubernd aus«, presst er hervor. Ohne ein Wort zu sagen, schließe ich die Tür hinter mir und gehe voraus.

Nach ein paar Metern hat er mich eingeholt und so marschieren wir nun nebeneinanderher, ohne ein Wort zu sagen. Der Weg zu Antonios Weingut kommt mir heute länger als sonst vor und die Stille zwischen uns beiden ist kaum zu ertragen, und der Schmerz, den ich eben noch verspürt habe, wandelt sich mit jedem Schritt, den er so still neben mir hergeht, in böse kleine Funken. Als ich endlich den Eingang zum Weingut erblicke, schreite ich schneller aus, um dem Elend hier ein Ende zu setzen.

Vor dem Haus wartet bereits Paola, Antonios Frau. Paola sieht wie eine typische Oma aus. Sie trägt einen langen Rock und eine blumige Bluse, darüber eine gemusterte Schürze.

Ihre Haare wirken wie frisch vom Frisör und ihre Wangen haben leider etwas zu viel Rouge abbekommen. Sie begrüßt uns mit zwei dicken Küssen links und rechts auf die Wange und führt uns gut gelaunt zu unserem Tisch in dem alten Keller. Wahrscheinlich wurde er bereits von Antonios Urgroßeltern gebaut. Die Mauern sind aus großen Steinen, umgeben von grauem Mörtel. Die Lichter sind gedimmt und passen sehr gut zu dem urigen Ambiente. Glücklicherweise sind noch weitere Tische besetzt, was es für mich einfacher macht, den heutigen Abend zu überstehen.

Henry zieht einen Stuhl zurück und weist darauf. »Bitte sehr«, sagt er und lächelt schüchtern. Die Funken in mir entzünden sich endgültig, und ich muss mich immens bemühen, ruhig zu bleiben und meine Wut im Zaum zu halten. Eigentlich würde ich ihn gern anbrüllen und anschreien, was er sich hier erlaubt. Als hätte es nicht gereicht, mir mein Herz zu brechen, taucht er auch noch hier auf und macht einen auf gute Freunde. Um nicht in sein schönes Gesicht blicken zu müssen, schaue ich mich im Keller um. An den Wänden hängen einige Gemälde und die Möbel sind bestimmt so alt wie der Keller selbst. Auf unserem Tisch stehen einige Teller mit den verschiedensten Häppchen. Um die Konversation mit meinem Gegenüber zu vermeiden, stopfe ich mir eines nach dem anderen in den Mund.

Antonio gesellt sich mit mehreren Flaschen Wein zu uns an den Tisch. Stolz zeigt er uns seine edlen Tropfen. Das Design der Flaschen ist schlicht, aber wunderschön gestaltet. Würde ich sie so im Supermarkt sehen, würde ich sie kaufen. Vorsichtig öffnet er die Stanniolkapsel der ersten Flasche.

»Wichtig ist, dass sie immer deutlich unterhalb des Flaschenmundes abgeschnitten wird«, sagt Antonio und zeigt auf den Flaschenhals. Liebevoll riecht er an dem Korken. »Man erkennt einen gesunden Korken daran, dass er neutral oder nach Wein riecht. Nimmt man aber einen zu intensiven Korkgeruch wahr, stimmt etwas nicht. Wer von euch möchte probieren?«, fragt Antonio.

»Ladies first«, bittet Henry ihn. Interessiert schnuppere ich, der Wein riecht angenehm fruchtig, und ich nehme einen Schluck. Der Geschmack ist sensationell.

»Kannst du eine Frucht herausschmecken?«, fragt Antonio sichtlich gespannt.

Verblüfft blicke ich ihn an. »Es schmeckt nach Wein«, sage ich und lächle.

Antonio verdreht seine Augen, schließt sich aber meinem Lachen an. »Probiere noch einen Schluck und lass den Wein auf deiner Zunge zergehen. Vielleicht erkennst du dann das Aprikosenaroma«, flüstert er in mein Ohr. Mit sehr viel Fantasie kann ich mir den Geschmack nach Aprikosen einbilden. Aber auch die weiteren zwei Weine, die anscheinend eine Zitrus- und Mandelnote beinhalten, schmecken für mich einfach nur nach Wein. Ich sollte dringend Nachhilfe bei Leonardo anfragen.

Glücklicherweise fühle ich mich nach dem dritten Glas Wein etwas lockerer und sehe die Situation langsam entspannter. Henry hat das Prinzip der Verkostung noch nicht ganz verstanden. Er trinkt immer das Glas leer, anstatt nur ein bis zwei Schlucke zu probieren. Alkohol hat er noch nie gut vertragen, was früher oft dazu führte, dass wir nach vier bis fünf Cosmopolitan nach Hause fahren mussten. Nach einigen Gläsern beginnt er bereits etwas zu lallen und unsere Gespräche werden dadurch oberflächlicher und seine zahlreichen Entschuldigungen immer schlechter. Ich ignoriere sie mittlerweile.

Aus der Küche riecht es fantastisch. Paola bringt uns Bigoli mit Sardinen, ein traditionelles Gericht, das in Sirmione sehr gern verspeist wird. Es riecht außergewöhnlich und ich kann es kaum erwarten, zu probieren.

»Guten Appetit, lasst es euch schmecken. Wenn ihr Nachschub möchtet, dann kommt gern zu mir in die Küche«, sagt sie zufrieden. Sie und Antonio verlassen unseren Tisch. Ich stecke mir die erste Gabel mit den Spaghetti in den Mund und erlebe erneut eine Geschmacksexplosion. Jedes einzelne Gericht, das ich hier in Italien gegessen habe, war wunderbar. Egal ob bei Anna, dem kleinen Restaurant am See oder bei den Venturas zu Hause, es schmeckt alles unbeschreiblich gut. Eines muss man den Italienern lassen, kochen können sie.

Nach dem fünften Glas Wein dreht sich die Welt um mich herum etwas schneller als sonst. Antonio schenkt uns auch nach der Verkostung immer noch fleißig ein und es ist kein Ende in Sicht. Henry hat bestimmt schon das Doppelte an Wein verdrückt und ist bereits so betrunken, dass er sich kaum noch auf seinem Stuhl halten kann. Ich muss zugeben, dass mir alle Weine sehr gut geschmeckt haben und ich jederzeit wieder zu Antonio und Paola aufs Weingut kommen würde. Das nächste Mal würde mir aber auch schon die Hälfte Wein reichen.

»Du siehst wunderschön aus, Kate. So wie immer! Ich würde dich gern heiraten, jetzt und hier. Sofort!«, kommt es angeheitert aus Henrys Mund, der damit die Stille unterbricht. Ich starre ihn an, als würde er Chinesisch sprechen, und versuche seine Aussage zu ignorieren, aber er lässt nicht locker.

»Du warst das Schönste in meinem Leben und ich habe es zerstört. Du kannst dir nicht vorstellen, wie leid es mir tut und wie sehr mein Herz blutet bei dem Gedanken, dich nicht mehr an meiner Seite zu haben«, sagte er diesmal mit ernsterer Stimme. »Und ich will ehrlich zu dir sein: Heute würde wahrscheinlich Nikolas vor dir sitzen, wäre er nicht abgesprungen.«

»Henry, sag mir bitte die Wahrheit, warum Nikolas abgelehnt hat«, fordere ich ihn auf.

»Nikolas erzählte mir, dass er einen Platz bei den Venturas angeboten bekam und so war es für mich logisch, dass du mit deinem Notendurchschnitt die andere Person sein musstest, die eine Einladung erhielt«, krächzt er.

»Und?«, zwinge ich ihn, weiterzusprechen.

»Und dann habe ich Nikolas eine Stelle als Manager im Unternehmen meines Vaters angeboten«, stottert Henry vor sich hin und blickt dabei verlegen auf den Boden. Ich weiß gerade nicht, ob ich lachen oder weinen soll, ob ich ihn ohrfeigen oder vom Stuhl stoßen soll. *Das würde ich klarerweise nie machen, denn er kann sich ja kaum selbst dort halten.*

»Ich verstehe den Sinn dahinter nicht«, sage ich ernst.

»Kate, bitte sei nicht blöd. Ich wollte hierherkommen. Ich wollte zu dir, um mich zu entschuldigen und dir zu zeigen, was du mir bedeutest. Und ich will dich zurück. An meiner Seite, für immer«, stottert er. Überfordert und mit einem riesigen Stein im Magen sitze ich vor ihm und weiß nicht, was ich antworten soll. Henry ist den Tränen nahe. Ich spüre, wie leid es ihm tut und welchen Mut es ihn kostet, mir das zu sagen. Glücklicherweise kommt Antonio zu uns an den Tisch.

»Meine Lieblingsgäste, wie hat es euch geschmeckt? Kann ich euch noch etwas anbieten?«, fragt er freundlich.

»Sehr gut, Antonio! Es war ausgezeichnet, vielen Dank für diese Gelegenheit. Ich freue mich bereits auf deinen Stand morgen, um dir dort direkt meinen Lieblingswein abzukaufen.« Als ich das sage, hoffe ich mit gekreuzten Fingern unter dem Tisch, dass er nicht nachfragt, welcher Wein mir am besten geschmeckt hat. Denn ich habe keine Ahnung. Er war rot, so viel kann ich sagen.

Ein wenig später versuche ich Henry aus dem Keller zu manövrieren. Er kann zwar noch laufen, schaukelt aber ziemlich hin und her. Gottseidank sind wir zu Fuß und nicht mit den Fahrrädern gekommen. Meter für Meter gehen wir eng nebeneinander und es fühlt sich an wie früher. Henry versucht immer wieder meine Hand zu halten, aber ich ziehe sie weg. Ich spüre, wie sich mein Magen anspannt und ich kaum noch atmen kann. Ich kann nicht abschätzen, was mir mein Körper damit sagen will.

Im Weingut angekommen, stelle ich Henry vor seine Eingangstür, an der er sich vorsichtig anlehnt. Er greift nach meiner Hand und zieht mich näher zu sich hin. Sein Gesicht ist nur noch wenige Millimeter von meinem entfernt. Mein Herz rast und ich spüre seinen Atem auf meiner Nasenspitze. Mein Kopf versucht der Situation zu entkommen, aber meine Beine bewegen sich kein Stück. Henry streicht mir zärtlich über meine Wange und küsst mich leidenschaftlich. Seine Lippen fühlen sich so weich und vollkommen an. Es kribbelte in meinem Herzen und gleichzeitig verspannt sich mein Magen noch mehr. Das vertraute Gefühl verbindet sich mit dem Unbehagen, aber das schlechte gewinnt.

»Henry, ich kann das nicht mehr!«, stoße ich hervor. Ich reiße mich von ihm los, laufe zu meiner Tür und entsperre sie. Langsam schließe ich sie hinter mir und sacke zu Boden. So bleibe ich einige Minuten sitzen und lasse alles, was soeben passiert ist, Revue passieren. Der Abend, Henrys Liebesgeständnis und der Kuss. Ich kann es nicht glauben, dass ich dem Kerl, der eigentlich bis vor Kurzem die Welt für mich bedeutet hat, eine Abfuhr erteilt habe. Es fühlt sich befreiend an, und ich spüre, wie sich der Knoten in meinem Magen langsam löst, so als könnte ich ihn endlich loslassen.

Ich falle ins Bett und stelle den Wecker, sodass ich nicht zu spät zur Generalprobe erscheine. Mit einem entspannten und zufriedenen Gefühl schlafe ich ein.

Acht

Ich sitze auf der Schaukelbank am Hügel inmitten des Weinguts der Venturas. Die Sonnenstrahlen scheinen auf mich herab und erwärmen meine Haut, während angenehm warmer Wind durch mein Haar bläst. Du hältst meine Hand und siehst mich mit diesem Blick an, wie du es bereits bei unserer ersten Begegnung gemacht hast. Ich sehe in deine Augen und fühle Geborgenheit. Mein Herz sagt mir, dass es dich liebt. Unendlich liebt. Liebe ist ein Konstrukt, das in keiner statistischen Berechnung Sinn ergibt und einfach passiert, ohne dass es jemals jemand erklären konnte. Auch deine Haare bewegen sich im Wind und ich fühle sie, die Schmetterlinge in meinem Bauch, die Loopings schlagen, wenn deine Lippen die meinen berühren. Nie wieder möchte ich einen Tag in meinem Leben ohne dich sein. Nie wieder.

Der Wecker reißt mich unsanft aus meinem Traum. Am ganzen Körper bin ich schweißgebadet und ich spüre innerlich noch das Gefühl, das ich im Traum gefühlt habe. Diese unendliche Liebe, die Schmetterlinge und die Geborgenheit in deinen Armen. Was will mir dieser Traum sagen? Träume sind meist Situationen, die man sich wünscht oder vor denen man sich fürchtet. Ich fürchte mich nicht, zu lieben, aber ich wünsche es mir momentan auch nicht. Und vor allem: Wer war mein Gegenüber gewesen? Leicht verwirrt blicke ich auf mein Handy. Aber als mir klar wird, was heute für ein Tag ist, hüpfe ich vor Freude aus dem Bett. Es ist Samstag, endlich Nachtmarkt. Mein langersehnter und so hart geplanter Nachtmarkt.

Es herrschen heute zwar keine angenehmen Temperaturen, um ein Kleid zu tragen, es muss jedoch sein, denn zusammen mit den Venturas bin ich das Gesicht der Veranstaltung. Aber mit der warmen Strumpfhose, die ich darunter anziehe, werde ich es schon aushalten. Ich kann es kaum erwarten, die Aussteller an ihren Ständen zu begrüßen und ihre wunderschönen Werke zu bewundern.

Ich schnappe mir im Hauskaffee ein Croissant, fülle Kaffee in meine kleine Thermosflasche und schwinge mich elegant auf mein Fahrrad. Die Generalprobe der Eröffnungsrede beginnt um zehn Uhr und anschließend helfe ich noch den Ausstellern mit ihren Ständen. Im Kopf gehe ich die Vorträge, die ich zu den verschiedenen Ausstellern vorbereitet habe, noch einmal durch. Dadurch, dass ich bei jedem Aussteller persönlich war, fiel es mir leicht, zu jedem eine Rede über sein Handwerk zu schreiben. Die meisten haben mich sogar mit Informationen überflutet.

Am Hauptplatz sehe ich bereits Elisa und Federico. Leonardo kann wegen seiner Geschäftsreise leider nicht dabei sein und wird sich erst am Abend zu uns gesellen. Elisa spricht gerade mit den Beamten, wahrscheinlich geht es um eine Lizenz oder so. Ich stelle mich in der Zwischenzeit auf die Bühne und versuche das Mikrofon anzuschließen. Verzweifelt krame ich in den Kisten nach den richtigen Kabeln. Die Kisten sind schwer, und ich schaffe es nicht, sie allein auf die Bühne zu heben. Ich blicke um mich, aber Elisa ist immer noch beschäftigt. Federico hingegen steht nur rum und beobachtet mich, was meinen inneren Zorn entfacht. Er ist ein sehr feiner Herr, der sich seine Hände ungern schmutzig macht. Sein Blick ist ununterbrochen auf mich gerichtet. Die dunklen großen Augen stechen aus seinem Gesicht hervor und funkeln. Er hat irgendetwas Verführerisches an sich, das mich nervös macht. Der Anzug sieht an ihm bezaubernd aus, so wie alles, was er trägt. Darunter kann man sehr gut seinen muskulösen Körper erahnen. Ich schüttle meinen Kopf, um diese Gedanken wieder loszuwerden.

»Wie wäre es, wenn du mir hilfst, anstatt mich so anzugucken«, motze ich ihn an. Über seine Lippen kommt ein Lächeln, das mein Herz höherschlagen lässt, mich aber noch zorniger auf ihn macht. Was denkt sich dieser Typ bloß?

»Ich schaue dich halt gern an«, sagt er verschmitzt.

»Du schaust mich gern an?«, frage ich leise und mit dem Gesicht zum Boden gerichtet.

»Ich helfe dir mit den Kisten, wenn du mich darum bittest«, neckt er.

»Bitte«, stottere ich und würde am liebsten vom Erdboden verschluckt werden.

Tatsächlich hilft er mir, die Kisten auf die Bühne zu wuchten, was ihn aber nur bedingt netter erscheinen lässt. Eigentlich bin ich verwirrt in seiner Gegenwart. Sein Anblick, seine Augen und sein Körper, einfach alles verwirrt mich.

»Was ist eigentlich deine Aufgabe hier am Weingut?«, frage ich ihn.

»Ich unterstütze Leonardo und helfe bei allem, wo es meinen Rat braucht.«

»Kurz gesagt der Hausmeister, oder?«, kommt es über meine Lippen. Er lächelt, und ohne zu antworten, geht er zu Elisa.

Es ist bereits kurz vor zehn Uhr und eigentlich wollten wir mit der Probe der Eröffnungsrede von Henry starten. Aber er ist nicht hier. Wahrscheinlich liegt er noch halb tot in seinem Bett und schläft seinen Rausch aus. Ein mulmiges Gefühl macht sich in mir breit. Hätte ich ihn wecken müssen? Aber er sollte doch alt genug sein, um zu wissen, wie wichtig das heute ist. Ich stehe auf der Bühne und werkle noch etwas an dem Mikrofon herum, um Zeit zu schinden. Aber auch nach weiteren fünf Minuten noch keine Spur von Henry. Ich blicke vorsichtig zu Elisa und Federico, der mich grinsend ansieht.

»Kate, könntest du vielleicht die Rede improvisieren, um dem Ablaufplan nicht hinterherhinken zu müssen?«, bittet mich Elisa mit verzweifeltem Gesicht.

Nervös stelle ich mich in die Mitte der Bühne und nehme das Mikro aus dem Halter. Mit meinem Zeigefinger klopfe ich darauf, um zu testen, ob es an ist. Der Hall davon ist über dem ganzen Platz zu hören.

»Liebe Bewohnerinnen und Bewohner von Sirmione, liebe Ausstellerinnen und Aussteller und alle Freunde und Bekannte unseres wunderschönen Nachtmarkts, ich möchte Sie alle im Namen der Stadt Sirmione und der Familie Ventura herzlich willkommen heißen. Es freut mich sehr, so zahlreiche lächelnde und glückliche Gesichter zu sehen, die sich freuen, mehr über das handwerkliche Geschick unserer Aussteller erfahren zu können. Ich habe vor nicht allzu langer Zeit eine junge Dame kennengelernt, die mir gezeigt hat, was wahre Handarbeit wirklich bedeutet und wie viel Herz und Liebe darin steckt. Viele von uns leben in einer Welt, die nur noch von sozialen Medien geprägt ist, in der alles schnell und schneller passieren muss, damit wir uns glücklich fühlen, und wir die kleinen Dinge des Lebens nicht mehr zu schätzen wissen. Das Gefühl, in einen Macaron zu beißen, der einem das Wasser im Mund zusammenlaufen lässt, ein Glas Wein, das schmeckt wie die Felder von nebenan, oder ein gemaltes Bild, das uns die Schönheit unserer Welt für alle Zeiten konserviert. All diese Faktoren versucht unser Nachtmarkt darzustellen.

Also bitte ich Sie, den heutigen Abend zu genießen, zu lachen und einfach glücklich zu sein.«

Elisa und Federico sehen mich überrascht an. Habe ich etwas Falsches gesagt?

»Kate, das … das war großartig, vielen Dank«, sagt Elisa zu meiner Erleichterung.

Mittlerweile hat sich endlich auch Henry zu uns gesellt, und seinem Klatschen nach zu urteilen, scheint ihm meine Rede auch gefallen zu haben.

Zusammen gehen wir noch kurz meine Vorträge zu den einzelnen Ständen durch. Nur den von Anna lasse ich weg, es soll ja schließlich eine Überraschung werden.

Die letzten Vorbereitungen haben uns mehr Zeit gekostet als erwartet und so langsam bricht der Nachmittag ein. Der Hauptplatz und die Straße, die dorthin führt, füllen sich mit Menschen. Überall sind Personen, die Kisten und Gepäck von einer Ecke zur nächsten schleppen, darunter bereits sehr viele mir bekannte Gesichter, die ihre Stände aufbauen und dekorieren. Alles sieht jetzt schon wunderschön aus und es könnte aus meiner Sicht eigentlich auch gleich losgehen. Elisa und Federico sind nochmals zurück zum Weingut gefahren, und Henry und ich helfen den Ausstellern, die letzten Vorbereitungen zu treffen.

Um vier Uhr nachmittags habe ich mich mit Anna vor der Bäckerei verabredet, denn ich helfe ihr, ihre Köstlichkeiten zu ihrem Stand zu bringen. Sie winkt mir bereits hinter der Theke hervor zu und wirkt aufgeregt.

»Kate, da bist du ja endlich!«, begrüßt sie mich und fällt mir um den Hals.

»Hi. Komm, wir müssen los, wir haben noch so viel vor«, sage ich und ziehe sie am Arm aus der Bäckerei heraus.

Anna und ich haben bewusst beschlossen, ihren Stand erst kurz vor Eröffnung aufzubauen. Zum einen, damit die Überraschung nicht verdorben wird, und zweitens, damit die köstlichen Produkte frisch den Weg zum Kunden finden. Ich merke, wie sie sich freut, und ihre gute Laune hüpft direkt auf mich über. Ich verstehe bis heute nicht, warum man so talentierte Personen vom Nachtmarkt ausgeschlossen hat. Sie geben dem Ganzen einen neuen Blickwinkel auf das Geschehen am Markt, und diese Personen bekommen eine Chance, ihr Talent zu zeigen. Für Anna habe ich einen Stand direkt am Hauptplatz gewählt, dort, wo die Musik spielt und sich sicherlich am meisten Personen ansammeln werden. Ich habe im Blumenladen um die Ecke noch Gerbera in den schönsten Farben bestellt und dekoriere damit den Stand. Die Gerbera zählt zu meinen Lieblingsblumen, weil ich sie als Kind immer von meinem Vater bekommen habe. Sie haben mir damals Glück gebracht und sollen Anna heute Glück bringen. Anna freut sich sehr über mein Geschenk und wartet bereits ganz aufgeregt mit ihrer dicken Wollmütze hinter ihrem Stand auf den Beginn des Nachtmarkts.

Ich blicke auf meine Uhr, sie zeigt kurz vor halb sechs. Ich mache mich auf den Weg zur Bühne, wo gleich Henry zusammen mit einem Familienmitglied der Venturas die Eröffnungsrede halten wird. Wahrscheinlich Elisa, da ich Leonardo noch nirgends erblicke.

Die Lichter der einzelnen Stände leuchten in den verschiedensten Farben. Die Deko, die wir überall am Markt verteilt haben, glitzert. Auch die Lichterketten waren eine gute Idee. Der Nachtmarkt wirkt so friedlich, und ein wenig kommt das Gefühl von Weihnachten zurück, auch wenn das bereits etwas länger her ist.

An der Bühne stehen bereits Elisa und Federico. Federico sieht zu meinem Erstaunen noch atemberaubender als heute Nachmittag aus. Sein Anzug sitzt wie immer angegossen und der Mantel, den er darüber trägt, steht ihm leider auch zu gut. Aber er ist und bleibt eingebildet und unsympathisch, egal wie gut er gerade aussieht.

»Kate, na endlich, da bist du ja!«, schreit Elisa bereits von Weitem.

»Aber ich bin doch noch nicht zu spät?«, frage ich erschrocken.

»Nein, für deine Vorträge nicht, aber für die Eröffnungsrede!«, sagt sie aufgeregt. »Na los, spring schon rauf auf die Bühne, nach deinem Auftritt heute Vormittag wirst du sie halten.«

Ich bekomme für einen kurzen Moment Panik, da ich nicht darauf vorbereitet bin. *Atmen, Kate, atmen.*

Federico betritt nach mir die Bühne und nimmt eines der beiden Mikros in die Hand. Verwundert blicke ich ihn an. Er lächelt nur mit seinem typischen arroganten Lächeln. Auch wenn ich es nicht gern zugebe, verfolgt es mich sogar bis in meine Träume. Was hat der Mann bloß an sich, dass sich mein Inneres so auf ihn konzentriert?

Es haben sich bereits sehr viele Personen am Hauptplatz eingefunden und alle blicken sehr gespannt in unsere Richtung. Ich sehe Henry, sein Gesichtsausdruck wirkt enttäuscht, aber ich bin vollkommen schuldlos an der Situation, dass er seine Rede nicht halten darf. Je näher die Menschen an die Bühne herantreten, umso aufgeregter werde ich. In meinen Beinen spüre ich das Blut fließen, als würden Tausende Ameisen in mir herumlaufen. Mein Blick fällt auf Federico, der ebenfalls zu mir schaut. Er strahlt eine angenehme Ruhe aus, die meine Nervosität hemmt.

»Eins, zwei, drei Test«, spricht er ins Mikrofon und alle Blicke der Besucher richten sich auf ihn. »Guten Abend, meine Damen und Herren, ich darf Sie heute im Namen der Familie Ventura herzlich zu unserem Nachtmarkt begrüßen. Mein Vater Leonardo ist leider geschäftlich verhindert, aus diesem Grund darf ich Sie heute zusammen mit der bezaubernden Kate durch den Abend führen.«

Mein Herz bleibt stehen, als ich höre, was Federico gerade von sich gibt. Er ist Leonardos Sohn, was bedeutet, dass er der Juniorchef des Unternehmens ist und nicht der

Hausmeister, wie ich bis gerade eben dachte. Verdammt. Ich habe es nicht nur gedacht, sondern meine Vermutung auch ausgesprochen. Kein Wunder, dass er mir keine Antwort auf meine Frage gegeben hat und stattdessen mit einem breiten Grinsen fortging! Meine Knie werden weich und ich versuche mich bei Atem zu halten. Alle Situationen, die Federico und ich bisher durchlebten, waren peinlich unangenehm. Von meiner Seite nicht unbedingt sympathisch, aber na ja, von seiner Seite auch nicht. Der klitzekleine Unterschied ist jedoch, dass er es darf, denn er ist mein Chef. Er ist mein Chef! Je öfter dieser Satz durch meinen Kopf fliegt, umso schwindliger wird mir. Ich spüre, wie ich rot werde und mein Herz immer schneller schlägt. Verunsichert blicke ich in seine Augen, diese jedoch leuchten genauso schön wie immer.

»Wir haben uns die letzte Woche sehr intensiv mit Ausstellern und der Organisation dieses Marktes auseinandergesetzt. Aber ich bitte Kate, euch mehr darüber zu erzählen. Kate, das Wort ist deines.«

Immer noch etwas verwirrt stehe ich neben ihm auf der Bühne und versuche meine Gedanken zu ordnen. Glücklicherweise haben wir im Studium gelernt, wie man sich professionell in diesen Situationen verhält. Blöd nur, dass mir im Moment nicht mehr einfällt, was genau wir gelernt haben. Ich blicke in die Menschenmenge. Sehr viele Augen starren mich an und warten, dass ich endlich einen Laut von mir gebe. In der letzten Reihe erspähe ich ein bekanntes Gesicht, was mich glauben lässt, dass ich halluziniere. Auch das bekannte Gesicht hat bemerkt, dass ich es gesehen habe, und die dazugehörige Person winkt mir zu. Ich kann es nicht glauben, es ist Mia! Was macht Mia hier? Wie schön, ihr Gesicht zu sehen. Mein Herz macht Luftsprünge und hüpft beinahe aus mir heraus. Ich finde dank Mia wieder zu meiner alten Verfassung zurück und beginne meine Rede.

»Vielen Dank, Federico, *für deine lieben Worte zur Begrüßung*, und auch von meiner Seite ein herzliches Willkommen an unserem wunderschönen und traditionellen Nachtmarkt. Sie können sich gar nicht vorstellen, wie viel Arbeit und Geschick die einzelnen Aussteller Tag für Tag auf sich nehmen, um Ihnen das zu bieten, was Sie nie im Leben missen möchten. Das Gefühl von Heimat und Geborgenheit bei jedem Bissen, bei jedem Schluck und bei jedem Blick, den wir den Produkten der Aussteller widmen …«

Ich versuche, die Rede ähnlich zu halten wie heute Vormittag. Am Ende ist mir nicht mehr alles genauso eingefallen, aber ich muss sagen, die jetzige Version ist mir noch besser gelungen, und ich spüre, wie ich die Besucher vor mir angesprochen habe. Alle klatschen und freuen sich, und Federico und ich sehen uns zufrieden an. Ein Blick, der länger dauert als normal und von mir aus auch noch hätte länger dauern können. Seine Augen strahlen und bringen mein Herz zum Pochen.

Als ich mich wieder gefangen habe, laufe ich von der Bühne und falle Mia in die Arme, während Carlo und seine Band mit sanften Tönen im Hintergrund aufspielen.

»Was machst du denn hier?«, frage ich sie ganz außer Atem.

»Ich vermisse dich so sehr und konnte nicht länger warten, um dich endlich in die Arme schließen zu können«, sagt sie. Sie schaut sich um. »Und das hast du alles auf die Beine gestellt? Es sieht einfach wunderschön aus!«, schwärmt sie. Dann entdeckt sie Henry. »Was will der denn hier?«, fragt sie fassungslos.

»Lange Geschichte, erzähle ich dir nachher in Ruhe bei einem Glas Wein. Aber jetzt komm mit mir, meine Reden an den Ständen der Aussteller starten gleich und ich muss dir jemand Besonderes vorstellen.«

Ich stelle mich neben Anna hinter ihren Stand und wir grinsen uns voller Vorfreude an. Elisa, Mia und Federico stehen gespannt in der Menschenmenge. Sogar Leonardo ist von der Geschäftsreise zurück und hat es zusammen mit seiner Frau fast pünktlich zur Eröffnung geschafft. Nur Henry fehlt, wahrscheinlich organisiert er noch irgendetwas. Je weniger ich ihn sehe, desto besser. Ich nehme Anna an die Hand und beginne zu sprechen.

»Ich habe versprochen, Ihnen eine junge Dame vorzustellen, die mich in der Zeit, die ich nun hier am Weingut der Venturas verbringe, sehr inspiriert hat. Bereits am ersten

Tag, als ich sie traf, schenkte sie mir eines ihrer wundervollen Kirschbrote, und im Laufe der Zeit wuchs sie mir immer mehr und mehr ans Herz. Annas Traum ist es, den Menschen ihre Kreationen näherzubringen und weitere Filialen zu eröffnen, damit nicht nur hier die Menschen ihre Köstlichkeiten genießen dürfen, sondern auch in anderen Orten. Für den heutigen Abend hat Anna neben ihrem Kirschbrot noch weitere Leckereien gezaubert, die Ihnen das Wasser im Munde zusammenlaufen lassen werden. Das verspreche ich Ihnen. Hier vor mir sehen Sie neben den vielen anderen Köstlichkeiten ein Minz*törtchen*, ein Mandelsplitterbrot mit Walnussfüllung, und hier haben wir noch Basilikum-Macarons mit Himbeerfüllung. Ich habe beschlossen, Anna und weiteren Lebensmittelherstellern eine Chance auf diesem Markt zu geben, ihr Talent zu beweisen, und ich glaube, jeder einzelne Besucher wird sich darüber freuen. Und am meisten freuen sich Anna und die anderen Aussteller. Anna, du hast es verdient.«

»Kate, sprich doch nicht so viel«, unterbricht mich Anna. »Die Leute wollen endlich probieren!« Ihr Lachen ist so ansteckend, dass ich mit einfalle. Die Besucher rund um den Stand werden von unserem Gekicher angesteckt und probieren eifrig Annas Köstlichkeiten. Federico und Leonardo sind die Ersten, die sich ein Minztörtchen und ein Mandelsplitterbrot mit Walnussfüllung greifen und mit Genuss hineinbeißen. Ich beobachte, wie beide selig lächeln. So wie es den beiden ergeht, ergeht es den anderen Besuchern auch. Es macht mich glücklich, dass ich mit meiner Intuition, Anna hierherzubringen, richtiggelegen habe.

Elisa winkt mich zu ihr und gratuliert mir zu meinem erfolgreichen Abend.

»Ich danke dir, dass du deinen eigenen Kopf durchgesetzt hast und den Abend zu so einem besonderen hast werden lassen. Ich muss nun leider auch dir mitteilen, dass wir nur einen von euch zwei behalten können und der Nachtmarkt ein geheimes Battle zwischen dir und Henry war, um besser entscheiden zu können, wer es von euch verdient, im Unternehmen der Venturas zu arbeiten«, sagt sie mit ernster Stimme. Ich sehe sie verblüfft an und warte, dass sie weiterredet. »Keine Sorge, Kate, Henry ist bereits auf dem Weg zum Weingut und wird noch heute Abend abreisen«, sagt sie zu meiner Erleichterung.

Mir fällt ein riesengroßer Stein vom Herzen und ich weiß nicht, was ich sagen soll. Ich falle Elisa um den Hals und danke ihr. Besser hätte dieser Abend nicht laufen können, für mich zumindest. Ein klein wenig Mitleid habe ich zwar mit Henry, aber gleichzeitig bin ich einfach nur froh, ihn nicht mehr jeden Tag sehen zu müssen.

Ich gehe zurück zu Mia und den anderen, als mich Federico an meinem Arm zurückhält. »Glückwunsch und herzlich willkommen im Team! Nach unseren ersten Begegnungen hätte ich nie gedacht, dass du zu etwas fähig bist. Ich bin froh, dass du hierbleibst«, sagt er etwas verschmitzt. Schwer atmend blicke ich ihm in die Augen. Ein paar Sekunden sehe ich ihn einfach nur an. Zufrieden, dass der Abend so wundervoll gelaufen ist, glücklich, dass ich in Italien bleiben kann, und erleichtert, dass Henry nun endgültig aus meinem Leben verschwindet.

»Vielen Dank. Es tut mir leid, dass ich dich für den Hausmeister gehalten habe«, sage ich und kichere ausgelassen. Klar war mir die Situation mit Federico unangenehm, aber ich freue mich im Moment zu sehr darüber, wie der heutige Abend gelaufen ist, dass ich ihm einfach in die Arme falle. Er sieht mich zunächst etwas verdutzt an, erwidert schließlich aber meine Umarmung.

»Bitte behandle mich weiter so, als wäre ich der Hausmeister, das gefällt mir«, flüstert er mir ins Ohr und zwinkert mir dann zu, bevor er zu seinem Vater schlendert.

Mia und Anna stehen wie erstarrt vor mir. »Was läuft da bitte zwischen dir und dem Juniorchef?«, fragt mich Mia.

»Ich habe keine Ahnung, wovon du sprichst«, murmle ich verlegen.

»Ihr fresst euch ja förmlich mit euren Blicken auf. Echt creepy, Kate!«

»Verrückte Nudel. Du siehst doch Gespenster!«

»O nein, ich sehe es auch. Er gehört zu den besten Partien Italiens«, sagt Anna, nachdem sie voller Spannung unserer Unterhaltung gefolgt ist.

»Wie bitte? Was?«, frage ich erstaunt.

»Wer kennt Federico Ventura nicht? Außer dir natürlich! Und welche Frau würde ihn nicht gern daten? Als er in Mailand studiert hat, war er in den berühmtesten Clubs bekannt und alle Frauen in seiner Umgebung sind schwach geworden«, entgegnet sie mir lachend.

»Du nimmst mich doch auf den Arm«, sage ich verwundert. Ich halte den begehrtesten Mann Italiens für einen Hausmeister. Schmunzelnd blicke ich zu ihm. Er unterhält sich gerade äußerst vertieft mit seinem Vater. Gut sieht er ja schon aus, dieser Federico Ventura!

Um den Abend gebührend ausklingen zu lassen, hat Leonardo einen Tisch in einer kleinen Osteria gebucht. Als wir dort ankommen, erkenne ich sie sofort. Es ist das Restaurant, in der ich die besten Spaghetti alle Vongole meines Lebens gegessen habe. Es ist sehr nett von den Venturas, auch Mia und Anna zum Nachtessen einzuladen. So sitzen wir nun hier in vertrauter Runde. Na ja, mehr oder weniger vertraut, wenn man bedenkt, dass ich soeben erst erfahren habe, wer Federico ist.

Ich versuche seinen Blicken auszuweichen, denn nach all dem, was passiert ist, finde ich es etwas unangenehm, in seine Augen zu sehen. Aus diesem Grund konzentriere ich mich umso mehr auf Mia und Anna, die sich übrigens von Beginn an sehr gut verstanden haben. Ich liebe es, meinen Herzensmenschen Mia bei mir zu haben. Nach all dem

Chaos der letzten Wochen bin ich überglücklich, sie jetzt an meiner Seite zu wissen.

Leonardo hat verschiedene Antipasti und zwei Flaschen des besten Weins der Venturas bestellt. Ich nippe an meinem Glas und nehme den Geruch wahr, der mir in die Nase strömt.

»Litschi!«, sage ich unerwartet laut. Leonardo lacht und nickt zu mir rüber.

»Hervorragend, Kate, dieser Wein schmeckt tatsächlich nach Litschi. Gut für uns, dass wir so eine gute Schnüffelnase behalten haben«, sagt er. Ich muss auch lachen und der restliche Tisch schließt sich uns an. Ja, sogar Federico entwischt ein Lächeln, als ich zu ihm blicke.

Neun

Leonardo hat Mia angeboten, im Haus zu übernachten, in dem Henry gewohnt hat. Wir haben aber stattdessen gemeinsam in meinem Bett geschlafen und gequatscht und gekichert bis in die frühen Morgenstunden.

Nach gefühlt nur drei Stunden Schlaf bin ich bereits vor Mia wach und schleiche mich vorsichtig aus dem Bett. Ich ziehe mir meinen Morgenmantel über, schlüpfe in die rosafarbenen kuscheligen Hausschuhe und öffne vorsichtig die Tür zum Garten. Unglücklicherweise bin ich nicht allein dort, sondern erblicke Federico mit meinen noch müden Augen.

»Guten Morgen, Kate. Du siehst noch etwas verschlafen aus«, witzelt er und grinst blöd.

»Lieber sehe ich noch verpennt aus als so verschwitzt von deinem Training wie du!«, antworte ich ihm etwas frecher, als es in meinem Kopf klang. »Bitte entschuldige«, füge ich hinzu, aber Federico lacht entspannt. »Warum wohnst du eigentlich hier und nicht im großen Haus?«, frage ich ihn vorsichtig.

»Keine Sorge, du bist mich spätestens morgen oder übermorgen als Nachbar hier los. Sobald der Wasserschaden in meinem Stock repariert ist, ziehe ich nach oben«, antwortet er mir freundlicher als gewohnt. »Und falls es dir Elisa noch nicht gesagt hat, dein Zimmer war auch betroffen. Somit herzlichen Glückwunsch, wir werden wieder Nachbarn sein«, sagt er und lacht.

»Heißt das, dass ich nicht hier wohnen bleibe?«, frage ich.

»Nein, das hier sind bloß die Unterkünfte der Erntehelfer. Alle Angestellten in Jahresstelle dürfen natürlich im großen Haus wohnen«, sagt er, bevor er hinter der Tür verschwindet.

Auch wenn er sich etwas bemüht, finde ich sein Verhalten immer noch nicht gut. Er hätte mir sagen müssen, dass er mein Chef ist, dann hätte ich mich vielleicht etwas angestrengt, was meine Wortwahl angeht.

Als Mia an die Scheibe klopft, erschrecke ich mich fast zu Tode. Sie lacht, winkt mir zu und ich gehe hinein, denn es ist kälter, als ich zu Beginn dachte. Wir machen uns gemeinsam auf den Weg ins Haupthaus, wo es bereits nach Kaffee und leckerem Gebäck duftet. Zu meiner Überraschung gibt es heute zusätzlich zu den Croissants und den herkömmlichen Brötchen noch Annas Kirschbrot, Minztörtchen und das Mandelsplitterbrot mit Walnussfüllung. Ich freue mich sehr darüber, denn ohne den Nachtmarkt gestern wüssten die Venturas wahrscheinlich nichts von diesen Köstlichkeiten. Mia schlägt sich den Magen voll und beneidet mich darum, dass ich dieses Frühstück jeden Tag serviert bekomme. Wir sitzen eng aneinandergekuschelt an meinem Lieblingstisch. An dem, von dem aus man den ganzen Garten mit dem großen Kirschbaum wunderbar überblicken kann. Ich freue mich sehr auf den Frühling, wenn alles wieder grün wird und der Kirschbaum zu blühen beginnt.

Da Mia erst am späten Abend wieder abreist, hat mir Leonardo den gesamten Tag Urlaub gegeben, damit ich Zeit mit ihr verbringen kann.

Ich freue mich sehr, endlich wieder einen ganzen Tag mit meiner besten Freundin zu verbringen. Seit unserer Kindheit haben wir fast jeden Tag gemeinsam verbracht, und wer weiß, wann wir uns das nächste Mal sehen. Ich schnappe mir mein pinkes Fahrrad, Mia eines der Venturas und zusammen starten wir nach Sirmione, um ein bisschen zu shoppen. Wir ketten die Räder am Eingang des Städtchens an einen Baum und flanieren anschließend über die Brücke in das urige Zentrum. Mia ist auch am zweiten Tag noch begeistert von Sirmione und den kleinen Gassen.

Bereits im ersten Laden werden wir fündig. Sie probiert ein ockerfarbenes Kleid, das perfekt zu ihren braunen Augen passt, und ich entscheide mich für ein elegantes grünes Kleid mit kleinen Quadraten. Neu eingekleidet stehen wir wie zwei Topmodels vor dem Spiegel und betrachten uns von allen

Seiten. Mia dreht sich im Kreis und kann sich vor Lachen kaum halten.

»Gott, ich sehe aus wie ein Sack. Warum warnst du mich nicht vor diesem Unglück?«, sage ich und kichere hysterisch.

»Ich dachte nicht, dass du das mit den kleinen Quadraten ernst meinst. Meine Oma hat ein ähnliches Kleid zu Hause im Schrank«, spöttelt sie. Ich probiere noch ein weinrotes Kleid, das man wunderbar auch im Winter mit Strumpfhosen tragen kann.

Ich umarme Mia vor Freude, dabei kommt Wehmut in mir auf, wenn ich denke, dass sie heute wieder abreist. Natürlich fühle ich mich bei den Venturas sehr wohl, aber gerade jetzt wird mir klar, dass ich meine Mutter und meine Freunde in New York trotz allem etwas vermisse.

Mit zwei großen Einkaufstaschen machen wir uns auf den Weg zum See und setzen uns auf eine sonnengewärmte Bank.

»Grace tut ihr Fehltritt sehr leid«, bricht Mia die Stille.

»Fehltritt ist gut gesagt, dann wäre es ja nur einmal passiert. Ich bin mir gar nicht sicher, ob es nur an Weihnachten und Silvester war oder schon länger ging.« Ich schnaube empört. »Es gibt rund vier Millionen andere Männer in New York, von denen sie sich einen aussuchen hätte können. Ich bin einfach wahnsinnig enttäuscht und weiß nicht, ob ich ihr das jemals verzeihen kann«, entgegne ich ihr.

»Natürlich, das verstehe ich. Sie hat mich nur gebeten, dir zu sagen, dass sie es jeden Tag bereut! Aber jetzt zu einem ganz anderen Thema, stell dir vor, ich habe ein Jobangebot in Los Angeles bekommen!«, sagt Mia und sieht sehr glücklich aus.

»Wow, das ist ja großartig. Was ist es für eine Stelle?«, frage ich sie.

»Ich könnte bei einem Zeitungsmagazin Berichte über große Events erstellen und veröffentlichen, und du weißt, dass es mein Traumjob ist, bei Events dabei sein zu können, ohne sie organisieren zu müssen«, sagt sie.

Ich kann mir mein Lachen nicht verkneifen. »Genau so kenne ich dich! Aber LA wäre dann noch weiter weg, als New York es schon ist«, sage ich mit trauriger Stimme.

»Ich komme dich besuchen, versprochen. Und du musst mir versprechen, dass du mich besuchen kommst in allen Ferien, die du hast«, sagt sie aufmunternd.

»Das verspreche ich dir!«

Anna gesellt sich zu uns und drückt uns Sandwiches, natürlich mit frischem Brot aus der Bäckerei, in die Hand. Sie streckt ihr Gesicht in die Höhe und lässt sich die warmen Sonnenstrahlen auf das Gesicht scheinen.

»Heute war die Hölle los, die Menschen reißen mir jedes Brötchen fast aus der Hand! Danke dafür, Kate«, sagt sie glücklich. Es freut mich sehr, dass die Menschen hier in der Umgebung Annas Köstlichkeiten endlich schätzen, wurde ja auch Zeit. Wir plaudern noch kurz, dann fahren Mia und ich zurück zum Weingut, denn in einer Stunde macht sich die

Gruppe eines von Leonardos Weinseminaren auf den Weg zum Monte Baldo, und wir dürfen sie begleiten.

Zuvor muss ich noch meine Kleidung in mein neues Zimmer bringen. Ich betrete das Haupthaus durch die große Eingangstür und ich fühle mich so, als würde ich in ein Schloss eintreten. Hinter der großen Eingangstür befindet sich eine Halle, so groß wie alle drei Häuschen zusammen. Sie ist schön mit Blumen geschmückt und links und rechts führen Treppen in den oberen Stock. Ich wähle die rechte Seite der Treppe, denn von dort kann man durch die Fenster wunderschön auf den See blicken. Verzaubert von dem Ausblick bleibe ich auf der Treppe stehen, bis hinter mir ein Wirbelwind namens Mia erscheint und mich aus meinem Tagtraum holt. Gemeinsam betreten wir mein neues Zimmer. Zimmer ist untertrieben, es ist bestimmt größer als das Haus, in dem ich bis jetzt gewohnt habe. An den Wänden hängen gemalte Bilder vom Gardasee und am Schreibtisch stehen frische Blumen. Das Bett sieht aus wie ein Himmelbett mit den kleinen Vorhängen, die von der Decke fallen, und wenn man morgens die Augen öffnet, sieht man durch das Balkonfenster direkt auf den See. Auf dem Balkon stehen ein kleiner Tisch und ein Stuhl mit einem geschnörkelten Rücken. Ich kann meinen Augen kaum trauen, wie schön das Zimmer eingerichtet ist und dass es jetzt meins ist. Wir stehen am Balkon und genießen den Ausblick. Als wir bemerken, dass sich bereits einige Personen des Seminars im

Vorgarten versammelt haben, laufen wir schnell die vielen Treppen runter. Dort steht zu meinem Erstaunen Federico bei der Gruppe und nicht wie erwartet Leonardo.

Er sieht mich an und erkennt an meinem Blick die Enttäuschung, die ich verspüre. »Du könntest dich ruhig etwas mehr freuen, mich zu sehen. Bei deinem Blick geht noch die Sonne unter«, flüstert er mir zu.

Na, dann soll sie doch untergehen, denke ich mir. Aus irgendeinem Grund holt Federico eine Seite an mir hervor, auf die ich nicht stolz bin. Ich bin sonst zu jeder Person freundlich, vor allem, wenn es mein Chef ist. Genau aus dem Grund gebe ich mir nun einen Ruck und bemühe mich, ihn anzulächeln, obwohl unser Kennenlernen alles andere als schön war. Er erkennt sofort, dass es sich dabei um ein erzwungenes Lächeln handelt, und komischerweise bringt es ihn zum Schmunzeln.

Wir warten auf eine letzte Dame, die noch schnell die Toilette aufsuchen musste, bevor wir losfahren. Im Bus sind genau neun Plätze und wir sind zu elft. Federico sieht in dem Moment zu mir, als ich zu ihm sehe, und stellt sich vor die Gruppe. »Wer meldet sich freiwillig, mit mir zu fahren?«, fragt er und blickt in meine Richtung.

Ich kann kaum bis drei zählen, da stürmen schon alle Seminarteilnehmer inklusive Mia zum Bus. Nun stehen Federico und ich allein davor und blicken uns in die Augen. Als wäre es nicht schon genug, dass er diese Führung begleitet, nein, jetzt darf ich auch noch mit ihm zusammen eine halbe Stunde auf engstem Raum sitzen. Wortlos begleite ich ihn zum Auto und steige ein. Den Wagen kenne ich ja bereits von meinem Ankunftstag, als er mich mit meinem Gepäck am Straßenrand hat stehen lassen. Die ersten fünf Minuten sind sehr unangenehm, da wir uns anschweigen und sich jeder auf die Straße konzentriert.

»Kate, es tut mir leid, dass ich dir nicht gesagt habe, wer ich bin«, sagt er plötzlich und unterbricht somit die Stille.

»Ach ja?«

»Es hat mir einfach Spaß gemacht, zu sehen, wie du mich behandelst. Alle Mitarbeiter kriechen mir wortwörtlich in den Arsch und sagen das, was ich hören will, und das nervt! Und du, du warst normal zu mir und hast mich in keinem Moment bevorzugt«, antwortet er zu meinem Erstaunen.

»Ich will ja nicht unhöflich klingen, Chef, aber *du* hast mich am Flughafen angerempelt und *du* hast mich am Straßenrand stehen lassen. Wie sollte ich dich anders behandeln?«, stichle ich.

»Ach so, so siehst du die Situation? Ich habe in Erinnerung, dass *du* mich angerempelt hast, und als ich an dir vorbeigefahren bin, bist *du* einfach weitergelaufen, so als wolltest du nicht mitfahren. Also schieb nicht mir die Schuld in die Schuhe«, sagt er frech.

Ich antworte ihm bewusst nicht. Was denkt er sich nur! Ich merke, wie er ab und an zu mir schaut, und als ich ihn einmal dabei erwische, richtet er seinen Blick sehr schnell wieder auf die Straße. Sogar in Wanderkleidung sieht er gut aus. Seine braunen Haare liegen wie immer perfekt und seine braun gebrannte Haut ist makellos. Ich sollte an etwas anderes denken, denn eigentlich finde ich ihn immer noch unausstehlich. Um mich abzulenken, sehe ich aus dem Seitenfenster und versuche mich zu orientieren. Die Straßen sind angenehm leer um diese Jahreszeit und so kommen wir sehr schnell voran. Der Bus fährt vor uns her, und ich sehe, wie Mia aus dem Rückfenster zu uns guckt, um zu beobachten, was wir treiben. Ich kenne sie zu gut, um zu wissen, dass sie die Gelegenheit nutzen wollte, mich mit dem sexy Juniorchef allein zu lassen. Was sogar für ihre Verhältnisse eine dumme Idee ist.

Ich kann mir gar nicht vorstellen, dass es mein Herz schaffen wird, sie wieder gehen zu lassen. Zu Beginn bin ich hierhergekommen, um meinen Frust zu vergessen, ohne überhaupt darüber nachzudenken, was ich damit alles zu Hause lasse. Natürlich telefoniere ich jeden Tag mit meiner Mutter über Facetime, jedoch ist es nicht dasselbe, ohne ihre Nähe zu spüren und ihre liebevolle Art um mich zu haben. Die einzigen beiden Personen, die ich aus New York nicht vermisse, sind Grace und Henry. Ich bin sogar echt froh, dass Henry abreisen musste, denn ich hätte sein Gesicht nicht täglich aufs Neue ertragen. Grace schreibt mir immer wieder lange Nachrichten, aber ich habe ihren Kontakt auf stumm gestellt, damit ich mir ihre dummen Ausreden nicht anhören muss.

Irgendwann wird Grace die Möglichkeit erhalten, mir die Situation zu erklären, aber momentan fühle ich mich einfach noch nicht bereit dafür. In der Zeit, in der ich jetzt in Italien bin, habe ich gelernt, nur auf mich zu schauen und meine Bedürfnisse in den Vordergrund zu stellen. Das hätte ich in New York auch schon viel früher tun sollen. Ich habe immer erst allen anderen geholfen und bin dann meinen Wünschen nachgegangen. Für Henry hätte ich mein letztes Hemd gegeben, aber ich habe daraus gelernt, dass der einzige Mensch, dem ich ansatzweise versuchen kann, alles recht zu machen, ich bin. Verträumt blicke ich noch immer auf die Straße und beobachte, wie sich der Bus die Kurven entlangschlängelt.

»Erde an Kate, wir sind da, du kannst jetzt aus deinem Tagtraum aufwachen«, sagt Federico mit seiner vorlauten Stimme.

»Oh, danke«, antworte ich ihm, ohne ihm in die Augen zu sehen.

»Mit dieser Laune lass ich dich das nächste Mal wieder am Straßenrand stehen, da kannst du dir sicher sein«, sagt er und grinst. Ich habe mittlerweile verstanden, dass er mich für sein Leben gern neckt und er weiß, dass es mich jedes Mal auf die Palme bringt. Gut gelaunt hingegen tritt er vor die Gruppe. Seine Ausstrahlung übertrifft jeden Regentag, und es ist, auch wenn ich es ungern zugebe, sehr angenehm, seiner Stimme zu lauschen.

Mia stürmt auf mich zu und trampelt ganz aufgeregt um mich herum. »Na los, erzähl schon. Was habt ihr gesprochen?

Werdet ihr euch auf ein Date verabreden? Erzähl endlich!«, drängt sie mich.

»Wie kommst du denn auf so eine doofe Idee?«, frage ich sie und bin ehrlich schockiert.

»Du brauchst mir gar nichts erzählen, jeder Blinde sieht, dass es zwischen euch funkt. Wenn ihr euch anseht, dann wirkt es so, als hättet ihr die Welt rund um euch ausgeschaltet. Und das finde nicht nur ich, sondern auch der komplette restliche Bus«, sagt Mia.

»Ach, so ein Blödsinn, den du da redest. Und warum besprichst du das überhaupt mit den anderen Personen? Komm endlich, wir müssen der Gruppe hinterher«, ermahne ich sie. Was auch immer Mia meint, gesehen zu haben, ich ignoriere es, denn so wie Federico und ich uns anblicken, so blicken sich bestimmt nicht Verknallte an. Punkt. Ende. Aus.

Den Monte Baldo erreichen wir mit einer traumhaften Seilbahn. Die Kabinen sind geräumig und von dort aus hat man einen wunderschönen Ausblick auf den Gardasee. Mia und ich stehen an einer Ecke und halten uns am Geländer fest, denn die Gondel wackelt sehr, sobald sie einen Masten überquert.

»Sieh mal, da vorn ist schon die Bergstation«, sagt Mia mit großer Freude.

Abgelenkt von der Aussicht bemerke ich den nächsten Masten zu spät und schaffe es nicht mehr rechtzeitig, mich am Geländer festzuhalten. Ich falle nach hinten, aber zwei Armen fangen mich glücklicherweise auf. Erschrocken starre ich in Federicos überraschtes Gesicht. Ich sollte mich sofort wieder aufrichte, aber stattdessen wünsche ich mir, dass die Zeit kurz stehen bleibt, denn so geborgen wie in seinen Armen habe ich mich schon lange nicht mehr gefühlt.

»Kate, kannst du aufstehen?«, fragt er, aber dieses Mal viel zärtlicher als sonst.

»Ja, denke schon«, antworte ich noch etwas benommen von meinem Beinahe-Sturz.

»Gut, denn wir müssen hier raus«, sagt er.

Mia kann sich ihr Lachen fast nicht verkneifen, und als wir endlich aus der Gondel ausgestiegen sind, grölt sie lauthals los. Auch mein edler Retter Federico grinst breit.

»Du hättest dich sehen müssen! In keinem Hollywoodfilm sind sie fähig, so eine schöne Sturz-Szene zu drehen, und dann auch noch mit solch einem heldenhaften Retter in der Not«, kichert sie vor sich hin, und wie immer steckt sie mich an damit. Nun ja, fast. Zumindest schmunzle ich. Und ich befürchte, es hat nicht einmal mit Mias Lache zu tun. Peinlich genug war es, dass mich Federico aufgefangen hat. Aber diese Stimmlage bin ich von ihm nicht gewohnt, so einfühlsam und besorgt. Es bringt etwas in mir zum Klingen, sodass meine Mundwinkel sich wie von selbst heben.

Als wir an dem Aussichtspunkt angekommen sind, habe ich meinen schwachen Moment bereits wieder fast vergessen, denn ich bin so begeistert und überwältigt von dem Ausblick, der uns geboten wird. In keinem Reiseführer der Welt wäre es möglich, dieses Bild so darzustellen. Auch wenn es Winter ist, strahlt der See in seinem blauen Ton und reflektiert die Sonnenstrahlen, die aufs Wasser fallen. Die Berge und Hügel, die sich rund um den See befinden, wirken mächtig und außergewöhnlich. Am liebsten würde ich das Bild, das ich momentan vor meinen Augen habe, genau so an meine Zimmerwand hängen, und immer, wenn ich besonders gestresst bin, mich auf das Bett legen und die Stille und Schönheit der Natur genießen.

Mia werkelt an ihrem Fotoapparat herum und schickt mich von einer Pose in die nächste. »Kate, das kannst du doch viel besser«, meckert sie.

»Aber du weißt, wie sehr ich es hasse, fotografiert zu werden«, grummle ich und strecke die Zunge heraus.

»Ich möchte gern noch ein gemeinsames Foto zum Abschluss, damit ich mir es später in LA an meine Zimmerwand hängen kann«, sagt sie und wirkt plötzlich etwas traurig.

»Sag doch nicht Abschluss. Ich komme dich in meinen nächsten Ferien besuchen und du mich auch, so wie wir es uns versprochen haben«, muntere ich sie auf.

»Ja, genau wie Grace, du und ich uns damals versprochen haben, dass wir für immer beste Freundinnen bleiben und Nachbarinnen werden«, murmelt sie vor sich hin.

Um sie von ihren negativen Gedanken abzulenken, frage ich eine Dame aus dem Weinseminar, ob sie ein Foto von uns machen kann. Ich stelle mich neben Mia und zwicke sie in die Hüfte. Sie schreckt auf, beginnt zu lachen und schon sind ihre traurigen Gedanken vergessen. Wir blödeln, umarmen uns und schneiden Grimassen, so wie es sich für ein schönes Aussichtsplattformfoto gehört.

Federico ruft die Gruppe zusammen und stellt sich mit dem Rücken zum See. Er erklärt uns, wie die kleinen Städtchen heißen, die sich unter uns befinden. »Wenn wir in diese Richtung blicken, sehen wir geschützt in einer kleinen Bucht die Ortschaft Salò. Im Norden wird Salò vom Monte San Bartolomeo und im Westen vom Monte Covolo eingegrenzt, und im Sommer kann es dort sehr heiß werden. Da gönnt man sich gern einen Sprung aus dem Boot ins Wasser«, sagt er begeistert. Ich finde den Gedanken wunderschön, in einem kleinen Städtchen zu wohnen, das links und rechts von Bergen umgeben ist, aber trotzdem am See liegt. Ich nehme mir vor, in der nächsten Zeit mit dem Bus nach Salò zu fahren und den Ausblick, von dem Federico gesprochen hat, zu bewundern. Vielleicht an einer kleinen Bar am Ufer einen Veneziano Spritz, einen traditionellen italienischen Aperitif, zu bestellen. Wenn es hier im Winter schon so schön ist, wie wird es dann im Sommer sein, wenn die Touristen durch die kleinen Gassen schlendern und die Geschäfte und Eisdielen nur so brummen? Sich die vielen

Menschen an dem Ufer des Sees in die Sonne legen und ihre Bäuche bräunen und sich die Strandbars zum Sonnenuntergang langsam mit schick gekleideten Personen füllen? Ich dachte nie, dass man sich in einen Ort verlieben kann. Aber mittlerweile kann ich sagen, mein Herz gehört dem Gardasee mit all den kleinen Städtchen, den vielen Strandbars und den urigen Restaurants.

»Kate, komm, wir gehen zurück zur Bergstation«, ruft Mia bereits einige Meter von mir entfernt.

Federico lacht mir zu und sagt: »Träumst du wieder?« Ich renne den beiden hinterher, und dafür, dass es sich bei den Teilnehmern des Weinseminars um eher ältere Personen handelt, sind sie sehr fit und mir bereits viele Meter voraus. Seit ich in Italien bin, habe ich tatsächlich des Öfteren Tagträume, so kenne ich mich normalerweise nicht. Wahrscheinlich braucht es mein Körper, sich zu regenerieren und die stressige Welt von New York zu vergessen.

Zurück in der Gondel halte ich mich mit beiden Händen fest, um zu vermeiden, dass ich nochmals in Federicos Armen lande. Draußen wird es langsam dunkel und am Ufer des Gardasees erscheinen immer mehr und mehr kleine Lichter. Es sieht wunderschön aus, wie sich der See von einem kräftigen Blau in Schwarz verwandelt. Auf dem See sind auch noch einige kleine Lichter zu sehen, wahrscheinlich Boote, die nicht damit gerechnet haben, dass es schon dunkel wird, und sich auf den Weg in den nächsten Hafen machen.

Federico hat für das Abendessen einen Tisch reserviert, in einem Steakhouse etwas außerhalb von Lazise. Er erzählt uns, dass es zu einem seiner Lieblingslokale gehört. Von der Talstation bis zum Restaurant fahren wir zunächst dem See entlang, bis Federico nach ein paar Kilometern ins Landesinnere abbiegt. Die Straße führt durch mehrere Weingüter, und die vielen Reben wirken so, als läge eine unendliche Weite vor uns. Ich genieße die Fahrt sehr und freue mich schon darauf, das Ganze im Frühling und im Sommer zu erkunden.

Wir fahren in ein kleines Dorf namens Colà, durch das eine sehr enge Straße führt. An einer Stelle steht sogar eine Ampel, damit auch wirklich nur von einer Seite die Autos kommen, denn würde man sich hier kreuzen, müsste man wohl oder übel zurückfahren. Vor dem Restaurant ist ein großer Parkplatz, aber Federico entscheidet sich, seinen italienischen Luxusschlitten direkt vor der Eingangstür abzustellen, und als wir das Steakhouse betreten, verstehe ich auch warum. Der Oberkellner kommt auf uns zu und begrüßt Federico, als würden sie sich schon ewig kennen. Sie umarmen sich und küssen sich links und rechts auf die Wangen. Italiener sind interessante Leute, bei uns in New York würden sich zwei Männer niemals umarmen und schon gar nicht küssen, aber hier in Italien scheint es normal zu sein. Ich blicke mich im Raum um. Das Restaurant ist überwältigend. Der Raum wirkt riesengroß und ist wie ein traditionelles amerikanisches Steakhouse eingerichtet. An der Wand hängen Hörner von

Büffeln, die Tische sind aus massivem Holz und mit karierten Tischdecken bedeckt. Der Duft, der mich vom Grill erreicht, erwärmt mein Herz, und ich kann sehr gut verstehen, warum der Laden zu Federicos Lieblingsrestaurants zählt.

Der Kellner bringt uns zu unserem Tisch. Er ist mit silbernem Besteck, verzierten Tellern und zwei Weingläsern pro Person gedeckt. In der Mitte des Tisches stehen Blumen und dahinter leuchtet die offene Feuerstelle hervor, die eine sehr angenehme Wärme abgibt. Ich entscheide mich für einen Platz direkt neben dem Kamin, um meine eingefrorenen Hände aufzuwärmen. Mia setzt sich zu meiner Linken, und wie könnte es anders sein, setzt sich Federico rechts neben mich. Aber ich genieße das schöne Ambiente im Moment so sehr, dass mich das nicht stört. Die Speisekarte ist riesig und aus Holz, so groß, dass man kein Gesicht mehr sehen kann. Ich blicke auf die vielen Gerichte, die es einem nicht leicht machen, eine Entscheidung zu treffen.

Federico sieht mich fragend an. »Hast du etwas gefunden?«

»Ich glaube, ich entscheide mich für das Entrecote?«, sage und frage ich gleichzeitig.

»Nimm das Rumpsteak. Vertrau mir, keiner kann es so gut zubereiten wie Giovanni, der Küchenchef hier«, sagt er und lächelt fein.

»Na gut, Federico, ich wage es. Aber wehe, du spielst mit meinem Vertrauen!« Warnend wackle ich mit meinem Zeigefinger und frage mich gleichzeitig, was zum Teufel ich da tue.

»Bitte nenn mich nicht Federico, so nennt mich nur mein Vater! Und meine Mutter nennt mich immer bei meinem zweiten Namen Nicola, wenn sie sauer auf mich ist.« Er verdreht theatralisch die Augen. »Für alle anderen bin ich Fede.«

Als der Oberkellner auftaucht und Federico das Rumpsteak bestellt, hake ich sofort ein, dass er es zweimal bringen soll. Fede sieht glücklich zu mir rüber, so als wäre er stolz auf meine Entscheidung. Er bestellt noch Wein dazu, einen roten und einen weißen, aber zu meinem Erstaunen nicht von den Venturas, sondern vom benachbarten Weingut.

»Die Teilnehmer des Weinseminars sollen ja den Unterschied erkennen lernen und merken, dass kein Wein besser als der unsrige ist«, erklärt er mir. Und tatsächlich, auch dieser Wein ist gut, aber er ist nicht der Wein der Venturas. Niemals hätte ich mir gedacht, dass ich mal einen Unterschied bei Wein erkennen würde!

Als Küchenchef Giovanni uns höchstpersönlich das Essen serviert, fallen mir meine Augen fast aus dem Gesicht. Das Steak ist beinahe größer als ich, aber es sieht lecker aus und duftet köstlich.

Der Abend vergeht wie im Fluge, und als ich auf die Uhr blicke, bleibt nur noch eine halbe Stunde, bis Mia den Bus zum Bahnhof in Peschiara nehmen muss. Ein Gefühl von Trauer macht sich in mir breit. Mit Mia an meiner Seite hat sich Italien noch vertrauter und nach zu Hause angefühlt.

Fede sieht mir in die Augen und bemerkt meine plötzliche Stimmungsschwankung. Sofort bietet er ihr an, sie zum Bahnhof zu fahren, damit wir noch ein paar Minuten mehr zusammen verbringen können. Wieder weiß ich nicht, was ich mit der Verwunderung anstellen soll, die mich überfällt. Fast meine ich, der gestrige und der heutige Federico sind nicht ein und dieselbe Person. Fede verabschiedet die Seminarteilnehmer freundlich und bedankt sich für ihren Besuch, wie ein professioneller und freundlicher Geschäftsmann, und nicht wie der Idiot, der mich am Flughafen beinahe umgerannt hat. Anschließend fahren wir drei gemeinsam zum Bahnhof. Ich steige aus dem teuren Auto aus und drücke Mia so fest ich nur kann an mich und möchte sie am liebsten nicht mehr loslassen. Ich spüre, wie Tränen in mir aufsteigen. Genau aus diesem Grund hasse ich Verabschiedungen. Ich heule dabei immer wie ein armseliger Schlosshund. Mia drückt mir einen fetten Kuss auf die Wange, nimmt ihren Koffer und läuft zur Eingangshalle. Dort dreht sie sich nochmals um und winkt mir zu. Sie lächelt mich an und ich lächle zurück. Jeder Mensch auf dieser Welt könnte sich glücklich schätzen, so ein Wesen seine beste Freundin zu nennen. Und weg ist sie.

Ich setze mich zurück ins Auto und habe immer noch mit dem Gedanken zu kämpfen, dass Mia jetzt fort ist. Fede sieht mich mitleidsvoll an.

»Komm, ich zeige dir etwas, das dich mit Sicherheit aufheitern wird«. Er startet den Ferrari, den ich übrigens zu überteuert und übertrieben finde, und wir fahren zurück zum Weingut. Das Auto lässt er wie immer direkt vor der Eingangstür stehen. Er öffnet mir die Tür. Erschrocken blicke ich ihn an, denn dass Fede auch Gentleman sein kann, ist mir neu. Er führt mich an dem großen Kirschbaum vorbei hinein in die Weingärten. Inmitten der Reben befindet sich ein großer Garten mit einem wunderschönen Gartenhaus. Das Gartenhaus hat die Form eines Würfels und die Mauer besteht aus lauter kleinen Steinen. Die Eingangstür ist vollkommen aus Glas und hat einen großen Rundbogen. Die Fenster sehen aus, als wären sie aus einer anderen Epoche mit den zahlreichen eingemauerten Verzierungen. Darin sind zwei große Räume und eine kleine Küche. Neben der Eingangstür stehen zwei groß gewachsene Zypressen. Eine Seite des Hauses ist komplett mit Efeu bewachsen, was sehr romantisch wirkt. Auf der anderen Seite befindet sich eine kleine Überdachung, die im Sommer mit Reben bewachsen ist und somit den nötigen Schatten für den darunterstehenden Tisch liefert. Hier eine Grillfeier zu veranstalten, stelle ich mir traumhaft vor.

Fede hebt einen Blumentopf hoch und schnappt sich den Schlüssel, der darunter versteckt ist. Er sperrt das Gartenhaus auf und bittet mich hinein.

»Das hier ist mein Lieblingsort«, sagt er, während er zum großen Glasfenster geht. Davor steht ein Sessel, von dem aus man wunderbar das ganze Land der Venturas überblicken kann. Er lässt sich in den Stuhl fallen und atmet tief ein. »Immer wenn ich Stress mit meinen Eltern oder der Firma habe, setze ich mich hierher und nach ein paar Minuten scheint alles vergessen. Alles hier wirkt so friedlich, und es gibt nichts, was nervt, läutet oder klingelt. Einfach herrlich!«, sagt er.

»Danke, dass du mir den Ort gezeigt hast. Es ist wunderschön hier. Und jetzt steh auf und lass mich sitzen, ich bin diejenige, die beruhigt werden muss«, sage ich, und es klingt etwas zu frech in meinen Ohren.

»Oh, natürlich, bitte entschuldige«, sagt er dagegen sehr freundlich und springt auf.

Was ist denn heute bloß mit Fede los, schweift es durch meinen Kopf, so nett war er noch nie. Ich setze mich in den Sessel und versuche Fedes tiefen Atemzug nachzuahmen, und er hat recht, der Sessel wirkt beruhigend. Ich schließe meine Augen und lasse mich fallen, es fühlt sich so an, als wären all meine Sorgen verflogen. Ich höre seine Schritte, wie sie sich von mir entfernen. Er nimmt zwei Gläser aus dem Schrank und entkorkt eine Flasche Wein. Vorsichtig drückt er mir eines der Gläser in die Hand und setzt sich auf die Armlehne des Sessels. Diese plötzliche Nähe und die Wärme, die sein Körper von sich gibt, lassen mich innerlich aufschreien. An der Stelle, an der sein Oberschenkel meinen Arm berührt, kribbelt es, und dieses Kribbeln breitet sich über meinen ganzen Körper aus.

»Unser bester Jahrgang. Probiere!«, sagt er mit lächelnden Augen, die mich aus irgendeinem Grund anziehen.

Ich nehme einen Schluck und bin begeistert von der Geschmacksexplosion in meinem Mund. Ich schmecke die Holzfässer, in denen der Wein gelagert wurde, und er enthält ein bisschen Säure, was angenehm auf der Zunge schmeckt. Der Wein hat eine sehr dunkle und schöne Farbe, genau so wie ich mir einen guten Rotwein vorstelle.

Fede sieht mich glücklich an, als ich ihm zunicke, dass mir der Wein schmeckt. »Das ist der Wein aus meiner eigenen ersten Produktion. Vor einem Jahr hat mir mein Vater das Weingut übergeben, und ich finde, dass ich mich nicht schlecht mache«, sagt er stolz.

Er macht seinen Job, egal ob im Unternehmen oder im Weingut, wirklich gut, das hat er heute erst bewiesen. Ich genieße den Moment mit ihm gerade sehr, alles wirkt so leicht und ohne Verpflichtungen. Er strahlt eine angenehme Ruhe aus und hat es tatsächlich geschafft, mich von dem Gedanken an Mia abzulenken. Zufrieden lehne ich mich zurück und beobachte ihn unauffällig. Er blickt aus dem Fenster und nippt ab und zu an seinem Weinglas. Sein Dreitagebart kommt im Schimmer des Lichts besonders gut zur Geltung. Am liebsten würde ich ihn berühren und seinen Duft einatmen. Er riecht nach Parfüm gemischt mit seinem Körpergeruch. Meine Beine werden immer schwach, wenn er zu nahe an mir vorbeigeht und ich seinen Geruch einatmen kann. Als er wieder zu mir blickt, blicke ich ihm direkt in seine Augen. Für einen kurzen Moment will ich den Blick lösen, aber ich schaffe es nicht, denn das, was ich sehe, lässt mich erstarren. *Er* lässt mich erstarren.

Noch weitere zwei Stunden sitzen wir an dem großen Fenster im Gartenhaus und plaudern über Gott und die Welt.

»Ich kann meine Augen nicht mehr offen halten, Fede. Danke für diesen wunderschönen Abend!«, unterbreche ich einen kurzen stillen Moment und versuche, mein Gähnen zu überspielen.

»Ich begleite dich noch ins Haus. Wir sind ja glücklicherweise wieder Nachbarn.« Er zwinkert mir zu und lächelt dabei. Mein Herz macht dabei einen kleinen Hüpfer. Woher kommen bloß diese Empfindungen jetzt?

Langsam gehen wir zurück. Die Natur ist heute Nacht auf romantisch eingestellt. Der Mond scheint sanft auf uns herab und leuchtet uns den Weg, ein paar Vögel zwitschern verschlafen im Hintergrund, und wenn man genau hinhört, kann man sogar die Wellen des Sees rauschen hören. An meiner Zimmertür angekommen drehe ich mich zu ihm um und sehe ihm in die Augen, sie funkeln und lassen ein Kribbeln in meinem Bauch entstehen. Als ich merke, dass sein Kopf sich meinem nähert, trete ich einen Schritt zurück.

»Danke nochmals für den schönen Tag und den noch schöneren Ausklang in dem Gartenhaus«, sage ich schnell und verschwinde in mein Zimmer. Mein Herz klopft zum Himmel bei dem Gedanken, dass mich mein Chef beinahe geküsst hätte. Ich schlafe mit einem Lächeln ein.

Zehn

Am nächsten Morgen wache ich mit dem Kribbeln im Bauch, mit dem ich am Abend ins Bett ging, auf. Es ist ein wunderschöner neuer Tag in Italien und ich möchte ihn so gut es geht nutzen. Die Sonne scheint und die Temperatur ist etwas wärmer als in den letzten Tagen. Ich beschließe, mir einen Kaffee im Hauskaffee zu holen, mich dann aber auf den Weg zu Anna in die Bäckerei zu machen und dort zu frühstücken. Mit dem Kaffeebecher in der Hand spaziere ich heute zu Fuß in die Stadt, da ich noch auf halber Strecke im kleinen Restaurant bei Carlo vorbeischauen muss. Nach seinem Auftritt am Nachtmarkt haben die Venturas beschlossen, die Band bei der Eventplanung zu unterstützen und haben mich damit beauftragt. Ich habe mir bereits einige kleine Events überlegt, wo ihre Musikrichtung gut passen würde. Und wo sie auf keinen Fall fehlen dürfen, ist beim Faschingsball, den die Venturas jährlich für Familie und Freunde organisieren, sozusagen der Ball der Bälle. Dass ich die Planung dieses Ereignisses übernehmen darf, freut mich sehr, bedeutet aber auch enorm viel Arbeit und fordert mein organisatorisches Talent sehr heraus.

Carlo winkt mir bereits von Weitem zu und ich sehe in seinen Augen ein Lächeln. Auch ich freue mich, ihn zu sehen, denn er zählt mittlerweile zu einem meiner liebsten Menschen hier in Italien, und nichts geht über die Spaghetti alle Vongole, die er mir immer großzügig serviert.

Er freut sich riesig über die Einladung zum Faschingsball und bestätigt mir auch sogleich, dass sie gern für uns spielen möchten. Wir vereinbaren einen Termin für nächste Woche, wo er und die Band das Gartenhaus besichtigen, um sich ein Bild vom Raum zu machen. Anschließend mache ich mich auf den Weg in die Bäckerei. Als ich sie betrete, erwartet mich eine gestresste und sichtlich verzweifelte Anna.

»Was ist denn passiert?«, frage ich vorsichtig.

»Die Verkäuferin, die gelegentlich bei mir aushilft, hat Zahnschmerzen, musste zum Zahnarzt, und meine neue Mitarbeiterin, die eigentlich erst für die Nachmittagsschicht eingeplant ist, kann erst in einer Stunde kommen. Ich muss jetzt den Tresen und das Backen der Brötchen übernehmen, und seit dem Nachtmarkt kommen viel mehr Kunden als davor, aber ich kann mich doch nicht zweiteilen!«, sagt sie ganz außer Atem.

Beruhigend lege ich meine Hand auf ihren Arm. »Wie wäre es denn, wenn ich kurz aushelfe und den Verkauf übernehme?«

»Das würdest du für mich tun?« Sofort strahlt sie wieder.

»Was ist das für eine Frage?«, antworte ich ihr und stelle mich prompt hinter den Tresen.

Ich bekomme von ihr noch eine rosa Schürze, auf der ihr Logo abgebildet ist, und eine kurze Einführung der Kasse. Tatsächlich herrscht größerer Andrang als noch vor ein paar Tagen, aber ich kann mir dennoch für jeden Kunden die Zeit nehmen, die ich benötige. Nach dem dritten Käufer habe ich dann auch endlich das Kassensystem verstanden und nicht fälschlicherweise fünf Kassenzettel auf einmal gedruckt. Jeder Besucher ist sehr dankbar für Annas Köstlichkeiten und von Kunde zu Kunde gefällt mir die Arbeit besser. Man kann fast sagen, dass sie mich sogar erfüllt. Ich liebe die Zusammenarbeit mit anderen Menschen und es ist auch immer sehr interessant, welche Geschichte hinter welcher Person steckt. Einige der Menschen kenne ich bereits vom Nachtmarkt und es freut mich sehr, sie alle wiederzusehen.

Nach einer knappen Stunde rennt Maria, Annas neue Angestellte, ganz außer Atem in die Bäckerei.

»Es tut mir so leid, ich bin so schnell gekommen, wie es nur ging«, sagt sie.

»Wir haben hier alles im Griff!«, sage ich und zwinkere Anna zu. Um mir ihre Dankbarkeit zu zeigen, legt Anna drei verschiedene Brötchen und fünf verschiedene Küchlein auf einen Teller und bittet mich, sie in die Backstube zu begleiten.

»Du kannst dich hierhersetzen und so viel essen, wie du möchtest«, sagt sie und stellt mir die Köstlichkeiten vor die Nase.

»Aber das kann ich doch nie alles vertilgen«, lache ich.

»Egal, den Rest kann ich dir einpacken, und wenn du möchtest, und auch noch viel mehr. Du kannst dir gar nicht vorstellen, wie du mir gerade aus der Patsche geholfen hast«, sprudelt es aus ihr heraus.

»Das habe ich sehr gern gemacht und es hat mir sehr großen Spaß bereitet«, sage ich stolz.

Ich esse mein drittes Küchlein und beobachte Anna bei der Arbeit. Es ist unglaublich, mit welch wenigen Handbewegungen sie ein Croissant oder eine Quarkschnitte zaubert. Sie versucht mir zu erklären, welche Vorgänge bei einem Croissant wichtig sind und wie man seine Hände halten muss, um ein perfektes Ergebnis zu erzielen. Ich muss zugeben, dass mir das alles etwas zu schnell ging und ich mir nicht sicher bin, ob ich geschickt genug für diesen Beruf wäre.

Mit dem Bauch voller Kuchen mache ich mich auf den Rückweg zum Weingut. Mittlerweile ist es bereits Mittag und die Sonne strahlt angenehme Wärme aus. Aus diesem Grund verlege ich mein Büro für heute nach draußen. Der Tisch beim Gartenhaus, den mir Fede gezeigt hat, scheint dafür der perfekte Ort zu sein, und gleichzeitig kann ich mir bereits ein Bild von der Verteilung der Dinner-Tische für den Faschingsball machen, der in diesem Gebäude stattfinden soll.

Der Ort hat etwas Magisches, und ich kann sehr gut verstehen, dass Fede ihn aufsucht, wenn er Ruhe benötigt.

Der restliche Nachmittag vergeht sehr schnell und ich verliere mich in meiner Arbeit. Als langsam die Sonne hinter dem Hügel verschwindet, spüre ich, wie meine Füße kalt werden, und gehe zurück in mein Zimmer. Ich trete durch die große Eingangstür und stehe wie jeden Tag vor der Entscheidung, welche Treppe ich nehme. Heute entscheide ich mich für die linke Seite. Als ich den Schlüssel für mein Zimmer aus meiner Tasche krame, öffnet sich die Tür gegenüber. Fede schreitet heraus und bleibt wie angewurzelt stehen, als er mich erblickt. Seine Augen glitzern im Licht der Deckenlampe und ich kann nicht widerstehen, mich in ihnen zu verlieren. Eine ganze Weile stehen wir vor der Tür und blicken uns in die Augen. In meinem Bauch macht sich wieder dieses Kribbeln breit, wie ich es gestern Abend verspürt habe.

Als ich meinen Schlüssel endlich in meiner Tasche gefunden habe, sage ich zu ihm: »Ich wünsche dir einen schönen Abend«, und verschwinde in meinem Zimmer. Kaum habe ich meine Tür geschlossen, ärgere ich mich bereits über meine Aussage. Was habe ich mir bloß dabei gedacht, ihm einen schönen Abend zu wünschen und dann einfach zu gehen?

Als es an meiner Tür klopft, mache ich vor Schreck einen Sprung in die Luft. Ich öffne vorsichtig die Tür und stecke meine Nase durch den schmalen Schlitz.

»Ich möchte dir auch einen schönen Abend wünschen, Kate!«, sagt die Stimme vor der Tür. Jetzt nur nicht in Panik geraten, denkt sich mein Kopf. Blöd nur, dass mein Körper immer anders reagiert, als es mein Kopf gern hätte. Ich merke, wie meine Füße zu Pudding werden und meine Wangen heiß und bestimmt knallrot werden. Ich versuche, ein Lächeln herauszudrücken.

»Und eigentlich wollte ich dich fragen, ob du mich zu einem Kundenessen begleiten möchtest? Du hast eine halbe Stunde, um dich fertig zu machen. Ich hole dich dann ab«, sagt er, während er sich bereits umdreht, um zurück in sein Zimmer zu gehen.

Ich schließe die Tür und versuche meine Gedanken zu ordnen, aber in dem Moment bricht in meinem Körper die totale Panik aus und ich laufe wie ein aufgescheuchtes Huhn hin und her. Mein erster Weg führt in die Dusche, wo ich mein Shampoo und den Balsam so schnell auftrage, dass ich es damit in das Buch der Rekorde schaffen könnte. Mit nassen Haaren und einem Handtuch um meine Hüften gewickelt stehe ich vor meinem Kleiderschrank und stelle fest, dass ich eigentlich gar nichts zum Anziehen habe. Ich schmeiße das silberfarbene Kleid aufs Bett und stürme wieder ins Bad, um meine Haare zu trocknen. Meine Augen schminke ich mit einem dezenten Eyeliner und etwas Wimperntusche und hüpfe anschließend ins Kleid. Nie im Leben hätte ich es für möglich gehalten, dass ich nach einer halben

Stunde so zufrieden mit meinem Ergebnis wäre, denke ich mir, als ich in den Spiegel blicke. In dem Moment, als ich in meinen zweiten High Heel schlüpfe, klopft es an der Tür. Ich öffne sie und Fede steht in einem dunkelgrau karierten Anzug vor mir. Er sieht sehr elegant aus und der Anzug passt wie immer wunderbar zu ihm. Es gibt nichts, was dieser Mann nicht tragen kann. Seine Haare sind noch leicht nass und fallen in seine Stirn.

Er sieht mich mit einem sehr intensiven Blick an, so intensiv, als versuchte er, mir damit etwas zu sagen. Vielleicht denkt er, dass ich schön aussehe oder dass mein Kleid wunderbar zu meinen Augen passt.

»Kate, der Reißverschluss deines Kleides ist noch offen. Soll ich?«, fragt er. Etwas enttäuscht, weil ich etwas anderes erwartet habe, willige ich dankend ein.

»Du siehst zwar auch mit geöffnetem Reißverschluss wunderschön aus. Aber vor den Kunden hätte es vielleicht ein nicht so gutes Bild abgegeben«, sagt er mit seiner charmanten Art.

»Da hast du wohl recht!«, antworte ich lachend und glücklich, dass ihm das Kompliment über die Lippen kam.

Eines muss man Leonardo und seiner Frau lassen, sie haben ihren Sohn, trotz all unseren anfänglichen Schwierigkeiten, zu einem Gentleman erzogen. Er öffnet die Beifahrertür und lässt mich in sein völlig überteuertes Auto einsteigen.

»Welche Kunden erwarten uns heute?«, frage ich ihn.

»Die Bianchis. Sie besitzen eine Werft in Garda und spenden immer eine sehr große Summe für den wohltätigen Zweck bei unserem Faschingsball«, antwortet er mir stolz.

»Ich wusste nicht, dass es sich dabei um eine Spendengala handelt?«, frage ich verwundert.

»Mein Vater möchte dies auch nicht an die große Glocke hängen. Du kennst ihn ja mittlerweile, er ist sehr bescheiden. Wir beide haben heute die Aufgabe, mit den Bianchis zu definieren, wohin die Spendensumme dieses Jahr fließen wird. Wahrscheinlich unterstützen wir kranke Kinder.«

»Das ist eine wunderbare Idee! Danke, dass du mich mitnimmst. Vielleicht fällt mir auch noch etwas ein, wie wir Spenden sammeln können«, sage ich.

»Ich bin mir sicher, dass du dir etwas Großartiges ausdenken wirst, Kate«, entgegnet er mir mit sanfter Stimme.

Wow, schon das zweite Kompliment am heutigen Abend. Was ist bloß mit dem Fede passiert, den ich kenne, und wer ist der Typ neben mir im Auto?

Wir fahren eine sehr schicke Auffahrt hoch, der gepflasterte Weg ist bis zum Eingang links und rechts mit Lämpchen beleuchtet und davor befindet sich ein kleiner Kreisverkehr, worin Wasserfontänen in den verschiedensten Farben erleuchten. Am Eingang lese ich »Quellenhof Luxury Resort«. Dieses Gebäude hat den Namen wirklich verdient. Es ist sehr groß und wirkt neu. Aus dem Pool am anderen Ende des Gebäudes steigt Dampf auf und es schwimmen noch einige Besucher ihre Bahnen, und auch der Blick auf den See ist unvorstellbar schön. Fede parkt sein Auto direkt vor dem Eingang, so wie er es immer und überall macht. Ein kleinerer Mann, sehr elegant gekleidet, kommt auf uns zu und öffnet erst meine, dann Fedes Tür. Fede gibt ihm seinen Autoschlüssel und der kleinere Mann fährt mit dem Auto davon. Was ist so falsch daran, sein Auto selbst zu parken?, frage ich mich in diesen Situationen immer.

Fede und ich betreten den Eingangsbereich, der sehr edel erstrahlt. Direkt steuern wir die Bar an und setzen uns an einen Tisch, von dem aus man einen guten Blick auf das beleuchtete Schwimmbad und den See hat. Die Bar erstrahlt in den verschiedensten Farben und die Barkeeper machen einen sehr professionellen Eindruck. Fede bestellt sich den Martini des Hauses und ich suche mir eine Margarita aus. Ich weiß gar nicht, in welche Richtung ich schauen soll, denn in dieser Bar sind so viele verschiedene Impressionen, dass meine Augen gar nicht wissen, welche sie als Erstes aufnehmen sollen. Nach einigen Minuten gesellen sich die Bianchis zu uns an den Tisch. Herr Bianchi ist ein stämmiger und italienisch aussehender Herr mit einer sehr großen und etwas protzigen Brille auf der Nase. Frau Bianchi hingegen wirkt zart und liebreizend in ihrem roten Kleid. Fede küsst die beiden auf die Wange, während ich ihnen nur meine Hand hinhalte. Beide machen aber einen sehr sympathischen und liebenswerten Eindruck.

Ein Kellner begleitet uns zu unserem Tisch, der genauso edel erstrahlt wie das gesamte Hotel. Wieder stehen mehrere Weingläser am Tisch, und als ich das Besteck sehe, bleibt mir kurz der Atem weg. Pro Gedeck liegen so viele Messer, Gabeln und Löffel, dass es auch für zehn Personen gereicht hätte. Fede zieht Frau Bianchi den Stuhl nach hinten und bittet sie, sich zu setzen. Als er in meine Richtung kommt, komme ich ihm zuvor und rücke meinen Stuhl selbst zurecht. Ich lächle ihn an.

Der Oberkellner überreicht Fede die Weinkarte. Er und Herr Bianchi diskutieren darüber, welcher Wein zum Essen passen würde. Fedes Blick richtet sich in meine Richtung, aber ich winke ab, denn an dieser Entscheidung möchte ich nicht beteiligt sein. Schade eigentlich, dass ich so wenig Ahnung von Wein habe, vielleicht sollte ich mich demnächst wirklich auch für ein Weinseminar anmelden. Sie entscheiden sich für einen Weißwein passend zur Vorspeise und einen Rotwein zum Hauptgang. Sehr viel Alkohol dafür, dass es sich um ein »geschäftliches« Meeting handelt. Ob ich dabei noch klar denken kann?

Das Willkommenssüppchen aus Kräutern und Garnelen schmeckt zauberhaft und auch der Wildschweinrohschinken mit karamellisierten Kastanien übertrifft meine Erwartungen. Wahnsinn, wie perfekt die zuckrige Süße zu dem salzigen Fleisch passt! Nicht zu vergessen die Weinwahl von Fede und Herrn Bianchi, die ausgezeichnet mit dem

Fleisch harmoniert. Das zarte Roastbeef auf Rotebeetesalat mit Rucola, Orangen, Nüssen, Feta und Wacholder lässt mir das Wasser im Mund zusammenlaufen, und dabei muss ich zu meinem Erstaunen feststellen, dass das Besteck einfach nicht weniger wird.

Während des Essens plaudert Fede angeregt mit Herrn und Frau Bianchi und seine Ausdrucksweise zieht mich magisch in seinen Bann. Die Wörter, die aus seinem Mund fließen, sind weise gewählt und ich kann meine Augen nicht von seinen Lippen losreißen. Mir wird von Minute zu Minute bewusster, wie schön seine Augen funkeln, und wenn sich unsere Blicke treffen, schlägt mein Puls automatisch schneller.

Fede präsentiert sich von seiner besten Seite, als er Herrn Bianchi das diesjährige Spendenkonzept vorstellt, und dank seinem Überzeugungstalent willigt er schließlich ein, dieses Jahr für krebskranke Kinder zu spenden. Ich merke, wie glücklich Fede ist und mir über seinen Blick zu sagen versucht, dass wir es geschafft haben.

»Auf Ihren Tellern sehen Sie getrocknete Birnen auf Birnensorbet mit Vanille-Honig-Cidre. Lassen Sie es sich schmecken«, erklärt uns der Oberkellner.

In dem Moment, als die Teller mit den Nachspeisen auf den Tisch gestellt werden, seufzen Frau Bianchi und ich gleichzeitig auf. Als wir das bemerken, müssen wir alle am Tisch lachen.

»Es scheint so, als hätten Sie auch bereits mehr als genug gegessen?«, fragt mich Frau Bianchi.

»O ja. Ich finde keinen leeren Platz in meinem Magen mehr«, antworte ich ihr. Aber auch dieser Gang war ausgezeichnet. Das Hotel macht seinem Namen alle Ehre.

»Vielen Dank, Federico, für das Meeting und das wundervolle Essen. Frau Williams, es ist mir eine Ehre, auch mit Ihnen zu arbeiten«, sagt Herr Bianchi, während er sich bereits vom Stuhl erhebt.

»Die Ehre ist ganz meinerseits. Ich wünsche Ihnen noch einen schönen Abend«, antworte ich ihm.

»Ich rufe Sie gleich am Montagmorgen an, um die letzten Details zu besprechen«, ruft ihm Fede noch hinterher.

»Nicht schlecht, Frau Williams«, sagt er dann wieder zu mir gerichtet.

Ich winke verlegen ab. »Ach bitte, ich habe doch gar nichts gemacht. Das Meeting hast du geführt und du warst sehr überzeugend.«

Als er sich näher zu mir beugt, nehme ich seinen frischen, leicht parfümierten Duft wahr und frage mich, was mich bisher immer so sehr an ihm gestört hat. Er ist sehr vornehm, engagiert, lustig und sexy, und jedes Mal, wenn ich ihn treffe, schlägt mein Herz schneller und ich bekomme dieses Kribbeln im Bauch. Berauscht von seinem Anblick nehme ich meinen letzten Schluck Wein.

»Ihr habt eine sehr gute Weinwahl getroffen. Ich würde auch gern so viel von Wein verstehen wie du, aber leider gab es in New York nicht viele Möglichkeiten dazu«, sage ich, während ich in mein leeres Glas blicke.

»Ich kann dir Nachhilfe geben«, sagt er mit einem Zwinkern. Diese Idee finde ich gar nicht so blöd, denn ich werde hier beruflich sicherlich noch viel mit Wein in Kontakt kommen und etwas Ahnung könnte da nicht schaden.

»Das wäre fantastisch!«, antworte ich voller Freude.

»Wenn du möchtest, dann halte dir Samstagnachmittag frei und ich zeige dir den Weinkeller«, sagt er mit einem Funkeln in den Augen.

»Danke für diese Gelegenheit und danke für heute Abend!«

Ich genieße den Moment mit Fede sehr. Wir plaudern über die vergangenen Faschingsbälle und welche Momente ihm dabei besonders in Erinnerung geblieben sind. Mein Blick fällt auf die Uhr, die Zeit verfliegt unglaublich schnell und es ist bereits sehr spät. Ich habe mein erstes und dazu noch sehr wichtiges Meeting am nächsten Morgen bereits früh. Als der Oberkellner Fede die Rechnung bringt, will ich gar nicht wissen, welche Summe dieses Essen ausmacht. Ich glaube, dass ich mir so ein Essen inklusive Weinbegleitung gar nicht leisten könnte. Fragend blicke ich zu Fede, aber er gibt mir klar und deutlich zu verstehen, dass ich eingeladen bin.

Fedes Ferrari ist bereits vor dem Eingang geparkt, als wir das Hotel verlassen. Ich mustere den Wagen und finde es immer wieder erstaunlich, wie man so viel Geld für ein Auto ausgeben kann. Fede beobachtet mich. Er wirft mir seinen Schlüssel zu, den ich nur mit Glück fange. Verblüfft blicke ich ihm in die Augen.

»Kate, bring uns nach Hause. Du hast doch einen Führerschein?«, vergewissert er sich. Überrumpelt nicke ich ihm zu. Verdammt. Natürlich habe ich einen Führerschein, aber wie bringe ich ihm jetzt bei, dass ich seit fünf Jahren nicht mehr gefahren bin? Seit ich meine erste Panikattacke beim Autofahren erlitten habe, schaffte ich es nicht mehr, mich hinter ein Steuer zu setzen. Meine Hände werden schwitzig beim Gedanken daran, und ich merke, wie meine Atmung immer schneller wird und mich beinahe erdrückt. Ich kann ihm auf keinem Fall davon erzählen, was würde er dann nur von mir denken. Langsam gehe ich zur Beifahrerseite, und je näher ich ihr komme, desto mehr zittert mein Körper. Fede sitzt bereits im Auto und blickt mich verwundert an, als ich die Tür öffne.

»Es ist ganz easy, so wie mit jedem anderen Auto«, versucht er mich zu beruhigen. Als ich vor dem Lenkrad sitze, wird mir beinahe schwarz vor Augen.

»Du musst nur diesen schwarzen Knopf drücken, dann startet der Motor.« Und als sich Fedes Hand langsam dem Knopf nähert, halte ich es nicht mehr aus.

»Ich kann das nicht«, schluchze ich, zwänge mich aus dem Auto und knalle die Tür hinter mir zu. Auch Fedes Tür öffnet sich und er steigt aus. Als er mir ins Gesicht sieht, drehe ich mich um, denn ich will nicht, dass er meine feuchten Augen sieht.

»Alles in Ordnung bei dir? Es tut mir leid …«, stammelt er. »Ich wollte dich nicht in diese Lage bringen«, sagt er einfühlsam und bewegt sich in meine Richtung.

»Schon gut, du kannst nichts dafür«, sage ich und blicke beschämt zu Boden.

»Willst du mir erzählen, was los ist?«, fragt er und legt dabei seine Hand auf meine Schulter. Sie fühlt sich zwar gut an, aber mein Körper verspannt sich dabei noch mehr. Ich schluchze.

»Panikattacken beim Autofahren. Seit einem kleinen Unfall, eigentlich ist dabei gar nichts passiert. Aber ich bin seit fünf Jahren hinter keinem Steuer mehr gesessen«, sage ich so leise, dass er es kaum hören kann.

»Aber warum hast du denn nichts gesagt? Es tut mir schrecklich leid, dass ich dich in diese Situation gebracht habe«, strömt es aus seinem Mund. Ich hebe meinen Kopf und blicke in seine Augen, dabei entfaltet sich ein Kribbeln in meinem Bauch.

»Ich hatte einfach gehofft, dass die Panikattacken nicht mehr hier sind«, stottere ich.

Glücklicherweise ist der Weg vom Resort zum Weingut nicht weit, denn wären wir fünf Minuten länger gefahren, wäre ich im Auto eingeschlafen. Eine Panikattacke verlangt immer sehr viel von meinem Körper ab, ich fühle mich danach jeweils so, als wäre ich einen Marathon gerannt.

Am Weingut angekommen blickt Fede zu mir auf den Beifahrersitz.

»Danke, dass du mir davon erzählt hast. Ich verspreche dir, ich bitte dich erst wieder in ein Auto, wenn du es auch selbst willst«, sagt er einfühlsam. Er steigt aus, öffnet die Beifahrertür und reicht mir seine Hand. Ich nehme sie und er zieht mich mit so viel Kraft aus dem Wagen, dass mein Körper erst kurz vor seinem wieder zum Stehen kommt. Unsere Köpfe werden nur noch von wenigen Zentimetern getrennt und ich spüre seinen Atem auf meiner Nasenspitze. Seine Hand umschlingt meine noch fester, so als würde er gern verhindern wollen, dass ich einen Schritt zurücktrete. Sein Blick weicht nicht von meinem ab und das Kribbeln in meinem Bauch wird immer stärker. Als sich sein Kopf langsam in meine Richtung bewegt, tauchen aus der Ferne Scheinwerfer eines Autos auf, die uns direkt beleuchten. Von einer Sekunde auf der anderen springen wir beide einen Meter zur Seite. Als das Auto direkt neben uns zum Stehen kommt, öffnet sich die Tür und Leonardo steigt aus. Er blickt uns verwundert an.

»Was macht ihr so spät noch hier? Euer Meeting war ja schon vor zwei Stunden fertig. Herr Bianchi hat mir bereits alles ausführlich berichtet«, sagt Leonardo verwundert.

»Das offizielle Meeting schon«, antwortet ihm Fede mit einem breiten Lächeln.

Leonardo erwidert sein Lächeln so, als würden sie sich ohne Worte verstehen, dann scheucht er uns ins Haus, als wären wir kleine Kinder. »So, jetzt ab nach oben! Wir treffen uns um acht Uhr im Hauskaffee zum ersten Meeting.«

Ich wünsche den zwei Herren eine gute Nacht und mache mich auf den Weg in mein Zimmer. Von der Treppe aus kann ich sehen, wie sie im Mondlicht diskutieren. Leonardo wirbelt mit seinen Händen um sich, während Fede mit verschränkten Armen vor ihm steht. Als Fedes Blick zum Fenster fällt, hinter dem ich stehe, mache ich mich auf schnellstem Weg in mein Zimmer. Was war das bloß für ein Abend, zuerst das überteuerte, aber wunderbare Abendessen, die Panikattacke und dann hätte mich zum zweiten Mal beinahe mein Chef geküsst. Mein Chef.

Als ich die ersten Schritte im Gang vor meinem Zimmer höre, wache ich auf. Da es erst halb sieben ist, beschließe ich, noch eine Runde zu joggen. Ich ziehe mir eine dicke Jacke über, da es morgens immer noch sehr kalt ist. Als ich die Türschwelle übertrete und mir die frische Luft ins Gesicht bläst, bin ich von einer Sekunde auf die andere wach. Ich jogge langsam los, als plötzlich eine Stimme hinter mir meinen Namen ruft.

»Kate, warte, ich komme mit!«, ruft mir Elisa hinterher.

»Warum bist du denn schon so früh wach?«, frage ich sie.

»Ich bin jeden Tag so früh wach und beginne meinen Tag mit einer Laufrunde. Ich finde, dass es keinen schöneren Start in den Tag geben kann«, antwortet sie mir und erhöht unser Lauftempo. So schnell, wie Elisa läuft, bin ich mir nicht sicher, ob ich die zehn Kilometer mit ihr durchhalte.

Total außer Atem komme ich nach einer guten Stunde am Weingut an. Elisa wirkt im Gegensatz zu mir noch fit und stürmt mit großer Energie ins Haus und direkt zum Frühstück. Ich entscheide mich, zuvor in die Dusche zu springen.

Frisch gemacht setze ich mich ins Hauskaffee an den Tisch neben dem Fenster. Der Duft von Kaffee schleicht in meine Nase und ich nehme einen großen Bissen vom Erdnussbutter-Croissant. Es schmeckt köstlich, muss ich Anna mitteilen. Sie hat diese Woche eine Reihe neuer Croissant-Sorten entwickelt, und wie es scheint, kommen sie gut bei den Kunden an. Ich bin froh, dass Anna endlich die Chance bekommen hat, den Leuten zu beweisen, was in ihr steckt. Und mit den Venturas und mir hat sie bereits die besten Kunden; so viele Croissants, wie ich hier esse, würde ich womöglich in ganz Frankreich gar nicht finden.

Leonardo, Elisa und Fede setzen sich zu mir, pünktlich um genau acht Uhr. Elisas Haare sind noch etwas nass, aus diesem Grund setzt sie sich in die Nähe des Ofens, jedoch ist ihre Kleidung wie immer perfekt und sehr schick. Fede hingegen sitzt heute mit Trainerhosen und Kapuzenpullover am Tisch. So leger habe ich ihn noch nie gesehen, denn normal trägt er seine maßgeschneiderten Anzüge in allen möglichen Blau- und Grautönen und mit unterschiedlichen Mustern.

Leonardo präsentiert uns kurz den diesjährigen Ablauf des Faschingsballs inklusive der Mitternachtsüberraschung, die ich organisieren darf. Ich liebe es, Überraschungen zu planen, und freue mich bereits jetzt auf die Gesichter der Besucher. Leonardo übergibt mir die Aufgabe der Einladungskartengestaltung, die ich dankend annehme. Er liest mir eine Liste von Personen vor, die eine Einladung erhalten. Bereits an erster Stelle sind die Bianchis aufgelistet. Er überträgt mir die Aufgabe, das Gartenhaus zu dekorieren. Darauf freue ich mich besonders.

Nachdem alle restlichen Aufgaben verteilt sind, macht sich jeder von uns direkt an die Arbeit. Ich bleibe an meinem Tisch sitzen und beginne meine Arbeit dort. Der Vormittag vergeht schnell und ich habe bereits einige Entwürfe der Einladungen fertiggestellt. Zu Mittag bin ich mit Anna verabredet und ich werde sie bitten, den schönsten Entwurf zu nominieren.

Da meine Beine noch etwas müde von dem Zehnkilometerlauf sind, fahre ich heute mit dem Bus in die Stadt. Am Restaurant angekommen, wartet Anna bereits auf mich. Sie ist in ihre dicke Jacke eingewickelt, die von einem großen Schal verdeckt wird. Es wirkt so, als wäre sie bereits an Ort und Stelle festgefroren. Ich umarme sie und drücke sie fest an mich. Vor einigen Wochen hätte ich nie gedacht, dass ein Mensch in mein Leben tritt, der mir so extrem ans Herz wächst. Sie gibt mir hier in Italien das Gefühl von Heimat, und immer wenn ich sie sehe, fühle ich mich wie zu Hause.

Wir setzen uns an den Tisch, an dem ich immer sitze, und noch bevor wir es schaffen, die Jacken auszuziehen, steht bereits Carlo neben uns und grinst uns mit einem breiten Lächeln an.

»Ich bringe euch heute nicht die Karte, sondern serviere euch unsere neue Kreation«, sagt er voller Stolz.

»Sehr gern, Carlo, und für mich bitte noch einen Aperol Spritz dazu«, antworte ich ihm. Anna bedeutet ihm, dass sie auch einen bestellen möchte.

Auch nach dem zehnten Mal ist der Blick aus dem Fenster auf den See immer noch atemberaubend, und ich glaube, dass sich Anna nach all den Jahren auch noch nicht sattgesehen hat. Ich bespreche mit ihr den Aperitif inklusive der Häppchen für den Faschingsball. Sie sprüht nur so vor Ideen und ich kann ihr kaum folgen, vertraue ihr aber blind, dass sie das gut machen wird. Ich habe bei Anna in all der Zeit noch nie etwas gegessen, was mir nicht geschmeckt hat. Sie beginnt sofort mit Skizzen und Notizen, wie die Häppchen aussehen könnten. Ich nicke ihr zu, denn ihre Ideen sind wirklich grandios.

Carlo stellt sich mit zwei Tellern in den Händen vor uns und grinst uns an. Voller Stolz platziert er die Teller auf dem Tisch und ein wundervoller Duft nach Muscheln und Kräutern strömt in meine Nase.

»Hier haben wir einen Muschelsalat mit warmem Kräuterbrot. Die Idee stammt von unserem neuen Küchenchef Matteo und es schmeckt zauberhaft!« Carlo strahlt wie ein kleines Kind, das darauf wartet, ein Geschenk auspacken zu dürfen. Ich nehme den ersten Bissen und es schmeckt wirklich sehr gut. Ich blicke zu Anna und kann förmlich ihre Gedanken lesen; sie wirkt, als würde sie sogleich vor Begeisterung vom Stuhl fallen.

»So was Gutes habe ich noch nie gegessen!«, schwärmt sie.

»Ich glaube auch, dass dieses Gericht es in meine Lieblingsessensliste schaffen könnte«, antworte ich und lache glücklich.

»Du führst eine Liste? Warum wundert mich das nicht«, spottet sie.

»Dein Kirschbrot hat es übrigens auch in die Top zehn geschafft«, beruhige ich sie.

Anna lächelt und schaufelt sich weiter den Muschelsalat in ihren Mund. Hin und wieder nimmt sie einen Schluck vom Aperol Spritz. Ich genieße jeden Moment hier in Italien so sehr und kann gar nicht glauben, dass das jetzt mein Leben ist.

Nach dem Essen mache ich mich auf den Weg in die Druckerei, um die Einladungskarten für den Faschingsball abzuholen. Glücklicherweise hat mich der nette Herr dort noch schnell eingeschoben und die Karten im Eiltempo gedruckt. Der Familie Ventura ist es wichtig, dass die Einladungen traditionell gedruckt werden und per Post bei den Personen ankommen. Als ich die kleinen Kärtchen in meinen Händen halte, bin ich richtig stolz, dass sie mir so gut gelungen sind. Auch die bedruckten Kuverts mit dem Familienwappen der Venturas können sich sehen lassen. Die größte Arbeit wird jedoch sein, diese mit Adressen zu versehen und zu frankieren. Als ich neulich Leonardo gefragt habe, warum auch die Nachbarn ihre Einladung per Post erhalten, meinte er nur, dass es immer schon so gewesen sei. Ob ich sie dann per Post versende oder bei den Nachbarn persönlich anklopfe, darf ich selbst entscheiden. Natürlich werde ich den armen Briefträger nicht durchs ganze Städtchen jagen, wenn es für mich nur zwei Minuten zu Fuß sind. Aber Tradition ist nun mal so lange Tradition, bis sie jemand bricht.

Elf

Die Zeit bei den Venturas vergeht wie im Fluge und auch die Arbeit als Eventmanagerin und der Alltag auf dem Weingut machen mir riesengroßen Spaß. Es ist bereits der erste März, die Sonnenstrahlen werden allmählich wärmer und die Luft bekommt diesen typischen Frühlingsgeruch. Ich sitze vor dem Gartenhaus und strecke mein Gesicht in die Sonne, als plötzlich Fede vor mir steht und mich aus meinem Tagtraum reißt. Ich versuche, so schnell es geht wieder die Fassung zu finden, setze mich gerade auf und starre in den Laptop.

Er grinst mich an. »Es ist ja niedlich, wie du deine Tage verträumst, aber sollten wir nicht zusammen das Gartenhaus dekorieren?«

»Oh, ich dachte, Elisa würde mir dabei helfen?«, frage ich ihn fast schon erschrocken.

»Sie ist mit meinem Vater zu den Bianchis gefahren, aber frag mich nicht, was die da machen müssen. Auf jeden Fall habe ich die Ehre, heute mit dir das Gartenhaus aufzuhübschen«, sagt er strahlend.

Ich bin mir mal wieder nicht sicher, ob ich mich über seine Gegenwart freue oder ob es für meine Schmetterlinge im Bauch langsam anstrengend wird, andauernd Loopings zu drehen.

»Na gut, setz dich zu mir. Ich zeige dir vorerst meine Ideen, wie ich den Raum gern schmücken würde, dann beginnen wir mit der Arbeit«, fordere ich ihn auf.

Er lacht laut, aber gutmütig. »Wer braucht schon einen Plan zum Dekorieren? Lass uns spontan sein! Jetzt komm schon!« Ich mag es nicht, wenn Leute meine Pläne durchkreuzen, aber seufzend gebe ich nach und folge ihm ins Gartenhaus. Ich habe bereits große und kleine farbige Luftballons besorgt, verschiedene Girlanden, Laternen und einige flauschige, sehr schöne Pompons. Aber die Highlights sind der mit Girlanden und Luftballons geschmückte Rundbogen, der am Eingang stehen wird, und der umfunktionierte Handkarren als Aperitif- und Häppchentisch. Ich habe ihn in den letzten Wochen zusammen mit Anna umgebaut, und er ist bezaubernd geworden. Wir haben ihn weiß gestrichen und mit goldigen Luftballons versehen. Die Tellerchen, auf denen die Häppchen angerichtet werden, sind ebenfalls goldig, und Anna bekommt eine Schürze, die perfekt dazu passt. Ich bin mir sicher, dass diese etwas ungewöhnliche »Bar« mit Sicherheit gut bei den geladenen Gästen ankommen wird. Vor und nach dem Essen können sich die Besucher hier ihre Drinks und Häppchen abholen.

In der Mitte des Gartenhauses wird zu Beginn die Tafel für das Essen aufgebaut, anschließend kommen die Tische zur Seite, damit genug Platz zum Tanzen entsteht. Das Dinner wird von dem Koch zubereitet, der im Quellenhof Luxury Resort arbeitet, wo Fede ich und ich vor einigen Wochen mit den Bianchis zu Abend gegessen haben.

Fede sieht mich erstaunt an. »So viel Mühe hat sich noch nie jemand für unseren Faschingsball gegeben, ich bin begeistert.«

»Komm, sag das nicht und hilf mir lieber mit den Tischen«, sage ich mit Freude in meiner Stimme. Ein Lob von Fede hören Mitarbeiter nur selten, musste ich in der letzten Zeit feststellen. Er ist zwar immer sehr korrekt und fair zu allen, aber trotzdem streng und genau.

Ich merke, wie Fede immer wieder zu mir rübersieht, aber ich versuche, seinen Blick nicht allzu oft zu erwidern. Bei all den Männern, die es in Italien gibt, kann es nicht mein Chef sein, für den sich Schmetterlinge in meinen Bauch verirren. Zudem wäre es auch ihm verboten, seine Angestellte zu daten, und aus diesem Grund verdränge ich den Gedanken schnell wieder.

Als wir die gesamte Deko aufgebraucht haben, stehen wir beide am Eingang zum Gartenhaus und begutachten unser Werk.

»Es sieht wunderschön aus«, rufe ich freudig.

»Genau wie du«, erwiderte Fede und dreht sich in meine Richtung.

Mein Gesicht wird ganz warm, genau wie mein Herz. Weil ich nicht weiß, was ich darauf erwidern soll, schnappe ich mir meinen Block und renne in Richtung Haus.

»Kate?«, ruft er mir nach. Mein Herz schlägt noch schneller als bisher, denn bei seiner Stimme werden meine Beine immer ganz schwach.

»Ja?«, frage ich vorsichtig.

»Du hast deinen Laptop liegen lassen«, sagt er lachend.

Schnell hole ich ihn vom Tisch und versuche, mein nun vor Verlegenheit brennendes Gesicht zu verstecken. Was habe ich mir nur wieder bei dieser Aktion gedacht? Was wird Fede jetzt von mir denken? Meine Gedanken stapeln sich, und je mehr ich drüber nachdenke, umso peinlicher erscheint mir die Situation.

Um mich abzulenken, durchwühle ich die alte Kostümkiste, die mir Elisa am Morgen gebracht hat. Sie meinte, dass ich mit Sicherheit ein Kleid darin finden würde, das ich zum Ball anziehen kann. Ich lege die Kleider auf mein Bett und zu meinem Erstaunen ist eines schöner als das andere. Wie kann man solche Kleider in eine Kostümkiste werfen, sie sind viel zu schön, um sie nicht auch sonst bei Bällen zu tragen! Ein rotes bodenlanges Kleid sticht mir sofort in die Augen, ich halte es vor mich und drehe mich damit im Kreis. Es ist einfach perfekt.

Die letzten zwei Tage vor dem Faschingsball sind sehr schnell vergangen. Ich habe mit Anna noch die finalen Kleinigkeiten besprochen und zusammen mit dem Koch das Menü begutachtet. Die Weine der Nachbarn wurden auch bereits geliefert und die Zutaten für die Cocktails ebenfalls. Alle Gäste bis auf eine ältere Dame in der Nachbarschaft haben zugesagt, von daher wird es eine sehr schöne und aufregende Feier werden. Für die Mitternachtsüberraschung habe ich auch alle Vorbereitungen getroffen und bin kurz vor achtzehn Uhr startklar, um die ersten Gäste zu empfangen.

Ein letztes Mal sehe ich mich im Spiegel an. Das rote Kleid, das ich mir ausgesucht habe, passt wie angegossen. Es ist fast so, als wäre es für mich geschneidert worden. Meine Haare habe ich hochgesteckt, nur eine einzelne lose Strähne hängt gelockt an der rechten Seite. Der glitzernden Lidschatten bringt meine Augen wunderbar zur Geltung.

Langsam mache ich mich auf meinen hohen schwarzen Schuhen, die übrigens ausgezeichnet zu meiner schwarzen Maske passen, auf den Weg zum Gartenhaus. Alles ist bereits festlich beleuchtet und die Kerzen in den Laternen sind angezündet. Aus der Küche dringt der Duft von Essen und auch die Häppchen-Kreationen von Anna können sich sehen lassen.

Als ich ins Gartenhaus schreite, sieht mich Anna an, als hätte sie einen Geist gesehen, und ich frage mich, ob ich etwas im Gesicht habe.

»Wow, ich weiß gar nicht, was ich sagen soll, du siehst wunderschön aus«, ruft sie begeistert.

»Ach Anna, das ist das Kleid und nicht ich«, versuche ich von mir abzulenken.

»Du weißt gar nicht, wie dich dieses Kleid zum Strahlen bringst, Kate«, sagt sie und presst dabei beide Hände an die Brust. Ich stöhne verlegen, aber Anna redet einfach weiter. »Wenn sich heute ein wahrer Prinz hierher verirrt, dann wirst du seine Prinzessin sein. So schön bist du!«

Auch ich lobe Anna für ihre wundervolle Arbeit, die Häppchen sehen köstlich aus und auch die Getränke hat sie zauberhaft verziert. Sie sollte sich echt überlegen, Catering als Hauptberuf zu machen, dabei könnte sie ihrer Passion, dem Backen, nachgehen und gleichzeitig viele Menschen glücklich machen.

Leonardo und seine Frau betreten den Raum und sehen sich um. Als er sich mit einem lächelnden Gesicht zu mir dreht, weiß ich, dass es ihm gefällt. Seine Frau kann gar nicht genug von dem Anblick des Handkarrens bekommen, den Anna und ich in eine Bar umgewandelt haben.

»Und da kommen ja auch schon die ersten Gäste!« Leonardo bietet mir galant den Arm, und gemeinsam begeben wir uns zum Eingang.

»Benvenuti zu unserem diesjährigen Faschingsball, herzlich willkommen!«, begrüßen wir die Ankömmlinge und lotsen sie für den Aperitif zu Anna. Langsam füllt sich der Raum und es herrscht bereits jetzt eine angenehme Stimmung. Ich bitte die Gäste, an der Tafel Platz zu nehmen, und begrüße sie zusammen mit Leonardo ein weiteres Mal. Es dauert nicht lange, bis die Kellner den Gästen den ersten Gang servieren.

Eigentlich wollte ich mich mehr im Hintergrund aufhalten, jedoch hat mich Leonardo gebeten, zusammen mit ihnen und den Gästen zu speisen. Die zwei Vorspeisen sind köstlich und ich kann kaum genug davon bekommen.

Vor dem Hauptgang ist Fedes Rede geplant. Er richtet sich auf, stellt sich vor die Tafel und holt einen kleinen Zettel aus seinem Jackett.

»Liebe Familie, Freunde und Gäste, ich bedanke mich im Namen der Venturas, dass ihr heute mit uns dieses traditionelle Familienfest feiert. Es bedeutete nicht nur meinem Großvater sehr viel, sondern auch meinem Vater und mir. Seit Jahrzehnten veranstaltet die Familie Ventura den Faschingsball, und seit Jahrzehnten kann mit Stolz gesagt werden, dass sich keiner so glücklich schätzen kann wie wir, denn wir haben wertvolle Freunde, die mit uns feiern.

Ich muss zugeben, dass ich diesen Teil der Rede aus der Rede meines Großvaters gestohlen habe, die er vor Jahren hielt, aber ich kann sagen, dass diese Worte immer noch zutreffen.

Mein Vater hat vor vielen Jahren meine Mutter auf diesem Ball um den ersten gemeinsamen Tanz gebeten, und dank ihrer Zustimmung zum Tanz bin ich heute hier.« Er lacht und alle Zuhörer stimmen mit ein. »Der Faschingsball hat für uns seitdem noch eine größere Bedeutung, denn es entstand Liebe, die bis heute anhält. Danke, dass ihr alle gekommen seid! Auf die Liebe!« Er blickt zu seiner Mutter, die gerührt in Leonardos Armen steht. Maria ist eine sehr hübsche, zarte Frau mit dunklen Haaren und schokoladenbraunen Augen, die ihre Männer sehr gut im Griff hat. Leonardo und Fede kümmern sich zwar um das Unternehmen und das Weingut, wo sich Maria größtenteils heraushält, aber Maria kümmert sich wundervoll um ihre Familie.

Zu Beginn der Rede glaubte ich, dass Fede bereits ein oder zwei Gläser zu viel Wein intus hatte. Aber so wie er sie vorgetragen hat, meint er die Worte tatsächlich ernst. Ich habe mich seit der plötzlichen Trennung von Henry etwas von dem Wort »Liebe« entfernt. Trotzdem glaube ich noch an sie.

Alle applaudieren, und ich merke, wie Fedes Blick zu mir fällt, so als würde er mir gern etwas sagen.

Einige Bekannte von Fedes Eltern kommen aus der bezaubernden Toskana, und sie erzählen mir, wie schön die Sonnenuntergänge sind, wenn man eng aneinander gekauert in den Dünen sitzt. Das Abendrot soll dann so stark leuchten, dass man glaubt, der Himmel brennt. Auch das Essen soll in der Toskana wunderbar sein und vom Wein kann man gar nicht genug bekommen. Während der nette Herr erzählt, träume ich vor mich hin und wünschte, ich könnte gleich meine Koffer packen und für ein paar Tage in die wundervolle Toskana fliehen.

Es dauert nicht lange, bis die Kellner uns den Hauptgang servieren; es riecht köstlich nach Rosmarin und anderen

Kräutern, die den Kalbsbraten umhüllen. Meine Nase kann gar nicht so viele verschiedene Gerüche auf einmal aufnehmen. Der Kalbsbraten liegt auf einem Hauch Selleriepüree und ist mit saisonalem Gemüse verziert. Der Teller ist ein wahres Kunstwerk, lobe ich den Koch, der soeben das Gartenhaus betritt und von allen bewundert wird.

Nach dem Hauptgang vertreten sich viele der Gäste die Füße und sind zu Anna gelaufen, um am Nachspeisenbuffet zuzuschlagen. Sie hat sich diesmal wirklich selbst übertroffen, ein Küchlein sieht besser aus als das andere und auch die vielen verschiedenen Macarons strahlen in allen Farben. Den Gästen schmeckt es, das kann man in ihren Gesichtern und an dem Lächeln sehen.

Fede und ich bringen in der Zwischenzeit einige der Tische in den Nebenraum, damit anschließend alle Paare genug Platz zum Tanzen haben. Auch jetzt sieht er mich wieder mit diesem eigenartigen Blick an.

»Was ist denn heute los mit dir?«, frage ich ihn vorsichtig.

»Warum? Ich weiß nicht, was du meinst«, antwortet er mir kurz angebunden.

»Du hast heute diesen Blick. Ich weiß nicht, wie ich ihn deuten soll. Habe ich einen Fehler gemacht?«, frage ich ihn.

»Einen Fehler gemacht?«, wiederholt er ungläubig. »Kate, du hast alles andere als einen Fehler gemacht, du hast diesen Ball zu einem der schönsten Bälle gemacht, den wir je hatten. Und ich weiß nicht, ob du es weißt, aber du trägst das Kleid meiner Großmutter, das sie immer auf unseren Faschingsbällen getragen hat. Schau, hier auf dem Foto an der Wand kann man es gut erkennen. Sie steht neben meinem Bruder Nereo, von dem dir sicher Elisa schon erzählt hat, und mir«, sagt er voller Freude. Mir wird unangenehm warm. Ach, warum habe ich ausgerechnet dieses Kleid gewählt?

»Du siehst wunderschön aus, Kate, das will ich dir mit meinen Blicken sagen. Aber ich habe das Gefühl, dass du mir ausweichst«, entgegnet er mir.

In dem Moment, in dem ich antworten will, kommt Leonardo in das Nebenzimmer.

»Wie lange braucht ihr denn, um die paar Tische zu versorgen? Es ist Zeit für die Mitternachtsüberraschung, los, los!« Ich schaue auf meine Uhr und tatsächlich, es fehlen nur noch zehn Minuten bis Mitternacht. Fast schon panisch renne ich zu Anna, wo ich meine Utensilien deponiert habe. Ich drücke jedem Gast einen Zettel und einen Stift in die Hand und bitte alle, ihre Namen aufzuschreiben. In eine Glasschüssel kommen die Zettel der Herren und in die andere Schüssel die der Frauen. Alle warten gespannt auf die Verkündung meiner Mitternachtseinlage, jedoch bitte ich erst Carlo und seine Band auf die Bühne. Sie beginnen mit dem wunderschönen Lied »You are the reason« von Leona Lewis und alle Gäste fangen an, zu schaukeln. Nach und nach ziehe ich einen Namen aus dem Herrenglas und einen aus dem Damenglas. Die beiden gezogenen Personen werden gebeten, sich zueinander zu begeben, um so den Mitternachtstanz einmal nicht mit dem üblichen Partner zu tanzen. Die Gäste applaudieren und lachen, gespannt darüber, wer wem zugelost werden wird. Schließlich liegen nur noch ein Zettel im Männerglas und ein Zettel im Damenglas. Ich ziehe als Erstes den Mann.

»Federico Ventura«, lese ich laut vor. Danach hole ich den Zettel aus dem Damenglas und lese ihn ebenfalls vor.

»Kate Williams!«, stottere ich. Ich bin etwas erschrocken, denn ich habe gar keinen Zettel eingeworfen und beim besten Willen nicht damit gerechnet, dass ich tanzen muss. Ich schaue in die Runde. Leonardo zwinkert mir zu. Den Übeltäter hätte ich somit gefunden. Alle auf der Tanzfläche sehen mich abwartend an. Auch Fedes Blick ist auf mich gerichtet und hinter seinen Lippen versteckt sich ein kleines Lächeln. Mein Magen fühlt sich an, als würde mir gleich übel werden.

Leicht überfordert stehe ich vor den Gästen, bis Anna mir von hinten einen Stoß gibt und ich Fede direkt vor die Füße stolpere. Wie ein Gentleman nimmt er mich in den Arm. Im Hintergrund spielen Carlo und seine Band gerade das Lied »Bed of Roses« von Bon Jovi. Fede hat beide Hände um meine Hüfte gelegt und ich rieche seinen angenehmen Körpergeruch. Er duftet nach Zitrone, aber das liegt wahrscheinlich an dem Cocktail, den er zuvor zu sich genommen hat. Er sieht mir in die Augen und erneut kribbelt es in meinem Bauch. Sie sind wunderschön wie immer und leuchten vor Freude. Ich fühle mich in seinen Armen sehr geborgen und wohl.

»Ich wusste gar nicht, dass man so Walzer tanzt?«, frage ich ihn lachend.

»Das nennt man den engen Walzer«, antwortet er mir.

»Ach, so etwas gibt es?«, frage ich verdutzt.

»Nein, das war nur ein Scherz, ich habe total keine Ahnung, wie man Walzer tanzt. Aber ich bin glücklich, dass ich diese peinliche Situation mit dir zusammen erleben darf«, sagt er und seine Stimme klingt dabei irgendwie atemlos.

Ich blicke in seine Augen, die immer mehr glitzern, je näher sie mir kommen. Die Stimmung im Raum ist gut, alle Paare freuen sich über ihren zugelosten Tanzpartner und reden und kichern vor sich hin. Auch Leonardo scheint sich mit Frau Bianchi sehr gut zu amüsieren, wie ich aus dem Augenwinkel erkenne.

»Sie kennen sich bereits seit ihrer Kindheit und haben dann das Gymnasium zusammen besucht. Ich wette, wenn sich mein Vater nicht in meine Mutter verliebt hätte, wären er und Frau Bianchi heute ein Paar«, sagt Fede, nachdem er meinen Blick zu den beiden bemerkt hat.

»Sie wirken sehr vertraut«, antworte ich ihm.

»Sie war die erste große heimliche Liebe meines Vaters und diese Heimlichtuereien sind immer die aufregendsten«, flüstert er und grinst verschmitzt.

»So eine heimliche Liebe und die Aufregung dabei habe ich noch nie verspürt«, gebe ich ihm Rückmeldung.

»Ach nein?«, fragt er vorsichtig, während er seinen Kopf näher zu meinem beugt. Mein Herz pocht sogleich noch intensiver und die Schmetterlinge in meinem Bauch schlagen einen Looping nach dem anderen. Vielleicht kenne ich dieses Gefühl ja doch, denke ich mir. Ich schließe meine Augen, um den Moment noch mehr zu genießen, als ich plötzlich zärtlich seine Lippen an meinen spüre. Für einen kurzen Moment erwidere ich den Kuss, den ich mir insgeheim bereits so lange gewünscht habe. Aber im nächsten Moment realisiere ich wieder, dass er mein Juniorchef ist und Leonardo es wahrscheinlich auch bereits bemerkt hat. Ich reiße mich von Fede los und stürme zum Ausgang. Er versucht noch, meine Hand festzuhalten, jedoch gelingt es mir, mich zu befreien. Ich renne auf meinen High Heels den Hügel zur Schaukelbank hoch und setze mich hin, um kurz zu reflektieren, was soeben geschehen ist.

»Kate, habe ich etwas falsch gemacht?«, fragt mich die Stimme, die ich auch im Dunkeln sofort erkenne, ganz außer Atem. Ich antworte nicht und beiße mir stattdessen auf meine Unterlippe. Als Fede direkt vor mir steht, sehe ich im Mondlicht sein verzweifeltes Gesicht.

»Was ist los?«, versucht er es erneut.

»Wir können das nicht«, antworte ich ihm.

»Was können wir nicht?«, fragt er verzweifelt.

»Du bist mein Chef, und ich weiß nicht einmal, wie lange ich in Italien bleibe, das würde nicht funktionieren«, antwortete ich ihm harsch. In meiner Stimme ist Verzweiflung zu erkennen.

»Dass ich dein Chef bin, stimmt, aber das bedeutet doch nicht, dass ich mich nicht in dich verlieben kann«, sagt er zögernd. Ich richte meinen Blick in seine Richtung. Mein Herz rast und mein Atem wird schwerer. Was hat er gerade gesagt?

»Du bist in mich verliebt?« Meine Stimme klingt schrill.

»Seit dem ersten Moment, als ich dich sah, wusste ich, dass du etwas Besonderes bist. Warum? Weil du mich nicht behandelt hast wie alle anderen. Ich war für dich ein Mensch und kein Unternehmer oder Chef. Jedes Mal, wenn ich in deine Augen blicke, verspüre ich ein Gefühl, das ich seit Langem nicht mehr gefühlt habe«, gesteht er mir.

Die Schmetterlinge in meinem Bauch flattern wie wild und ich fühle mich hilflos. »Ich weiß gerade nicht, was ich sagen soll«, antworte ich ihm, während sich meine Augen in seinen spiegeln.

»Dann sag einfach nichts!«, antwortet er mir, bevor er mich küsst.

In diesem Moment fühlt sich alles richtig an. Ich denke nicht mehr daran, dass er mein Chef ist, und fühle mich in seinen Armen geborgen. Die letzte Zeit bin ich nur vor meinen Gefühlen davongelaufen und wollte mir keine Sekunde eingestehen, dass diese Antipathie, die ich für ihn empfand, eigentlich keine war, sondern dass ich mich Stück für Stück in ihn verliebte.

»Du weißt gar nicht, wie glücklich du mich machst, Kate«, flüstert er in mein Ohr. Er haucht mir einen zarten Kuss auf meine Stirn.

»Warum hast du mir das nicht früher gesagt?«, frage ich ihn mit zitternder Stimme.

»Wann hätte ich das bitte machen sollen? Immer wenn ich versucht habe, mit dir zu reden, hast du mich entweder angezickt oder bist davongelaufen«, antwortet er mir etwas verletzt.

Ich kann seine Aussage nicht abstreiten, denn er hat recht. Ich habe jede Gelegenheit genutzt, um nicht freundlich zu sein oder gar mit ihm zu sprechen. Ich sehe in seine Augen und merke, dass es mir leidtut.

»Das kann schon sein! Tut mir leid. Aber du warst auch nicht immer ein Gentleman wie aus einem Bilderbuch«, sage ich trotzig.

»Nein, der war ich bestimmt nicht. Aber ich habe die Zeit auch genossen, dich etwas zu necken und dann deinen genervten Gesichtsausdruck zu sehen«, sagt er und lacht.

»Ach ja, du hast es genossen, mich zu veräppeln?«

»Ja, etwas, muss ich zugeben. Obwohl es mir schon leidtat, dich mit deinem Gepäck am Straßenrand stehen zu lassen«, sagt er vorsichtig.

»Ich glaub dir kein Wort«, antworte ich ihm lachend, während ich von der Schaukelbank springe.

Er hält mich am Arm fest, um mir zu signalisieren, dass ich nicht gehen soll, und zieht mich an sich. Ich falle auf seinen Schoß und bleibe dort sitzen. Er legt seinen Arm um mich, die trainierten Arme, die mir bereits zu Beginn ins Auge gestochen sind. An seinen Oberkörper gelehnt blicke ich in Richtung See, wo sich das Mondlicht auf der Wasseroberfläche spiegelt. Diesen Moment hätte ich gern angehalten und wünsche mir, dass er nie mehr vergeht. Immer wieder drückt mir Fede einen Kuss auf die Stirn, um mir zu signalisieren, dass er mich nicht so schnell loslassen wird. Ich genieße das Gefühl sehr, mich vollkommen frei und glücklich zu fühlen.

Wir sitzen nun bereits eine ganze Weile auf der Schaukelbank am Hügel der Venturas, als wir Stimmen hören, die vom Gartenhaus kommen.

»O verdammt, der Ball. Was wird sich nur dein Vater denken, wenn ich so lange weg bin?« Erschrocken springe ich auf.

»Mach dir keine Sorgen, Kate, er war es, der gesagt hat, dass ich blöd wäre, wenn ich dir nicht hinterherlaufen würde«, sagt er lachend. Mir wird unfassbar heiß, es ist mir total peinlich, dass Leonardo das alles mitbekommen hat.

»Komm, wir müssen wieder runter! Ich habe deinem Vater versprochen, dass ich direkt nach dem Ball mit dem Aufräumen beginne, weil morgen eine neue Gruppe für das Weinseminar eintreffen wird«, sage ich, während ich bereits den Hügel hinunterlaufe.

»Bis neun Uhr kann ich dir helfen, danach habe ich leider ein Meeting in der Stadt«, schreit er mir nach.

»O, das wäre toll. Vielen Daaaaank!«, rufe ich ihm zurück.

Am Gartenhaus angekommen verabschiedet Leonardo soeben die letzten Gäste. Er strahlt diese Ruhe aus, wie er es immer tut, und lächelt mir zu.

»Da bist du ja«, sagt er.

»Ja, Leonardo, bitte entschuldige, ich …«, versuche ich zu erklären.

Er unterbricht meine Erklärung. »Ich wollte mich bei dir bedanken, das war mit Abstand der beste Faschingsball, den die Venturas je gaben. Ich habe lauter Komplimente für unsere Deko, das lokale Essen, die verschiedensten Getränke und natürlich die zahlreichen Nachspeisen erhalten. Und nicht zu vergessen die Mitternachtsüberraschung. Sie hat den Gästen die Möglichkeit gegeben, auch mal mit anderen zu tanzen und neue Bekanntschaften zu schließen. Vielen Dank dafür, und bitte entschuldige mich jetzt, meine alten Knochen machen eine ganze Nacht tanzen nicht mehr so gut mit wie früher. Gute Nacht!«, sagt er zu meinem Erstaunen.

»Gute Nacht, Leonardo. Es war mir eine Freude, den Faschingsball zu organisieren«, antworte ich ihm glücklich.

Als Fede das Gartenhaus nach einer halben Ewigkeit auch endlich erreicht hat, beschließen wir, uns kurz schlafen zu legen und dann mit dem Aufräumen zu beginnen. In meinem

Zimmer versuche ich zu realisieren, was soeben passiert ist. Ein gelungener Faschingsball und das Geständnis von Fede, dass ihm etwas an mir liegt. Im Moment könnte ich nicht glücklicher sein. Voller Freude springe ich auf mein Bett und kuschle mich in das Federbett ein.

Es klopft an meiner Tür und ich öffne sie. Fede steht davor, und dieses Mal nicht im Anzug, wie er sich sonst immer kleidet, sondern in Jeans und Polo. Auch dieses Outfit ist fürs Aufräumen etwas zu schick, aber es steht ihm sehr gut.

»Zimmerservice!«, sagt er lächelnd, während er mir eine Papiertüte mit Croissants vor die Nase hält. In der anderen Hand balanciert er zwei Kaffeebecher.

»Du bist meine Rettung!«, rufe ich und umarme ihn etwas zu stürmisch, sodass er fast den Kaffee verschüttet.

»Komm schon Kate, es ist bereits fast sieben, ich kann dir nur noch zwei Stunden helfen, den Rest musst du allein schaffen. Oder du wartest, bis ich am Nachmittag aus der Stadt zurückkomme«, sagt er zärtlich.

»Nein, ich glaube, ich schaffe es nach neun auch ohne dich«, sage ich und lächle zuversichtlich.

»Genau diese Art gefällt mir an dir, Kate. Du lässt dich von nichts und niemandem unterkriegen«, sagt er.

»Bei euch Sturköpfen von Italienern darf man sich auch von nichts einschüchtern lassen«, antworte ich wie aus einer Pistole geschossen.

Im Gartenhaus angekommen, sehen wir erst, wie groß das Chaos ist, das von der Feier übrig geblieben ist. Überall am Boden liegen Girlanden, Luftballons und Glitzer. Fede zieht einige große Müllsäcke hervor und stopft den ganzen Kram hinein. Sogar beim Aufräumen vergeht die Zeit mit ihm wie im Flug.

Er verabschiedet sich um Punkt neun und drückt mir einen zärtlichen Kuss auf meine Lippen. Ich kann es immer noch nicht glauben, dass dieser Moment Wirklichkeit geworden ist.

Wir haben in den zwei Stunden fast alles aufgeräumt, es fehlt nur noch der letzte Schliff, alle Möbel wieder so hinzustellen, wie sie vorher standen. Als Letztes rücke ich Fedes Lieblingssessel zurecht. Als ich den Sessel nach links schiebe, bemerke ich, dass sich am Fußboden eine Diele gelöst hat. Voller Schreck darüber, dass ich etwas kaputt gemacht habe, versuche ich, die Diele wieder in den Boden zu drücken, dabei sehe ich, dass etwas darunter versteckt ist.

Zwölf

Ich setze mich in den Sessel und nehme die kleine Schachtel auf meinen Schoß. Darin befinden sich rosa Briefumschläge. Ein blaues Kuvert sticht mir sofort ins Auge. Es ist noch verschlossen und auf dem Umschlag ist ein »Zurück zum Versender«-Stempel angebracht. Ich öffne einen der rosa Umschläge und beginne, den Brief darin zu lesen.

Verona, 18. Mai 2016

Liebster N.,

ich kann immer noch nicht glauben, dass wir uns nun seit zwei Monaten nicht mehr sehen durften. Jede Sekunde ohne dich fühlt sich so an, als würde die Sonne an Licht verlieren. Ich denke so oft an unseren Spaziergang zurück, wie wir Hand in Hand die Promenade in Richtung Sirmione entlanggelaufen sind und du alle Personen, die uns entgegenkamen, gefragt hast, ob sie wissen, wie sich ein Sonnenaufgang anfühlt. Ich weiß es, denn du bist mein Sonnenaufgang. Wenn du in meiner Nähe warst, war es hell und warm und ich voller Hoffnung. Mittlerweile jedoch kenne ich nur noch die Sonnenuntergänge und den Schmerz und die Dunkelheit, die sie mit sich bringen. Solange du nicht bei mir bist, geht die Sonne in meinem Leben nie wieder auf.

Ich hoffe, es geht dir gut. Ich denke immer nur an dich,
deine S.

Ich lege den Brief auf die Seite und ringe nach Luft. Tränen haben sich in meinen Augen gebildet und der Gedanke daran, dass sich zwei geliebte Menschen nicht sehen dürfen, bricht mir fast das Herz. Auch wenn ich den Grund dafür nicht kenne, macht es mich traurig. Gern würde ich einen zweiten Brief lesen, aber meine Vernunft sagt mir, dass es nicht richtig ist, in den Gedanken anderer zu stöbern, und so lege ich das Schächtelchen mit den Briefen wieder zurück unter die Bodendiele.

Nachdem ich das Gartenhaus auf Vordermann gebracht habe, stelle ich mich vor die Tür und genieße die Sonne, die in mein Gesicht scheint. Ich beschließe, noch etwas im Freien zu arbeiten, und setze mich mit dem Laptop vor das Gartenhaus. Konzentriert blicke ich in meinen Bildschirm, als plötzlich Fede davor auftaucht und sich über den Laptop beugt.

»Ich habe dich bereits vermisst«, sagt er schüchtern.

»Du warst ja keine vier Stunden weg!«, antworte ich, dabei habe ich ihn auch vermisst, in jeder einzelnen Minute.

»Leg den Laptop zur Seite, ich habe eine kleine Überraschung für dich«, fordert er mich auf. Er nimmt mich an der Hand und führt mich zum See.

»Wohin gehen wir?«, frage ich ihn außer Atem.

»Nicht fragen, einfach nur laufen«, erwidert er.

Wir gehen eine Zeitlang an der Strandpromenade entlang, bis wir plötzlich rechts in den kleinen Hafen Riel einbiegen. Er ist zwar winzig mit maximal fünfzig Booten, aber er sieht wunderschön aus. Die Nachmittagssonne erreicht bereits im März bis zu zwanzig Grad und fühlt sich auf der Haut angenehm warm an. Fede führt mich vor ein Boot namens »Sara«.

»Hier sind wir, das ist mein Boot. Ich würde gern mit dir ein Stück auf den See hinausfahren«, sagt er und grinst voller Stolz.

»O wow, Fede, du verschlägst mir noch die Sprache«, antworte ich glücklich.

Er springt an Bord, reicht mir seine Hand und hilft mir beim Einsteigen. Es schaukelt etwas, aber als ich mit beiden Beinen im Boot stehe, beruhigt es sich. Ich setze mich und genieße den Blick auf den See. Der Motor brummt und zieht Wellen hinter sich her. Es sind nicht viele Boote auf dem See, aber alle, die wir kreuzen, winken uns zu. Ich blicke um mich; die Küste von Sirmione liegt bereits weit hinter uns und auch die anderen Küsten rundherum scheinen sehr weit weg zu sein. Inmitten des Sees stoppt Fede den Motor und lässt uns treiben. Er greift nach einer Kiste neben dem Steuerstand, holt eine Flasche Prosecco und zwei Gläser hervor, schenkt schwungvoll ein und setzt sich neben mich. In einer Hand hält Fede das Sektglas und mit der anderen Hand hält er mich an meiner Hüfte. Es ist ein angenehmer Nachmittag und ich fühle mich sehr wohl bei ihm.

Den Rest des Nachmittags verbringen wir auf dem Boot und reden über Gott und die Welt. Er erzählt mir, welche Schule er besucht hat und dass seine Eltern früher häufig Streit mit anderen Weinbauern bezüglich des Anbaus der Reben hatten. Alle sind immer nur auf Profit aus und keiner kann verlieren, so ist das hier in Italien. Aus diesem Grund hat Leonardo vor einigen Jahren zusätzlich zum Hof noch das Eventmanagement-Unternehmen seines Vaters übernommen und sich vom Weingut etwas zurückgezogen. Den Streit mit den Nachbarn überließ er von da an dem Kellermeister und jetzt auch Fede, seit er sich am Weingut mehr einbringt. Ich merke, wie gern Fede von der Vergangenheit erzählt, obwohl er auch bereits ziemlich viel durchgemacht hat. Auch der Kontakt zu seinem Bruder litt unter Streitigkeiten.

»Nereo wohnte bis vor einigen Jahren am Weingut und hoffte, dass er eines Tages das Unternehmen übernehmen darf. Mein Vater entschied sich aber dafür, mir den Besitz zu überschreiben. Zu Beginn arbeitete Nereo noch hier am Weingut, aber er kam mit meinen Entscheidungen nicht klar und so verließ er Italien und zog in die Schweiz«, sagt Fede nachdenklich.

»Du vermisst ihn, oder?«, frage ich ihn.

»Zu Beginn war es sehr einsam ohne ihn, aber ich habe seine Entscheidung mittlerweile akzeptiert«.

Die Sonne neigt sich langsam dem Westen zu und wird immer rötlicher. Der Anblick ist unglaublich und auch diesen Moment würde ich gern festhalten.

»Ich liebe den Sonnenuntergang, es gibt nichts Schöneres, als den rot leuchtenden Himmel zu bewundern«, sagt Fede plötzlich.

»Das finde ich auch. Sieh mal, es sieht aus, als würde der Himmel brennen«, antworte ich ihm verträumt. Er blickt erst zu mir und dann wieder in den Himmel, und ich kann erkennen, wie sich seine Mundwinkel zu einem Lächeln verziehen. Für einen Moment herrscht Stille zwischen uns, denn wir genießen beide den außergewöhnlichen Anblick. Aber als sich unsere kleinen Finger berühren, fährt ein Kribbeln durch meinen Körper. Und ich bin mir ziemlich sicher, dass Fede es auch gespürt hat.

»Machen wir uns auf den Weg zurück, bevor es finster wird. Halt dich gut fest!«

Wir fahren in den Sonnenuntergang hinein, so fühlt es sich zumindest an. Die rötliche Farbe der Sonne wird immer intensiver, bis sie schließlich hinter den Bergen verschwindet.

Am Hafen angekommen, ist es bereits dunkel. Fede hilft mir wieder aus dem Boot, lässt jedoch meine Hand nicht mehr los. Den ganzen Weg zurück zum Weingut hält er sie fest. Wir schweigen vor uns hin und genießen einfach nur den Anblick der Lichter, von denen der See umgeben ist. Am Weingut angekommen, begleitet er mich noch bis vor meine Zimmertür. Nicht dass seine Zimmertür, die genau gegenüberliegt, so weit entfernt wäre. Er sieht mich mit seinen großen Augen an, sie strahlen, so wie sie es immer tun. Und so wie immer wird mein Herzschlag schneller, wenn ich ihn anblicke. Er legt seine Hände an mein Gesicht und drückt mir einen zärtlichen Kuss auf die Stirn.

»Gute Nacht!«, flüstert er mir ins Ohr, bevor er in seinem Zimmer verschwindet.

Um mich von diesem aufregenden Tag zu erholen, stelle ich mich auf meinen Balkon, blicke in die Ferne und lasse alles Revue passieren. Es war einer der schönsten Sonnenuntergänge, die ich je gesehen habe. So ein klares Abendrot gibt es bei uns in New York leider nicht. Bei dem Gedanken fallen mir die Briefe im Gartenhaus wieder ein. Auch noch im Bett lassen sie mir keine Ruhe. Ich drehe mich hin und her und denke durchgehend daran, dass ich ja nur noch einen einzigen Brief lesen könnte, damit ich danach in Ruhe schlafen kann.

Nur in meinem Pyjama bekleidet schleiche ich mich aus dem Haus zum Gartenhaus. Mit dem Handy leuchte ich mir den Weg. Glücklicherweise weiß ich, wo die Venturas den Schlüssel versteckt haben. In der losen Bodendiele unter dem Sessel hole ich die Kiste hervor. Alle Briefe sind nach Datum sortiert; den ersten habe ich bereits gelesen, also hole ich den zweiten Brief aus seinem rosa Umschlag hervor.

Verona, 01. Juni 2016

Lieber N.,

ich bin froh, dass es dir gut geht und du den Sonnenaufgang auch so sehr vermisst wie ich. Es macht mich glücklich, zu wissen, dass ich die Sonne in deinem Leben bin, die dich tagsüber begleitet, und der Mond, der nachts über dich wacht. Nie mehr könnte und möchte ich mir ein Leben ohne dich vorstellen. Der Streit zwischen unseren Eltern wird sich bestimmt bald wieder legen und dann werden wir uns wiedersehen. Mein Vater schwört auf das Leben aller Heiligen, dass er eure Reben nicht vergiftet hat, und ich glaube ihm. Aber ich verstehe auch die Wut deines Vaters, es sieht schließlich alles danach aus, als wäre mein Vater der Schuldige. Ich vermisse dich so sehr und ich wünschte, wir könnten uns treffen, aber mein Vater bewacht mich so wie seine teuren Weine.

Grüß deine Mutter bitte lieb von mir, ich weiß, dass sie sich in diesen Streit am liebsten nicht einmischen würde. Ich freue mich auf deinen Brief.

In Liebe,
deine S.

Die Briefe sind so voller Emotionen und Gefühle, dass ich es nicht schaffe, mich vom Weiterzulesen abzuhalten.

Verona, 28. Juni 2016

Liebster N.,

du kannst dir gar nicht vorstellen, wie aufregend es für mich ist, wenn ein blauer Brief von dem Postboten in den Garten geschmissen wird. Jeden Tag warte ich, bis er kommt, und immer, wenn er keinen Brief dabeihat, ist mein Tag nur halb so schön. Glaubst du, dass wir uns dieses Jahr im Sommer heimlich im Urlaub in der Toskana begegnen können? Wir fahren wieder am 20. Juli los, und ihr? Wann fahrt ihr dieses Jahr in die Toskana?

Ich freue mich so sehr, dich zu sehen.

Ich liebe dich,
deine S.

Ich spüre, wie es mir kalt über den Rücken läuft. Wie kann es sein, dass man sich heutzutage noch so stark von den Eltern beeinflussen lassen kann? Wenn man jemanden von ganzem Herzen liebt, dann sollte dies von den Eltern akzeptiert werden, egal wie sehr man sich hasst. Ich beschließe, einen weiteren Brief zu lesen.

Verona, 21. Juli 2016

Mein geliebter N.,

es bricht mir das Herz, zu hören, dass ihr erst im August in die Toskana fährt und nicht wie immer im Juli. Ohne dich ist es hier nicht auszuhalten, mir fehlen unsere Abendspaziergänge und die innigen Gespräche am Strand. Ich wünschte, du könntest hier bei mir sein und wir könnten die Situation unserer Familien klären. Ich sende dir ein Foto von dem gestrigen Sonnenaufgang, damit du sehen kannst, wie schön er ist. Wie läuft es bei euch auf dem Weingut?

Ich vermisse dich so sehr,
deine S.

Meine Tränen stehen bereits in den Startlöchern. So neugierig kenne ich mich eigentlich nicht, und trotzdem öffne ich noch den zurückgestellten blauen Brief.

Lugana, 04. August 2016

Meine liebste S.,

du weißt gar nicht, wie schlimm diese Situation für mich ist. Ich verstehe nicht, warum dein Vater dir den Kontakt zu mir verbietet, und es schmerzt, zu wissen, dass ich die vielen Abenteuer nicht mit dir zusammen erleben darf. Ich liebe das Bild vom Sonnenaufgang und habe es direkt über mein Bett gehängt.

Es erinnert mich daran, was ich für dich empfinde, und ich möchte den Rest meines Lebens mit dir verbringen.

S., möchtest du meine Frau werden?

Wenn deine Antwort JA lautet, dann komme ich nach Erhalt deines Briefes nach Verona und stelle mich deinem Vater.

Ich warte voller Vorfreude auf deine Antwort!

In Liebe,
dein N.

Mein Herz bleibt für einen Moment stehen. Der Brief mit dem Heiratsantrag ist nie bei S. angekommen. S. weiß also nicht, dass N. sein Leben mit ihr verbringen will.

Ich erschrecke mich, als im Vorhof das Licht angeht. Ich stopfe die Briefe so schnell es geht wieder in die Schachtel und lege sie zurück unter die Bodendiele. Meine Handy-Taschenlampe habe ich ausgemacht und schleiche mich vorsichtig aus dem Gartenhaus. Eine Katze huscht an mir vorbei, wahrscheinlich wurden die Bewegungsmelder von ihr ausgelöst. Emotional betroffen lege ich mich zurück in mein Bett und schlafe ein.

Dreizehn

Am nächsten Morgen wecken mich die Sonnenstrahlen, die direkt in mein Gesicht scheinen. Als ich auf meinen Wecker blicke, hüpfe ich erschrocken aus dem Bett. Ich habe eine Stunde verschlafen. Mein Handy klingelt und ich befürchte, dass es Leonardo, Elisa oder gar Fede ist. Aber es ist Anna.

»Hi Anna, alles gut bei dir? Ich habe Stress, ich habe verschlafen«, schreie ich förmlich ins Telefon.

Anna lacht. »Was ist denn mit dir los? Seit wann musst du samstags arbeiten?«

»Es ist Samstag?«, frage ich sie voller Freude.

»Na klar ist heute Samstag«, versichert sie mir erneut.

Erleichtert hüpfe ich wieder ins Bett. »Hast du heute schon etwas vor?«, frage ich Anna.

»Nein, deswegen rufe ich doch an.«

»Dann haben wir beide ein Date in Verona. Wir treffen uns um zwölf Uhr am Bahnhof«, sage ich und drücke auf die rote Taste, während ich den kleinen blauen Brief in meinen Händen halte.

Ich denke an Fede und frage mich, ob er wohl weiß, dass es nicht nur sein Lieblingsplatz ist, sondern auch das Versteck seines Bruders Nereo. Ich habe Nereo noch nicht kennengelernt, er hat die Familie seit meiner Ankunft in Italien noch nicht besucht. Aber wer bitte schön sollte N. im Brief sonst sein?

Ich mache mich auf den Weg zum Frühstück. Am liebsten würde ich Fede fragen, was ich mit diesem Brief machen soll. Aber wenn ich ihm den Brief zeige, würde er mit Sicherheit glauben, dass ich im Gartenhaus herumgeschnüffelt habe. Ich beschließe, das Geheimnis für mich zu behalten.

Um Punkt zwölf trudelt Anna am Bahnhof ein, sie trägt eine dünne rosafarbene Jacke und einen großen, dazu passenden Sonnenhut.

»Was haben wir vor?«, fragt sie mich aufgeregt.

»Das kann ich dir leider noch nicht verraten, aber du wirst es noch früh genug erfahren«, antworte ich.

Ich nehme Annas Hand und laufe mit ihr in Richtung Gleis. Auf dem Weg dorthin holen wir uns noch eine Cola und Croissants. Anna beliefert mittlerweile auch zahlreiche Cafés und kleinere Imbisse. Am Gleis angekommen, sieht sie mich mit strengem Blick an.

»Ich weiß, warum du es mir nicht verrätst. Du hast Angst, dass ich es dir ausreden könnte.«

»Da hast du womöglich recht. Komm, ich erzähle es dir im Wagon«, sage ich fröhlich und springe in den Zug, dessen Türen sich direkt vor uns öffnen.

Obwohl Samstag ist, ist unser Wagen erstaunlich leer. Entspannt lasse ich mich auf einen der Sitze fallen. Anna setzt sich gegenüber hin und verschränkt ihre Arme.

»So, ich möchte nun endlich wissen, was wir vorhaben«, flüstert sie, obwohl in den Abteilen in unserer Nähe niemand sitzt. Ich nehme den Brief aus meiner Tasche und drücke ihn ihr in die Hand. Sie beginnt zu lesen, und als sie versucht, etwas zu sagen, unterbreche ich sie.

»Ich weiß, dass es nicht meine Aufgabe ist, den Brief abzugeben, aber ich finde, diese S. sollte erfahren, dass N. sie heiraten will oder wollte. Meinem Vater möchte ich noch so vieles sagen und er wird meine Briefe nie mehr lesen können, aber S. kann noch erfahren, was in dem Brief steht. Aus diesem Grund fühle ich mich dazu berufen, den Brief abzugeben«, stottere ich.

»Weißt du denn überhaupt, wer dieser N. ist? Und vielleicht gibt es einen Grund, dass dieser Brief nie in die Hände von S. geraten ist«, sagt sie mit noch leiserer Stimme.

»Fedes Bruder heißt Nereo, daraus schließe ich, dass N. für Nereo steht. Er arbeitet seit einiger Zeit in der Schweiz. Ach, bitte Anna, unterstütze mich bei meiner Mission«, flehe ich sie an.

»Ich bin zwar nicht damit einverstanden, in das Schicksal anderer Personen einzugreifen, aber ich glaube, der Ausflug tut meinem gestressten Inneren sehr gut«, sagt sie lachend.

Ich wusste doch, dass Anna mich bei allem unterstützt. Auf eigene Gefahr, natürlich.

»Du und Fede, habt ihr bereits …?«, fragt sie frech und zwinkert mir zu.

»Neeein, was denkst du denn von mir?«

»Du wirkst so glücklich, könnte doch sein, dass Fede seine Finger im Spiel hatte?«, zieht sie mich auf.

»Wir haben uns geküsst und das ziemlich ausführlich. Aber mit dem Rest möchte ich noch warten. Ich gebe mein Herz seit der Geschichte mit Henry nicht mehr leichtfertig her«, sage ich nachdenklich.

»Das verstehe ich, aber bei Fede würde keine normale Frau freiwillig verzichten.« Sie kichert wie ein Teenager.

»Anna, du Quatschkopf!«

Glücklicherweise erreichen wir den Bahnhof in Verona in weniger als zwanzig Minuten, denn ich kann es kaum erwarten, endlich diese Adresse zu suchen. Am Bahnhof informieren wir uns bei einem älteren Herrn, welchen Bus wir nehmen müssen, um in die Via Monte Bianco zu gelangen. Leider kann er uns diesbezüglich nicht weiterhelfen und so müssen wir uns auf unsere Google Maps-Kenntnisse verlassen. Als wir endlich in Bus 11 sitzen, blickt Anna erstaunt aus dem Fenster.

»Ich lebe bereits so lange in Sirmione und bin auch mehrmals im Monat in Verona, aber in diese Gegend kannst nur du mich bringen«, sagt sie. Ich muss zugeben, die Gegend sieht ziemlich privat aus, alle Häuser sind mit hohen Zäunen umgeben. Dahinter befinden sich wahrscheinlich die Gärten der Besitzer. Es wirkt, als kämen wir in ein sehr vornehmes Viertel.

Als uns der Busfahrer ein Zeichen gibt, springen wir aus dem Bus. Es sind nur wenige Villen in der Straße und wir machen uns direkt auf die Suche nach Haus 21. Zweimal laufen wir die Straße auf und ab, aber keine Spur von der Nummer. Beinahe hätte ich die Hoffnung aufgegeben, als eine ältere Dame zusammen mit ihrem vierbeinigen Freund in die Straße einbiegt.

»Entschuldigen Sie, können Sie uns vielleicht sagen, wo wir Haus 21 finden können?«, fragt Anna sie in wunderschönem Italienisch.

»Die Straßennamen wurden vor einem Jahr alle umbenannt, Haus 21 heißt jetzt Monte Bianco 134 und liegt am Ende der Straße«, antwortet die ältere Frau.

Anna bedankt sich und wir gehen ans Ende der Straße. Durch den Zaun können wir ein schönes, großes Haus erkennen, davor befindet sich ein Garten, der liebevoll gepflegt aussieht. Wir laufen einmal um den Zaun, bis wir schließlich zum Eingangstor kommen. An dem Türschild steht der Name Rossi, so wie auch auf dem Brief.

S. Rossi
Via Monte Bianco, 21
37100 Verona – Italien

Meine Hände zittern, als ich den Postkasten öffne, um den Brief einzuwerfen.

»Mach schon, Kate, da hört man Stimmen kommen«, flüstert Anna mir zu. Ich schmeiße den Brief ein und laufe Anna hinterher, die mir bereits einige Schritte voraus ist. An der nächsten Ecke bleiben wir stehen und beobachten heimlich, wie sich das Tor öffnet und eine junge, sehr hübsche brünette Frau das Haus verlässt. Sie ist vielleicht Anfang dreißig und sehr gut gekleidet.

»Kate, vielleicht ist das S.?«, fragt Anna mich mit großen Augen.

»Könnte sein. Aber nun los, nehmen wir den Bus nach Hause«, bat ich sie. Ich weiß gerade nicht, ob ich das Richtige getan habe, und mein schlechtes Gewissen meldet sich bereits auf dem Nachhauseweg. Was, wenn Nereo bereits eine neue Freundin hat und nicht mehr an S. interessiert ist? *Bravo Kate, du hättest noch eine Nacht drüber schlafen sollen,* denke ich mir.

Die Heimfahrt ist sehr ruhig, denn wir sind beide nachdenklicher als sonst. Ich bezüglich des Briefes und Anna hängt gedanklich wahrscheinlich in einem neuen Rezept fest.

Vierzehn

Lugana, 15. Mai 2019

An dich! Wo auch immer du gerade bist.

Lieber Papi,

ich habe dir in meinem letzten Brief versprochen, dass ich an deinem Geburtstag wieder einen schreibe. Ich hoffe, du siehst mir gerade zu, aber ich fände es auch nicht schlimm, wenn du gerade im Himmel über New York bei Mama bist und auf sie aufpasst. Eigentlich wollte ich dir damals von meinem aufregenden Leben in New York erzählen, dass ich kurz davor war, die Uni abzuschließen und mit Henry und meinen Freundinnen Mia und Grace so glücklich wie noch nie war. Jetzt, zirka ein halbes Jahr später, lebe ich in Lugana in Italien auf einem Weingut und mein Leben hat sich ziemlich verändert. Ich musste einem weiteren Menschen in meinem Leben auf Wiedersehen sagen. Aber Henry hat es so entschieden, er wollte aus meinem Leben gehen, nicht so wie du damals. Auch Grace wollte es nicht anders, und so habe ich mein Herz etwas von den zwei abgewandt, denn Personen, die freiwillig verschwinden wollen, soll man nicht festhalten. Das Leben hat mir aber viel Neues geschenkt. Anna beispielsweise. Sie hat eine kleine Bäckerei in Sirmione und ist mir mit ihrer warmherzigen und lustigen Art direkt ans Herz gewachsen. Und dann gibt es noch Fede. Ich bin mir sicher, du hast bereits einen Blick von oben auf ihn geworfen, er sieht nämlich nicht nur wundervoll aus, sondern auch sein Charakter könnte schöner nicht sein. Ich habe in den Jahren gelernt, dass immer wenn ein Sturm über einem wütet, *dieser wieder abzieht und nach einiger Zeit erneut die Sonne zum Vorschein kommt. Henry und Grace waren zwar mein Sturm, aber ohne ihm hätte ich nie die Wärme der Sonne von Anna und Fede in Italien kennengelernt. Ich hoffe, du bist glücklich im Himmel, wenn du auf mich herabblickst. Ich wünsche dir noch einen wunderschönen Geburtstag und freue mich bereits auf meinen in wenigen Tagen. Wahrscheinlich hören wir uns ganz bald wieder, dann berichte ich dir davon.*

In Liebe,
deinen Kate

Von Tag zu Tag wird es am Gardasee lebendiger, immer mehr Touristen reisen an und die Städte werden voller. Auch an den Stränden und an der Promenade bemerkt man, dass viele Urlauber eingetroffen sind. Es ist mittlerweile Ende Mai und das Wetter warm und sonnig. Ich liebe den Sommer, und vor allem mag ich die leichten Kleider, die man tagein und tagaus tragen kann. Alle wirken fröhlicher und entspannter. Die Restaurants, die Bars und die Weingüter sind gut besucht. Und was ich am allermeisten an Ende Mai liebe, ist mein Geburtstag. Morgen endlich ist es so weit und ich kann es schon kaum erwarten.

Ich habe mir einen Tag Urlaub genommen und werde ihn am Strand mit einem Stück von Annas Kuchen verbringen. In New York habe ich meinen Geburtstag immer sehr groß gefeiert, mit Dinner und Discobesuch, hier in Italien weiß außer Anna niemand, dass ich Geburtstag habe.

Heute habe ich aber noch einiges vor. In zwei Wochen findet am Weingut ein traditionelles Sommerfest für Besucher statt, und ich habe von Leonardo die Aufgabe erhalten, die Einladungen zu entwerfen und Flyer in jedem Restaurant, jeder Bar und jedem Geschäft auszulegen. Das Sommerfest ist immer ein großes Event in der Gegend, und nicht nur Urlauber kommen, sondern auch zahlreiche Einheimische.

Besonders Anna freut sich über meinen Besuch in der Bäckerei und wir verabreden uns für neun Uhr morgens zum Kuchen. Zufrieden mache ich mich auf den Nachhauseweg.

Pünktlich um neun Uhr erwartet mich Anna am nächsten Tag mit geöffneten Armen. Sie umarmt mich und küsst mich links und rechts auf die Wangen. Auch eine riesengroße Geburtstagstorte steht auf dem Tresen und daneben meine kleine Reisetasche. Ich sehe Anna mit großen Augen an.

»Was machst du mit meiner Reisetasche?«

»Damit habe ich nichts zu tun. Du wirst um zehn Uhr vor der Bäckerei abgeholt und jetzt keine weiteren Fragen«, antwortet sie mir fröhlich und schneidet den Kuchen an.

Sie reicht mir ein großes Stück von der Schwarzwälder Kirschtorte. Auch Anna schnappt sich einen Teller und legt ein Stück darauf. Die Torte schmeckt köstlich, es ist mit Sicherheit der beste Geburtstagskuchen, den ich je erhalten habe. Um kurz vor zehn Uhr drückt mir Anna die Reisetasche in die Hand und bittet mich, vor der Bäckerei zu warten. Es dauert nicht lange und Fedes Ferrari kommt angerollt. Wie ein Gentleman steigt er aus und öffnet die Beifahrertür.

Wie bestellt und nicht abgeholt stehe ich davor. »Fede, was wird das? Wohin fahren wir?« frage ich aufgeregt.

»Das wird eine Geburtstagsüberraschung. Alles Gute, Kate«, sagt er und drückt mir einen fetten Schmatzer auf den Mund.

»Woher weißt du überhaupt, dass ich Geburtstag habe?«

»Vergiss nicht, ich bin immer noch dein Chef und habe Zugang zu allen Personalakten!« Er scheint sich prächtig zu amüsieren, was ich mit einem Augenrollen quittiere.

»Aber bitte verrate mir doch, wo wir hinfahren?«, bettle ich ihn an.

»Lass dich überraschen und genieße die Fahrt. Hier, extra für das Geburtstagskind ein Glas Prosecco«, sagt er und drückt mir das Glas in die Hand. Perplex nehme ich es entgegen.

Der Motor des Ferraris brummt und wir fahren aus der Stadt. Ich kann es kaum erwarten, zu erfahren, wohin die Reise geht. An der Autobahneinfahrt fährt Fede in Richtung Bologna und von Bologna fahren wir nach Florenz. All diese Namen habe ich zuvor noch nie gehört, aber ich genieße den Ausblick aus dem Fenster und die weiten Felder und urigen Häuser, denen wir begegnen. Immer wieder sieht Fede zu mir, so intensiv, als würde er meine Gedanken lesen wollen. Seine Hand liegt auf meinem Schoß und streicht zärtlich über meinen Oberschenkel. Ich liebe das Gefühl, neben ihm zu sitzen, zu wissen, dass ich meine Gefühle ihm gegenüber endlich zulassen kann.

In einer kleinen Ortschaft namens La Spezia parken wir das Auto an der Straßenseite. Fede bittet mich, auszusteigen und ihm zu folgen. Er führt mich durch kleine Gassen mit bunten Häusern zu einem Hügel. Das Gebäude, das wir betreten, sieht aus wie ein Schloss aus dem Mittelalter, und ein runder gemauerter Turm verschönert es. Er ist mit Sicherheit dreißig Meter hoch und ragt über alles, was ich von Weitem sehen kann. Fede grüßt einen älteren Mann, der uns die Tür zum Turm öffnet. Viele endlose Treppen später stehen wir ganz oben und blicken über alle bunten Häuser, die vielen Gassen, die wie ein Labyrinth wirken, und die Weite des Meeres. So einen schönen Anblick habe ich noch nie gesehen. Die Sonne spiegelt sich im Meer und der leichte Wind bringt den Geruch des Salzes bis zu uns. In der Mitte der Plattform steht ein Tisch, wunderschön gedeckt, mit weißer Tischdecke und roten Servietten, die zu Rosen gefaltet sind.

Ich kann den Ausblick noch nicht ganz realisieren, es kommt mir vor, als würde ich träumen. Fede stellt sich hinter mich und umarmt mich, seine Hände berühren meine Hüften und seine Lippen küssen meinen Hals. Da ist es wieder, dieses Gefühl in meinem Bauch, das ich noch nie bei einem anderen Mann gefühlt habe. Auch nicht bei Henry. Auf meinem ganzen Körper spüre ich Gänsehaut.

Ein vornehm gekleideter Mann bittet uns, am Tisch Platz zu nehmen, und öffnet die Proseccoflasche. An seinen Bewegungen, wie er die Flasche öffnet, kann man erkennen, dass er ein Profi ist.

»Auf dich und einen Geburtstag, wie du ihn dir hoffentlich wünschst«, sagt Fede glücklich.

»Es übertrifft bei Weitem meine Erwartungen, das ist doch alles nicht nötig«, antworte ich verlegen.

»Du machst mich glücklich, und das nur mit deiner Anwesenheit. Ich habe dieses Gefühl schon lange nicht mehr gespürt, so frei und leicht zu sein, und all das, weil ich dir in die Augen schaue«, vertraut er mir an. »Auf dich, Kate, und ein wunderschönes Wochenende.«

Der Kellner bringt uns einen Teller nach dem anderen und mein Magen fühlt sich langsam an, als würde er platzen. »Zum Glück ist das jetzt der letzte Gang, ich kann nicht mehr! Aber es schmeckt alles so wundervoll«, stöhne ich.

»Es freut mich sehr, dass es dir schmeckt. Das Restaurant gehört einem guten Freund meines Vaters, wir kommen immer hierher, wenn wir in der Toskana sind«, erzählt Fede.

»Es ist wunderschön hier. Ihr Italiener könnt euch glücklich schätzen, mit dieser Landschaft leben zu dürfen«, schwärme ich.

»Iss auf, wir haben noch einiges vor«, lächelt er mich an.

Am Auto öffnet Fede meine Tür, aber bevor ich die Chance habe, mich hineinzusetzen, küsst er mich leidenschaftlich. Seine Lippen fühlen sich weich an und ich kann nicht genug davon bekommen.

»Ich liebe dich, Kate!«.

Mein Herz hört für einige Sekunden auf zu schlagen. Er liebt mich, schießt es mir durch den Kopf.

»Ich bringe dich jetzt zu unserem Haus am Strand, wo wir als Kinder jeden Sommer verbracht haben. Es wird dir gefallen«, sagt er, während er ins Auto einsteigt. Die Fenster des Ferraris sind geöffnet und der Wind bläst durch mein Haar. Es ist sehr warm heute, und ich freue mich, endlich ins Meer zu hüpfen, um mich abzukühlen. An einer kleinen Auffahrt bleiben wir stehen und ein Tor öffnet sich. Dahinter befindet sich ein aus Stein gemauertes Haus, es sieht beinahe aus wie das Schloss, in dem wir gegessen haben. Davor ist eine sehr große Terrasse, umgeben von Sträuchern, Bäumen, Kräutern und Blumen.

Als ich um die Ecke biege, eröffnet sich mir eine atemberaubende Aussicht aufs Meer, das nur einige Meter weiter unten liegt. Der Ausblick ist noch schöner als vom Turm aus. Man hört die Wellen, die auf die Klippen aufschlagen, und man riecht die Kräuter, die im Wind wehen. Vor dem Haus ist ein Pool, daneben stehen einige Liegestühle und es gibt selbst eine gemütliche Feuerecke unter einer Pergola. Es sieht alles so aus wie im Katalog.

Ich lasse meine Taschen fallen und laufe zum Meer. Eine schmale, etwas steile Treppe führt über einen Hang hinunter zum Strand. Ich fühle mich, als wäre ich Hauptdarstellerin in einem Rosamunde Pilcher-Film, so schön ist es hier. Fede folgt mir lachend. Mit meinem Kleid und der Unterwäsche stürze ich mich in die Wellen. Das Wasser ist angenehm warm. Fede steht am Wasserrand und kann sich vor Lachen nicht mehr halten.

»Jetzt komm schon rein!«, brülle ich ans Ufer. Fede sieht mich zunächst etwas zögerlich an, doch dann zieht er seine Schuhe und sein T-Shirt aus. Seinen muskulösen Oberkörper kann ich von Weitem sehen. Es dauert nicht lange, bis er mich eingeholt hat. Glücklicherweise ist das Wasser hier nicht unmöglich tief und ich kann stehend meinen Kopf noch über Wasser halten. Aber als Fede bei mir ankommt, ist Schluss mit lustig. Wir drücken unsere Köpfe gegenseitig ins Wasser und schaffen es kaum, gleichzeitig zu atmen und zu lachen. Er küsst mich leidenschaftlich und innig, und das Gefühl in meinem Bauch ist wieder da, dieses Kribbeln, das ich jedes Mal aufs Neue spüre, wenn ich ihn sehe und küsse.

»Komm bald raus, du Verrückte, ich bereite in der Zwischenzeit dein Geburtstagsabendessen vor«, bittet er mich und krault ans Ufer.

Nach einer Weile schwimmen und mich auf dem Rücken treiben lassen beschließe ich, dem guten Geruch zu folgen, der von der Terrasse kommt. Oben sehe ich bereits Fede mit nacktem Oberkörper in Küchenschürze vor dem Grill, auf dem ein riesengroßes Steak liegt.

»Es riecht wahnsinnig gut. Ich gehe schnell duschen«, sage ich und drücke ihm einen Kuss auf die Schulter.

Im Schlafzimmer kann ich den Ausblick immer noch kaum fassen. Hier kann man morgens beim Aufwachen die Boote auf dem Meer zählen und den Möwen beim Fliegen zusehen. Es wirkt alles wie ein Traum für mich. Wenn ich in New York aus meinem Zimmerfenster blickte, sah ich nur Häuser, Häuser und noch mehr Häuser.

Traumhaft ist auch Fedes Steak, das er liebevoll am Grill zubereitet. Ich lasse mich in den weichen Sessel an der Feuerstelle fallen und sehe ihm die längste Weile zu. Er bemüht sich richtig um mich, und wenn ich an Henry zurückdenke, dann fällt mir auf, was für eine traurige Beziehung wir zum Schluss geführt haben. Wenig später bittet Fede zu Tisch. Das Steak und die Rosmarin-Kartoffeln schmecken traumhaft, aber auch die Beilagen an Gemüse und Dips stehen dem in nichts hinterher.

So sitzen wir nun hier mit dem Sonnenuntergang im Rücken und dem Glas Ronchedone, natürlich von den Venturas, in der Hand und blicken aufs Meer.

»Ich könnte mir keinen schöneren Geburtstag wünschen«, breche ich die Stille.

»Du verdienst noch viel mehr, Kate«, sagt er und lacht leise.

Es herrscht wieder ein kurzer Moment der Stille, der dieses Mal von Fede unterbrochen wird. »Du bist das Beste, was mir hätte passieren können. Ich erinnere mich noch gut daran, wie du im Pyjama die Tür in New York geöffnet hast oder mich am Flughafen überrannt hast. Nicht zu vergessen, als du mich für den Hausmeister gehalten hast.«

Peinlich berührt blicke ich auf den Boden.

»Woher sollte ich denn auch wissen, dass du der Juniorchef bist?«, sage ich beschämt. Ach, wie peinlich und doch schön all diese Situationen mit Fede sind.

Ich erhebe mich von meinem fast schon zu weichen Sessel und gehe zu ihm. Ich lasse mich auf seinen Schoß fallen und er schlingt seine Arme um mich.

»Kate, was machst du bloß mit mir?«, sagt er und blickt mir tief in die Augen. So sitzen wir die längste Weile, bis mir langsam die Augen zufallen. Es war ein so schöner, aber auch anstrengender Tag, dass ich in seinen Armen einschlafe.

Am nächsten Morgen wache ich im Schlafzimmer auf, wie ich dorthin gekommen bin, weiß ich nicht mehr. Als ich mich zur Seite drehe und dort Fede nicht vorfinden kann, stehe ich auf und öffne die Balkontür. Fede steht bereits in Sportklamotten auf der Terrasse und bereitet das Frühstück zu. Ich winke ihm zu und kann es immer noch kaum glauben, in diesen Mann verliebt zu sein. Ich ziehe meinen Bikini an und werfe mich in mein kurzes rotes Kleid. Unten riecht es wieder so lecker nach Essen und Kaffee. Der Tisch ist reichlich gedeckt, mit viel Brot, Marmeladen, Croissants und Früchten. Ich schnappe mir eine Kaffeetasse und blicke aufs Meer. Ein großes, aber uriges Segelboot mit drei Masten legt in der Nähe unseres Strandes an.

»Fede, schau mal! Ich habe noch nie ein so schönes Boot gesehen«, sage ich aufgeregt.

»Das ist für uns. Nach dem Frühstück legen wir ab.« Er zwinkert mir zu und drückt mir einen Teller in die Hand. Meine Aufregung wird immer größer. Ich freue mich riesig auf das Segelboot und schlinge mein Croissant nur so runter.

»Lass dir Zeit. Mauro und die Crew fahren nicht ohne uns los, sie frühstücken doch auch noch. Guck selbst«, sagt er und reicht mir das Fernglas. Ich blicke hindurch und tatsächlich sitzen vier Männer an Deck des Schiffes an einem kleinen Tisch und essen. Sie wirken alle sehr vertraut und es sieht so aus, als hätten sie großen Spaß. Ich weiß nicht, ob ich auf einem schaukelnden Schiff etwas essen könnte. Aber diese Männer sind natürlich Profis und an das Meer gewohnt.

Nach dem Frühstück machen wir uns über die schmale Treppe auf den Weg zum Strand. Ein kleines Boot und ein älterer Herr warten bereits auf uns.

»Ciao Mauro, come stai?«, begrüßt Fede den Herrn.

»Federico Ventura, sono felice di vederti«, antwortet der Herr auf Italienisch. »Und Sie müssen die hübsche Begleitung von Fede sein?«, begrüßt er mich in einem gebrochenen Englisch.

»Piacere, Kate«, antworte ich ihm mit meinen immer noch holprigen Sprachkenntnissen.

Der nette Herr hilft mir ins Boot. Fede springt allein hinein und setzt sich ganz nach vorn. Aufregung macht sich in mir breit, aber auch große Freude. An Bord des Segelbootes begrüßen uns die restlichen Männer. Der Wellengang ist auf dem großen Boot viel weniger zu bemerken als auf dem kleinen. Was meinem Magen sehr gut gefällt.

Nach wenigen Minuten werden die Anker hochgezogen. Die längste Weile fahren wir der Küste entlang, und Fede erklärt mir, wie die vielen kleinen Städtchen an den Ufern heißen. In einer Bucht bleiben wir liegen, und Mauro, der Kapitän gibt das Zeichen, die Anker zu werfen. Tommaso, ein weiterer Mann an Bord, kommt mit Neoprenanzügen und Taucherausrüstung auf uns zu.

»Fede, gehen wir wirklich tauchen?«, frage ich ganz aus dem Häuschen.

»Na klar, was denkst du denn?«, antwortet er mir lachend.

Ich kann meinen Augen kaum trauen und schlüpfe aufgeregt in den Neoprenanzug. Auch Fede zieht ihn an und er sieht wirklich gut damit aus. Tommaso ist professioneller Taucher und erklärt uns das Wichtigste. Wie zwei Profis sitzen wir am Heck des Bootes und lassen uns nach hinten fallen. Das Atmen mit der Sauerstoffflasche fällt mir zu Beginn etwas schwer, jedoch werde ich von den Weiten der Unterwasserwelt abgelenkt. Alles vor meinen Augen glitzert und glänzt von der Sonne, die auf die Wellen scheint. Das Meer ist klar und ich liebe das Licht unter Wasser. Bei jedem Fisch, der an mir vorbeischwimmt, schlägt mein Herz ein Stück höher, und jede Koralle, die ich sehe, macht mich glücklich. Ich war noch nie zuvor tauchen, und jetzt weiß ich, dass ich etwas verpasst hätte, hätte ich es nie gemacht.

Nach einer guten Stunde winkt uns der Kapitän wieder zurück an Bord. Es riecht angenehm nach gebratenem Fisch und es dauert tatsächlich nicht lange, bis uns ein Crewmitglied freundlich die Teller serviert.

»Fisch essen auf einem Segelboot inmitten des Meers«, sage ich glücklich.

»Es freut mich sehr, dass dir unser kleiner Ausflug gefällt«, antwortet Fede.

»Kann es sein, dass du ein kleiner Feinschmecker bist, so wie du mir die italienische Kulinarik zeigst?«, frage ich ihn neckend.

»Ich liebe Essen eben«, antwortet er und grinst.

Der Fisch schmeckt köstlich und natürlich auch der ganze Rest. Ich genieße den Tag so sehr, dass ich fast nicht realisiere, wie schnell er vergeht, und als wir wieder vor dem Strandhaus vor Anker gehen, ist es bereits dunkel. Am Pool trinken wir noch ein Glas Wein und genießen den Ausblick, bis mich Fede plötzlich ins Wasser schubst. Ich weiß nicht, ob ich lachen oder schimpfen soll, also tue ich beides gleichzeitig, bis Fede selbst mitsamt Klamotten zu mir in den Pool hüpft und mir mit einem innigen Kuss den Mund schließt.

Vor dem Zusammentreffen mit Fede war meine Definition von Liebe ziemlich primitiv und schlicht. Natürlich habe ich einen Teil meines Herzens an Henry abgegeben und ihn geliebt, aber nie im Leben hätte ich mir erträumt, dass Liebe noch viel komplexer sein kann. Wenn ich in Fedes Augen blicke, fühle ich mich angekommen. Angekommen in einer Welt, die mir alles gibt, was ich brauche. Die mir genügend Raum und Zeit für mich lässt, mich aber gleichzeitig mit festen Armen umschlingt, hält und unterstützt. Egal wie klein oder groß die Hürde ist, die ich zu bewältigen habe, Fede steht mir Hand in Hand bei.

Die Tage in der Toskana vergingen sehr schnell und der Alltag holt uns am Weingut noch schneller wieder ein. Die kleine Auszeit hat mir wohlgetan und ich kann mich so gut auf meine Arbeit konzentrieren wie noch nie zuvor. Das Sommerfest steht bereits in den Startlöchern und es ist noch einiges zu organisieren. Der Eingangsbereich muss geschmückt und die Tische am Grill aufgestellt werden, der Wein muss in die Kühlung und die Gläser gewaschen werden. Für Leonardo ist es wichtig, dass jedes einzelne Glas von Hand getrocknet wird, denn nur so ist garantiert, dass sie einwandfrei glänzen. Alle Mitarbeiter des Weinguts und alle Eventmanager packen mit an und der Hof wirkt wie ein großer Ameisenhaufen.

Ich sehe mich um und kann glücklich feststellen, dass alles unter Kontrolle ist. Immer wieder laufe ich Fede über den Weg, der zusammen mit seinem Vater an der Rede für morgen Abend arbeitet. Leonardo wirkt etwas gestresst, Fede hingegen glücklich und gelassen. Die Blicke, die er mir zusendet, lassen mich schmunzeln und geben mir gleichzeitig Energie. Gegen fünf Uhr abends scheint alles so weit fertig und ich setze mich zu Leonardo, Fede und Elisa unter den großen Kirschbaum, nehme mir ein Glas und schenke mir einen

Schluck vom Lugana ein. Ich rieche daran und das Wasser läuft mir im Mund zusammen.

»Das ist jetzt der perfekte Ausklang«, strahle ich. Leonardo hebt sein Glas und bringt einen Toast aus, auf alle Mitarbeiter, das Sommerfest morgen und das Wetter, das uns, so wie es aussieht, nicht im Stich lässt. Es werden über dreißig Grad erwartet und die Weinkeller werden daher gut gefüllt sein, da es drinnen angenehm kühl ist.

Als Leonardo und Elisa den Tisch verlassen, setzt sich Fede eng neben mich. Es fühlt sich mittlerweile alles so vertraut an, die Umgebung, Italien und Fede. Es kommt mir so vor, als würde ich ihn schon mein halbes Leben lang kennen, seine Gesichtsausdrücke deuten können und mich einfach nur geborgen fühlen. Als ich auf die Uhr schaue, erschrecke ich mich, es ist bereits nach zwölf.

»Zeit für mich, ins Bett zu gehen, morgen wird anstrengend!« Auch Fede springt auf und folgt mir ins Haus. Aber statt uns vor der Zimmertür noch einen Kuss zu geben, zieht er mich in sein Zimmer.

»Es ist noch zu früh, um zu schlafen«, knurrt er heiser. Seine Hände wandern unter meine Bluse. Sanft küsst er mich entlang meines Halses bis zu meiner Brust. Ich spüre seine Erektion an meiner Hüfte und lege meine Hände um seinen muskulösen Oberkörper. Zärtlich streiche ich ihm über die Wange bis zu seinem Hals, den ich liebevoll küsse. Er greift in meine Haare und zieht daran, während er leise aufstöhnt. Meine Hand gleitet von seinem Oberkörper zu seiner Anzugshose. Bei jeder Berührung wird mir klar, wie sehr ich diesen Mann liebe. Er ist der Mann, dem ich mein Herz schenken will. Er ist der Mann, mit dem ich mein Leben verbringen will. Vorsichtig öffnet er meine Bluse und anschließend meinen BH. Ein intensives Kribbeln macht sich in meinem Bauch und zwischen meinen Schenkeln breit. Er küsst meine Brust und ich schaffe es kaum, mich auf den Beinen zu halten. Ich reiße ihm sein Hemd von Oberkörper und bin von dem Anblick aufs Neue überwältigt. Fede kniet sich vor mich und küsst erst meinen Bauch, streift dann sachte meinen Rock nach unten und küsst meine schwarze, mit Spitze verkleidete Unterhose. Er hebt mich hoch und legt mich langsam auf sein Bett. Mein Atem wird immer schneller, je mehr ich von ihm spüre. Ich schließe meine Augen und genieße das innige Gefühl. Fede zieht seine Boxershorts aus und legt meine Hand auf seine Erektion. Mein Herz beginnt noch schneller zu schlagen. Er dringt in mich ein und ich kann mein Stöhnen nicht mehr zurückhalten. Wir lieben uns, so innig und intensiv, wie ich es noch nie erlebt habe. Die Nacht ist kurz und vergeht viel zu schnell.

Ich erwache in Fedes Armen und es fühlt sich an wie in einem Traum. Zärtlich streiche ich ihm über das Gesicht und küsse ihn. »Ich habe mich um acht Uhr mit Anna verabredet, um ihr mit der Lieferung fürs Sommerfest zu helfen«, flüstere ich in sein Ohr und schleiche mich aus dem Bett.

Pünktlich wie immer steht sie bereits vor der Tür und winkt mir mit beiden Armen zu. »Ich habe alles vorbereitet, was du bestellt hast, und noch viel mehr«, sagt sie lächelnd. Auf Anna ist immer und jederzeit Verlass. Sie wurde in Italien nicht nur zu einer meiner besten Freundinnen, sondern zu Familie. Wir laden all die Brote und Küchlein aus ihrem Lieferwagen aus und stellen sie in die Küche des Gartenhauses.

»Es sieht alles so zauberhaft aus, Anna. Wie schaffst du das bloß immer?«

»Ich backe nachts und du machst da halt andere Sachen, mit dem da drüben, der dich bereits von Weitem anhimmelt«, sagt sie und zeigt mit ihrem Finger zum Kirschbaum, unter dem Fede steht.

Ich muss lachen und sie stimmt mit ein.

Es fehlen nur noch zwei Stunden, bis die ersten Gäste eintrudeln, und es scheint alles so weit vorbereitet zu sein. Ich mache mich auf den Weg in mein Zimmer, um mein neues Kleid, das ich in der Toskana gekauft habe, anzuziehen. Es ist mit wunderschönen Blumen verziert und passt ausgezeichnet zu meinen Augen. Als ich die ersten Stimmen wahrnehme, mache ich mich auf den Weg zum Eingang. Leonardo und Fede begrüßen feierlich alle Besucher und bitten sie zu den Kellermeistern für die Führung oder zum Grill fürs Essen. Bereits nach einer Stunde ist das Weingut gut gefüllt und alle Tische im Freien besetzt mit glücklichen Gästen. Leonardo und Fede machen sich bereit für ihre Willkommensrede.

»Kate, ich habe meine Notizkarten im Hauskaffee vergessen, würdest du sie mir bitte holen?«, bittet mich Leonardo.

Auf dem Weg dorthin begegne ich einer jungen Frau, die mir bekannt vorkommt, aber ich weiß nicht mehr, wo ich sie gesehen habe. Sie wirkt etwas verloren.

»Hallo, ich bin Kate. Kann ich Ihnen behilflich sein?«, frage ich die junge Frau.

»Ich suche Federico. Wissen Sie zufällig, wo ich ihn finden kann?«, fragt sie mich.

»Einen Moment bitte, ich hole etwas aus dem Hauskaffee und bringe Sie dann gern zu ihm«, antworte ich ihr freundlich.

»Woher kennen Sie Federico?«, frage ich sie zwei Minuten später, während wir zum Gartenhaus schlendern.

»Wir sind Bekannte von früher. Nein, eigentlich kennen wir uns schon unser ganzes Leben lang«, antwortet sie.

Am Gartenhaus angekommen, haben Leonardo und Fede bereits mit ihrer Rede begonnen. Als Fedes Blick zu mir und der jungen Frau fällt, steht er da, als hätte er einen Geist gesehen. Das Mikrofon fällt ihm aus der Hand und landet ungut auf dem Boden. Auch Leonardos Stimme verblasst beim Anblick der jungen Frau.

»Ich sehe, es war keine gute Idee, herzukommen«, murmelt sie. »Bitte entschuldigen Sie mich, Kate. Danke für Ihre freundliche Hilfe.« Damit dreht sie sich um und geht schnellen Schrittes davon.

Fünfzehn

Fede stürmt von der Bühne und läuft der jungen Frau hinterher. Leonardo hingegen versucht, die begonnene Rede zu retten, aber ich merke, wie er sie verkürzt, indem er die meisten Details auslässt. Vielleicht liegt es auch daran, dass ich noch seine Karten in den Händen halte. Ich blicke Fede hinterher, der bereits hinter dem Haus verschwunden ist. Verwirrt blicke ich wieder zu Leonardo, der seine Rede beendet hat und in meine Richtung kommt.

»Leonardo, was ist los, wer ist diese Frau?«, frage ich ihn.

»Ach Kate …« Er seufzt und fasst mich sanft am Arm. »Komm, wir setzen uns kurz und ich erkläre es dir.«

Seine fürsorgliche Art macht mich nervös.

»Die junge Frau, die du vorhin herbegleitet hast, heißt Sara und wohnt in Verona«, sagt er vorsichtig.

Sara aus Verona. S. aus Verona. S. aus den Briefen, schießt es wie ein Blitz durch meinen Kopf.

»Fede und Sara waren lange Zeit ein Paar, bis sich die Familie von Sara dazu entschlossen hat, den Kontakt zu uns zu beenden. Es war eine sehr schwierige Zeit für Fede, denn er brauchte sehr lange, bis er es akzeptieren konnte. Um genau zu sein, bis zu dem Moment, wo du in sein Leben getreten bist. Von da an war er wieder glücklich und hat gelacht«, erzählt er mir.

Mein Magen fühlt sich leer an und meine Beine wie versteinert. Panik steigt in mir hoch und Tränen schießen mir in die Augen.

»Ich weiß nicht, was Sara heute hier zu suchen hat, aber mach dir keine Sorgen«, sagt er freundlich, in meinem Bauch macht sich jedoch ein unwohles Gefühl breit. Ohne Leonardo zu antworten, laufe ich zum Haus, wo ich nur noch die Rücklichter von Fedes Ferrari sehe, der mit hoher Geschwindigkeit dem anderen schwarzen Auto folgt. Mit meinem Handy versuche ich Fede zu erreichen, aber ergebnislos.

»Leonardo, er ist weg und es ist alles meine Schuld«, schluchze ich, als ich wieder im Garten bin. Was habe ich bloß getan?

»Er kommt schon wieder, mach dir keine Sorgen. Fede liebt dich. Dieses Lächeln, das er hat, wenn er dich ansieht, diese vielen Überraschungen, die er für dich organisiert, das hat er für Sara nie gemacht«, beruhigt er mich. Das schummrige Gefühl in meinem Bauch lässt nicht nach und auch die Tränen werden nicht weniger. Von Weitem sehe ich Anna, die meinen Blick sofort deutet und zu mir kommt.

»Was ist denn passiert?«, fragt sie mich.

»Es war nicht Nereo, von dem die Briefe kamen, sondern von Federico. Federico Nicola. Das N. stand die gesamte Zeit für Nicola. Und diese Frau, die wir neulich in Verona vor dem Haus gesehen haben, war Sara, diese Sara, die heute nach Fede gesucht hat, und jetzt, jetzt ist er weg«, schluchze ich.

»Süße, er kommt wieder. Jetzt gehen wir erst einmal ein Stück spazieren, nicht dass die Leute dich so verheult sehen«, sagt sie und nimmt mich bei der Hand.

Wir gehen zum Hügel und setzen uns auf die Schaukelbank. Sie nimmt mich in den Arm, und mit der Zeit werde ich zwar äußerlich ruhiger, aber in mir drinnen wüten Angst und Schmerz. Um mich abzulenken, gehe ich mit Anna wieder an die Arbeit und bediene mit aufgesetztem Lächeln die Besucher. Jede zweite Sekunde schaue ich auf mein Handy, aber kein Rückruf und keine Nachricht von Fede. Auch am späten Abend habe ich immer noch kein Lebenszeichen von ihm erhalten. Nach dem Ende des Festes lege ich mich todmüde ins Bett und drehe mich dennoch schlaflos hin und her.

Am nächsten Morgen weckt mich eine Nachricht, sofort schaue ich aufs Handy. Sie ist von Fede.

Ich komme im Moment nicht klar.
Brauche Zeit für mich, muss herausfinden, was ich fühle.
Gib mir bitte Zeit.

Die Nachricht versetzt meinem Herzen einen Stich und ein dumpfer Schmerz breitet sich in meiner Brust aus. Er muss herausfinden, was er fühlt, was soll das bedeuten?

Auch in den nächsten zwei Tagen erhalte ich kein Lebenszeichen von Fede. Auf meine Nachricht hat er nicht geantwortet und auf meinen Anruf von gestern Abend auch nicht. Wenn Anna mich nicht aufgehalten hätte, wäre ich gestern nach Verona gefahren, sie meinte aber, ich solle ihm die Zeit lassen, die er braucht. Aber in meinen Gedanken spielt sich ein Kopfkino nach dem anderen ab. Wo ist er gerade und ist sie bei ihm? Was machen sie? Ist seine Liebe für sie neu entfacht und sie haben bereits heißen Sex? Schon beim Gedanken daran wird mir schwindlig und unwohl.

Nach einer Woche versuche ich Fede erneut zu erreichen, und als er abnimmt, rutscht mir mein Herz förmlich in die Hose.

»Hi«, höre ich am anderen Ende der Leitung leise. Für einen kurzen Moment bringe ich keinen Ton heraus. Mein Puls beschleunigt sich und mir wird innerlich heiß. Ich nehme allen Mut zusammen und gebe ein schüchternes »Hi« von mir.

»Es tut mir leid, dass ich mich nicht gemeldet habe«, sagt er vorsichtig.

Ich spüre Tränen in mir aufsteigen. »Was ist zwischen Sara und dir? Es zerreißt mir das Herz, nicht zu wissen, was du fühlst«, gestehe ich ihm schluchzend.

»Meine Welt steht gerade Kopf. Ich weiß nicht, was ich denken soll. Ich muss die Situation erst einmal verarbeiten«, antwortet er mir.

»Was bedeutet das jetzt für uns?«, frage ich vorsichtig.

»Ich weiß es nicht. Ich weiß nicht, was ich fühle, ich weiß nur, dass da irgendein Gefühl von früher in mir hochkam, als ich Sara sah, und deshalb musste ich sie sprechen.«

»Und dann hast du mich allein gelassen. Das macht so doch alles keinen Sinn, Fede.«

Verletzt von seiner Aussage und dem wenig aussagekräftigen Gespräch drücke ich auf *Anruf beenden* und breche in Tränen aus. Ich habe mir mit der Idee, den Brief zur richtigen Person zu bringen, mein eigenes Grab geschaufelt. Noch nie hat mein Herz so geschmerzt wie gerade, noch nie habe ich einen Menschen so geliebt wie Fede, und mit einem Brief habe ich alles zerstört.

Ich schmeiße meinen Koffer aufs Bett und packe die wichtigsten Sachen ein. Anschließend gehe ich zu Leonardo und bitte ihn um eine Auszeit. Das Einzige, was mir jetzt hilft, ist eine Umarmung meiner Mutter. In jeder schwierigen Situation war sie für mich da und immer an meiner Seite. Egal wie schlimm es war, bei meiner Mutter fühle ich mich geborgen, und sie besitzt das Talent, mich zu beruhigen.

»Nimm dir so viel Zeit, wie du brauchst, Kate. Ich wünsche dir eine gute Reise«, antwortet er mir sichtlich besorgt.

Mit einem Taxi fahre ich noch in die Stadt, und als Anna mich erblickt, rennt sie aus der Bäckerei. Meine Augen werden feucht und ich schaffe es kaum, meine Tränen zu unterdrücken.

»Was hast du vor, Kate? Du kannst nicht einfach so gehen? Wie soll ich das alles ohne dich schaffen?«, jammert sie.

»Du kannst mich jederzeit anrufen, auch wenn in New York Nacht ist«, versuche ich sie und gleichzeitig mich zu beruhigen.

Ich umarme sie und drücke ihr einen Kuss auf die Wange, bevor ich wieder ins Taxi steige. Von einer Sekunde auf die andere hat sich mein komplettes Leben auf den Kopf gestellt, und ich lasse alles, was mir in den letzten Monaten so ans Herz gewachsen ist, hinter mir. Anna, die Venturas und den idyllischen Gardasee.

Glücklicherweise startet heute Nachmittag noch ein Flieger von Mailand nach New York. Meine Mutter wird Augen machen, wenn sie mich sieht, aber ich freue mich bereits sehr, sie in die Arme zu schließen. Auch im Taxi steigen mir immer wieder Tränen in die Augen, ich kann es einfach nicht glauben, dass ich mein eigenes Glück vermasselt habe, und das nur, weil ich die Vergangenheit in die Gegenwart geholt habe. Ich fühle mich, als stünde ich in einem Loch. Alle Personen um mich am Flughafen wirken so unrealistisch und weit entfernt. Mit meinen Gedanken bin ich bei Fede und das auch während des gesamten Flugs. Ich kann an nichts anderes mehr denken. Kein Film und kein Podcast können mich ablenken. Meine Gedanken sind einfach nur bei ihm. Nicht nur meine Gedanken, auch mein Herz habe ich in Italien gelassen. Und es schmerzt, zu wissen, dass ihn seine Gefühle übermannt haben und er mir nicht sagen kann, was er empfindet.

»Prepare for landing«, schallt es aus den Lautsprechern des Flugzeugs. Die Ansage reißt mich unsanft aus den Gedanken.

Ich blicke aus dem Fenster und sehe bereits von Weitem den Big Apple in all seiner Schönheit. Wie ich diesen Ausblick vermisst habe! Alle noch so fremden Personen am Flughafen wirken vertraut, weil ich endlich wieder etwas von dem verstehe, was sie sprechen. Auch als ich die Treppen der U-Bahn-Station hochlaufe, fühle ich das Flair, das New York versprüht. Die Häuser, die so hoch sind, dass man seinen Kopf in den Nacken legen muss. Die Menschen aller Nationen, die stattdessen mit gesenktem Kopf und Blick aufs Handy durch die Straßen laufen.

Als ich vor der Tür unseres Hauses stehe, merke ich erst, wie nervös ich bin, endlich meine Mutter wiederzusehen. Meine Hand wandert in Richtung Klingel und der nervige Lärm ertönt. Der Ton unserer Klingel hat mich immer erschreckt, einmal habe ich sogar deswegen ein Glas fallen lassen. Im Haus höre ich Schritte, die immer näher kommen. Meine Mutter öffnet die Tür, und als sie mich sieht, springt sie mich an und umarmt mich.

»Kate, was machst du hier?«, fragt sie mich voller Freude.

»Ich brauche etwas Abstand und ich brauch dich«, sage ich und breche in Tränen aus.

»Jetzt komm erst mal rein und erklär mir alles in Ruhe. So groß, wie deine Tränen sind, kann dein Problem gar nicht sein«, sagt sie mit der gütigen Stimme, mit der sie es immer schafft, mich zu beruhigen.

Sechzehn

Ich genieße die Zeit mit meiner Mutter sehr und hier in New York wirken meine Probleme so weit entfernt. Wie immer findet sie die richtigen Worte, um mich aufzuheitern. Wir schlendern zusammen die Straßen hoch und runter und unterhalten uns wie in alten Tagen. Als wir am Leni's vorbeilaufen, kommt plötzlich zusätzlich zu dem Schmerz, den Fede in meinem Herzen verursacht hat, noch die Erinnerung an Henry und Grace in mir hoch. Mir wird klar, dass sich Männer eigentlich in nichts unterscheiden und ich glücklicher ohne sie bin.

Am Nachmittag habe ich eine Überraschung für Mia geplant und treffe dafür alle notwendigen Vorbereitungen. Ihre Mutter hat mir verraten, dass Mia gerade zu Besuch in New York weilt und sich bereits beklagt hat, dass die Stadt ohne mich nicht dieselbe sei. Früher haben wir uns wöchentlich zu einem Tee- und Kuchennachmittag getroffen und stundenlang geplaudert und gelacht. Wir drei, also Mia, Grace und ich, waren unzertrennlich. Der Gedanke an Grace stimmt mich traurig, was ich aber schnell wieder verdränge, als ich mich mit meinem Körbchen voller Kuchen und Tee auf den Weg zu Mia mache. In Italien habe ich das Fahrrad genommen und war in zehn Minuten bei Anna, hier in New York ist alles eine Nummer größer und ich fahre mit dem Taxi zu Mia, denn zwischen uns liegen mehrere Blöcke. Ich bitte den Fahrer, mich an der nächsten Ecke aussteigen zu lassen. Hier hat sich in der Zeit, in der ich weg war, fast nichts verändert. Na gut, ich arbeite in Italien und Mia am anderen Ende der USA, aber sonst sieht alles noch gleich aus wie vor einem Dreivierteljahr.

Als ich an der Tür stehe, springt mein Herz im Kreis und ich kann es kaum erwarten, Mia zu umarmen. Das letzte Mal habe ich sie am Nachtmarkt gesehen und seit diesem Moment nur mehr über Videochat gehört. Ich klingle und bereite meine Ohren auf lautes Geschrei vor. Als Mia die Tür öffnet, ist der Jubel sogar noch viel lauter, als ich es erwartet habe. Wahrscheinlich starren sogar die Nachbarn durch ihre Gucklöcher zu uns herüber.

»Kate, was machst du denn hier?«, schreit sie mich förmlich an und bittet mich hinein.

»Das ist eine sehr lange Geschichte«, antworte ich, glücklich, sie zu sehen.

»Lange Geschichten sind ideal für einen Kuchennachmittag«, sagt sie voller Freude. Wo Mia recht hat, hat sie recht. Ich erzähle ihr die Geschichte von den Briefen und speziell dem einen Brief, den ich höchstpersönlich nach Verona getragen habe und mit dem ich dann meine Beziehung zerstört habe. Mia horcht aufmerksam und ihre positive Art beruhigt mich. Das Gespräch mit ihr fühlt sich so an, als wären wir nie getrennt gewesen.

»Ach Kitty, das tut mir alles so schrecklich leid. Hier, iss noch ein Stück«, sagt sie einfühlsam und schiebt den halben Kuchen auf meinen Teller.

»Ach, wäre es nur Annas Kuchen, der würde mich sofort aufheitern«, antworte ich schmollend.

»Fede hat bestimmt seinen Grund, wieso er Zeit braucht. Er liebt dich. Müsste er von Italien nach New York schwimmen, würde er es machen, für dich«, sagt sie beruhigend.

Ja, er liebt mich. Aber das gibt ihm noch lange nicht das Recht, sich so zu verhalten. Und mich allein zu lassen.

»Und überhaupt hat mir Grace erzählt, dass sie und Henry keinen Kontakt mehr haben. Sie wollte über alles nochmals reden und die Situation zwischen ihnen im Guten klären, doch er blockt total ab. Er hat sich sein eigenes Herz gebrochen«, sagt sie grinsend und wechselt somit das Thema.

»Das Karma schlägt immer und überall zu, kann ich dazu nur sagen.«

»Sie leidet sehr unter der Geschichte. Sie hat sich hinreißen lassen«, sagt sie und blickt dabei auf ihre Gabel, mit der sie im Kuchen stochert.

»Sie fehlt hier. Irgendwie. Der Kuchen- und Teenachmittag ist ohne sie nicht derselbe«, entgegne ich Mia leise.

Um mich so gut es geht abzulenken, beschließen wir, ins Leni's zu gehen. Die Straßenlaternen leuchten schon und in den Straßen tummeln sich viele junge Leute, die ihr Leben in New York vollkommen auskosten wollen. Vor dem Leni's stehen bereits einige Personen an und warten, hineingelassen zu werden. Von Weitem erblicke ich John, er ist seit Jahren Türsteher hier und wir kennen uns sehr gut von der Uni. Als er mich sieht, winkt er uns zu sich und umarmt mich. Unfair gegenüber allen anderen, die brav in der Schlange warten, um ins Leni's zu kommen, öffnet er die Tür und lässt uns hinein. Drinnen ist es ziemlich voll und einige Besucher tanzen bereits. An der Bar hole ich uns zwei Cosmopolitans. Ich muss auch mal wieder etwas anderes als Wein trinken, obwohl ich zugeben muss, dass ich mich bereits als Weinkennerin bezeichnen würde.

An einem kleinen Tisch in der Ecke, von dem aus wir alles beobachten können, lassen wir uns nieder und genießen den Abend, bis mir jemand auf meine Schulter tippt. Ich drehe mich um und traue meinen Augen kaum.

»Henry?«

Ausgerechnet? Ich merke an seinem Gesichtsausdruck, wie ihm meine Anwesenheit einen Stich ins Herz versetzt. Ich aber fühle gar nichts mehr, wenn ich in seine Augen blicke, was mir noch einmal mehr beweist, dass mein Herz vollkommen Fede gehört.

»Du bist zurück …« Sichtlich nervös fingert er an seinen Haaren herum. »Können wir vielleicht kurz reden? Draußen?«

Fragend blicke ich Mia an, schließlich sind wir hier, um zu feiern und zu quatschen. Aber als sie mir zunickt, schnappe ich mir mein Glas und quetsche mich zusammen mit Henry zum Ausgang. Ich wüsste zwar nicht, was wir noch besprechen sollten, aber ich höre mir natürlich an, was er mir zu sagen hat.

Vor dem Leni's ist Henry gefühlt noch nervöser als drinnen und muss sich erst dreimal räuspern, bevor er anfangen kann zu sprechen. »Kate, ich kann nicht glauben, dass du wirklich hier bist. Als ich dich vorhin sah, fühlte es sich so an, als hätte ich wieder dieselben Gefühle wie damals, als wir uns ineinander verliebt haben«, gesteht er mir und grinst unsicher.

»Henry, bitte lass das«, antworte ich ihm möglichst nett.

Er scheint nicht verstanden zu haben, was ich eigentlich meine, denn er redet bereits weiter. »Dich zu verlieren, war der größte Fehler meines Lebens. Jeden Abend, wenn ich ins Bett gehe, denke ich an dich, und jeden Morgen, wenn ich aufwache, bist du mein erster Gedanke. Ich weiß, dass ich Scheiße gebaut habe, aber du bist die Liebe meines Lebens und du wirst das auch immer sein. Bitte verzeih mir, Kate«, fleht er mich an.

»Ich habe dir längst verziehen, Henry«, sage ich.

»Du hast mir verziehen?«, sagt er und strahlt überrascht.

»Ich habe dir verziehen, aber nicht deinetwegen, sondern für mich. Damit ich abschließen kann«, antworte ich und merke, wie sich Henrys Lächeln wieder verabschiedet.

»Du siehst also keine Zukunft mehr für uns?«, fragt er mich vorsichtig.

»Nein. Ich sehe alles andere in meiner Zukunft«, antworte ich ehrlich.

Er steht da wie ein begossener Pudel und natürlich tut er mir leid. Aber der Gedanke, dass Henry mich noch liebt, hilft meinem gebrochenen Herzen nicht weiter. Der einzige Mann, den ich liebe und immer lieben werde, ist Fede. Fede. Bereits beim Gedanken an ihn zieht sich alles in mir zusammen. Was er wohl gerade macht? Und warum meldet er sich nicht? Er ist fort … und das mit ihr.

Wie auch bereits in früheren Zeiten teilen Mia und ich uns ein Taxi nach Hause. Erst machen wir Halt bei mir und dann fährt das Taxi weiter zu Mia. Bevor ich aussteige, hält mich Mia für einen Moment zurück.

»Treffen wir uns morgen für einen Spaziergang im Central Park? Wir gehen zu deinem Lieblingsort, dann schmieden wir den perfekten Plan, wie du und Fede wieder zueinanderfindet. Ich hole dich um zehn Uhr ab«.

Ich winke dem Taxi hinterher und in meinem Bauch macht sich das Gefühl einer klitzekleinen Erleichterung breit. *Wie du und Fede wieder zueinanderfindet.*

Die Zeit hier zu Hause heilt meine Wunden ein bisschen und die vertrauten Orte in New York unterstützen dies, aber mein

Herz fühlt sich unvollständig an ohne Fede. Als Kind bin ich mit meinem Vater jeden Tag in den Central Park gefahren, um an der schönen weißen Brücke die Enten und Vögel zu füttern. Immer wenn ich nicht weiterwusste oder traurig war, ging ich zu dieser Brücke, blickte ins Wasser und hatte das Gefühl, mein Vater blickt zu mir hoch. Dieser Ort wurde zu meinem Lieblingsort in New York und ich habe die Tradition meines Vaters mit Mia und Grace fortgeführt. Des Öfteren sind wir zur Brücke gegangen und haben die Tiere gefüttert, und ich fühlte mich meinem Vater immer einen Schritt näher.

Ich werde heute zusammen mit meinem Vater an der Brücke den Mut fassen und einen Plan schmieden, wie ich Fede zurückgewinnen kann. Fedes und meine Geschichte hat gerade erst begonnen und kann nicht so enden. Diese Liebe, die ich für ihn empfinde, kann Berge versetzen, und ich weiß, dass er dasselbe für mich empfindet. Er ist mein Mond und meine Sonne, die immer da sind, wenn ich meinen Kopf erhebe und in den Himmel blicke. Manchmal sind sie von Wolken verdeckt, aber ich weiß, dass sie sich dahinter verbergen. Glücklich und entschlossen, um Fede zu kämpfen, warte ich vor meiner Haustür auf Mia.

Pünktlich wie immer ist Mia zu spät. Warum kommen alle Personen in meiner nahen Umgebung ständig zu spät?

Ich habe mich in mein schönstes Outfit geworfen, und Mia kommt fast nicht aus dem Staunen heraus, als sie mich sieht.

»Oh, meine kleine New Yorker Lady ist back«, sagt sie und sieht mich von oben bis unten an. »Diese Schuhe sind ja der absolute Wahnsinn«.

Als wir kurz vor dem Central Park aus dem Taxi steigen, atme ich tief durch. Auch wenn wir in der Mitte von New York sind, gibt mir dieser Park immer das Gefühl, Natur einzuatmen. Wir schlendern die Wege entlang und plaudern über Gott und die Welt. Schließlich nähern wir uns der Brücke und mein Körper verkrampft sich und Tränen kullern über meine Wange.

»Ich kann nicht auch noch Fede verlieren«, sage ich mit zitternder Stimme. Mia nimmt mich in die Arme und ich presse mein Gesicht an ihre Schulter. Es tut gerade sehr gut, ihren Halt zu spüren.

»Du weißt nicht, ob du Fede verloren hast.«

»Aber er ist einfach gegangen und hat mich allein zurückgelassen«, schluchze ich.

»Er ist gegangen, weil ihn seine Vergangenheit eingeholt hat, nicht, weil er dich zurücklassen wollte«, versucht sie mich zu beruhigen. »Du musstest in deinem Leben einen harten Schicksalsschlag hinnehmen und du hast es geschafft, denn du hattest keine andere Wahl. Aber dieses Mal hast du eine Wahl, denn Fede ist noch hier und du kannst ihn zurück in dein Leben holen.«

Für einen kurzen Moment lasse ich ihre Worte in meinem Kopf wirken. Verwirrt sehe ich sie an.

Mia legt ihre Hand auf meine Wange und wischt die letzte Träne weg.

»Hol dir dein Glück zurück, jetzt«, sagt sie und lächelt mich an. Sie hat recht und ich habe viel zu lange gebraucht, um das zu kapieren. Mit zitternden Händen hole ich das Handy aus meiner Jackentasche und suche den nächstmöglichen Flug nach Italien.

»Verdammt, der heutige Flug geht bereits in vier Stunden. Der nächste erst wieder morgen früh«, schreie ich förmlich.

»Dann nichts wie los«, sagt Mia und zieht mich an der Hand in die Richtung der Taxistände.

Bereits das letzte Mal habe ich New York von einer Sekunde auf die nächste verlassen, aber dieses Mal muss es noch schneller gehen. Ich habe im Taxi meine Mutter angerufen und sie verzweifelt gebeten, meinen Koffer zu packen, und als wir zu Hause ankommen, steht sie bereits mit all meinem Hab und Gut vor der Haustür. In gefühlter Lichtgeschwindigkeit schmeißt sie alles in den Kofferraum und öffnet die Autotür. Ich strecke meine Arme aus, um mich bei ihr zu verabschieden, aber sie steigt zu uns ins Taxi.

»Ich lass dich doch nicht allein. Zumindest ein Stück deines Weges begleite ich dich, wenn auch nur bis zum Flughafen«, sagt sie und schließt ihre Hand fest um meine.

»Also findest du meine Idee nicht blöd?«, frage ich sie vorsichtig und drücke mich dabei so gut es geht an sie.

»Blöd wäre, wenn du es nicht machen würdest.« Liebevoll hält sie meine Hand. Sie wird immer hinter mir stehen, egal was passiert.

Siebzehn

»Fede ist nicht hier«, sagt Leonardo, als ich in das Hauskaffee stürme.

»Was? Aber wie?«, frage ich ihn entsetzt. Panik bricht in mir aus. Was soll das bedeuten, er ist nicht hier?

»Er ist in die Toskana gefahren, um den Kopf freizubekommen«, antwortet Leonardo. Er sieht mir meine Verzweiflung förmlich an, denn er erhebt sich von seinem Stuhl und kommt auf mich zu. »Du kannst gern meinen Wagen haben, wenn du möchtest.« Hitze steigt in mir auf. Sein Auto? Ich kann nicht mit seinem Auto fahren. Ich kann nicht Auto fahren.

Panisch laufe ich ins Freie, wo mir die heiße Luft förmlich ins Gesicht schlägt. Hastig nehme ich mein Handy aus meiner Hosentasche und google die schnellsten Zug- und Busverbindungen in die Toskana.

»So ein verdammter Mist«, rufe ich. Die meisten Routen mit öffentlichen Verkehrsmitteln dauern zwischen sechs und sieben Stunden und die habe ich heute alle schon verpasst, wenn ich nicht um Mitternacht dort ankommen will. Ich beiße unsanft auf meinen Lippen herum und merke, wie sich meine ach so geliebte Panik in mir auftürmt, als ich zu Leonardos Sportwagen blicke. Nein. Ich kann damit nicht fahren. Ich kann nicht fahren. Ich. Kann. Nicht. Fahren. Ich muss!

Meine Beine bewegen sich wieder zurück in das Hauskaffee, aber vor meinen Augen erscheint alles benebelt, so als wäre alles ein Traum. Ich nehme zwar die Stimmen um mich herum wahr, aber kann nicht erkennen, woher sie kommen. Ich hatte dieses Gefühl bereits oft, aber ich war mir noch nie so sicher, dass ich dagegen ankämpfen kann. Eine Kurzschlussreaktion in meinem Kopf hat mich an diesen Punkt gebracht. Dazu, bei Leonardo den Autoschlüssel zu holen. Dieser lächelt mich nur an.

»Du schaffst das«, sagt er und wirft mir seinen Schlüssel entgegen. Mit schnellen Schritten laufe ich aus dem Haus und entsperre den viel zu teuren Wagen. Was sich Leonardo nur dabei denkt, mir dieses Monster anzuvertrauen! Ich öffne die Autotür und schon beim Anblick des Lenkrades, das ich normalerweise nur mehr vom Beifahrersitz aus kenne, wird mir ganz schwummrig. Ich bin seit gewiss fünf Jahren nicht mehr mit einem Auto gefahren und erinnere mich nur zu gut an die peinliche Situation damals mit Fede am Quellenhof Luxury Resort. Ich spüre, wie mich meine Angst fest im Griff hat, aber ich zwinge mich trotz allem hinein. Wie versteinert lege ich meine Hände aufs Lenkrad und verweile einen Moment in dieser Position. Mein Atem wird schneller und auch mein Puls beschleunigt sich abartig. Mit gezielten Atemzügen versuche ich mich zu beruhigen. Und tatsächlich kann ich mein Inneres etwas besänftigen. Vorsichtig drücke ich den Knopf „Engine Start“ und der Motor springt an. Erschrocken von dem dumpfen Ton, den der Sportwagen macht, blicke ich auf den Schalthebel.

»Auf D stellen, hat Leonardo gesagt«, rufe ich mir in Erinnerung. Und genau in diesem Moment beginnt das Auto zu rollen. Ich fahre zwar nur mit fünf Stundenkilometern die Ausfahrt entlang, aber ich fahre. Die ersten Meter sind noch etwas holprig, wie ein kleines Kind, das gerade laufen lernt, aber je länger ich fahre, umso mehr entspannen sich meine Schultern. Als ich von der Landstraße auf die Autobahn einbiege, bilden sich nochmals kleine Schweißperlen auf meiner Stirn, aber mein kontrolliertes Atmen hilft mir dabei, mich zu beruhigen. Und je mehr Kilometer hinter mir verschwinden, umso leichter fällt es mir, zu fahren. Mit Leonardos Auto ist es nun auch nicht wirklich schwierig, denn kaum drückt man mit dem kleinen Zeh auf das Gaspedal, beschleunigt der Wagen bereits um zwanzig Stundenkilometer.

Müde, aber so stolz wie schon lange nicht mehr, streiche ich mir über die Augen, als ich die Auffahrt zur Villa hochfahre. Für einen kurzen Moment habe ich Angst, was mich dort erwartet, aber glücklicherweise erblicke ich nur den schwarzen

Ferrari von Fede. Ob sie vielleicht zusammen gefahren sind? Schnell lasse ich diesen Gedanken wieder aus meinem Kopf verschwinden, denn Leonardo hätte mich nie fahren lassen, wenn er gewusst hätte, dass Sara bei Fede ist.

Sichtlich nervös stehe ich vor der Tür und klopfe. Nur einmal und nur ganz leise. Als ich im Inneren keine Geräusche wahrnehme, klopfe ich ein zweites Mal. Dieses Mal etwas fester. Und plötzlich höre ich etwas. Schritte. Schritte, die sich immer weiter nähern, und je lauter sie werden, umso mehr beginnt mein Herz zu pochen. Mir wird heiß und mein Mund fühlt sich staubtrocken an, denn ich habe mich die gesamte Autofahrt so intensiv aufs Fahren konzentriert, dass ich vergessen habe zu überlegen, was ich ihm eigentlich sagen möchte.

Die Tür öffnet sich und vor mir steht Fede. Er sieht müde aus, das kann ich an seinen Augen erkennen. Mir wird erneut bewusst, wie schön sie sind und wie sehr ich sie vermisst habe. Ihn vermisst habe. Er trägt eine schwarze Trainerhose und ein weißes Shirt, das so eng anliegt, dass ich darunter jeden einzelnen seiner Muskeln erkennen kann. Auch wenn nur zwei Wochen vergangen sind, sind seine Haare ein kleines bisschen länger geworden und fallen ihm in die Stirn. Aber genau so liebe ich sie. Ich liebe ihn. Am liebsten würde ich ihm um den Hals fallen, aber ich bewege mich keinen Zentimeter. Auch er steht wie angewurzelt im Türrahmen und sieht mich an. Ich kann seinen Blick nicht deuten. Ist es Zorn oder Verwirrung? Oder vielleicht beides?

»Kate.« Als ich seine Stimme höre, beginnt mein Herz noch schneller zu schlagen und ich muss mich konzentrieren, um nicht in Ohnmacht zu fallen. Er blickt hinter mich und sucht wahrscheinlich nach Leonardo, als er dessen Sportwagen sieht.

»Ich bin allein hier«, kommt es mir über die Lippen. Seine Augen weiten sich dabei und ich kann ein kleines Zucken an seinen Lippen erkennen.

»Du bist allein hergefahren?«, fragt er mich verwundert.

»Ja«, sage ich und blicke zu Boden.

»Möchtest du hereinkommen?« Er geht einen Schritt nach hinten und macht mir so Platz, einzutreten.

»Leonardo hat mir gesagt, wo ich dich finden kann«, sage ich, um einfach irgendetwas zu sagen und die Stille zwischen uns zu brechen.

»Du hast bestimmt Hunger.« Er macht bereits einen Schritt nach hinten in Richtung Küche.

»Fede, willst du mich verarschen?«, frage ich zorniger als beabsichtigt. Prompt bleibt er stehen und sieht mich an. »Ich komme direkt mit dem Flugzeug aus New York und bin gerade drei Stunden SELBST mit dem Auto in die Toskana gefahren und du fragst mich, ob ich Hunger habe?« Er blickt immer noch ununterbrochen zu mir, und ich könnte schwören, dass ich ein klitzekleines Lächeln auf seinen Lippen erkennen kann. Oder vielleicht doch ein zorniges Lächeln?

»Die bessere Frage ist, was du in New York gemacht hast?«, wirft er mir an den Kopf. Meine Aufregung verwandelt sich in kürzester Zeit auch in Zorn. Er bemerkt das. »Kate, ich bin verzweifelt, als ich am Weingut ankam und mein Vater mir sagte, dass du nach New York geflogen bist. Ich wusste nicht mehr, was ich machen sollte, denn ein Leben ohne dich kann ich mir nicht mehr vorstellen und ich will es auch nicht. Alles fühlte sich leer an ohne dich am Gut, die Sonne schien zwar, aber ich fühlte die Wärme nicht mehr. Und darum brauchte ich Abstand vom Weingut, weil mich jeder kleine Zentimeter dort an dich erinnerte. Leider ist das hier auch nicht besser, musste ich feststellen«, brach es wie Tränen aus ihm heraus.

»Aber du hast gesagt, du hast noch Gefühle für Sara«, unterbreche ich ihn. »Was sollte ich dann noch in Italien?«

»Sara bedeutet mir viel, das stimmt, aber ich habe für sie nie diese Liebe gespürt, wie ich sie für dich fühle. Du machst meinen Tag perfekt, denn zum Sonnenaufgang weiß ich, dass ich den Tag mit dir verbringe, und das wunderschöne Abendrot schmerzt nicht, weil du da bist, bis die Sonne wieder erwacht«, gesteht er mir schluchzend. Es wirkt so, als würden die letzten Tage wie ein Wasserfall aus ihm herausströmen.

So aufgelöst und verzweifelt habe ich Fede noch nie gesehen. Ich mache einen Schritt auf ihn zu und bemerke erst dabei, dass mir auch große Tränen über die Wangen kullern. Er nimmt mich in seine Arme und ich rieche ihn. Ein vertrauter Geruch, ohne den ich nie wieder sein möchte. Seine muskulösen Arme halten mich fest, aber ich schmiege mich noch enger an ihn.

»Ich dachte, ich würde dich nie mehr wiedersehen«, sage ich so schluchzend, dass ich es kaum schaffe, mich zu beruhigen.

»Keine Sorge, ich habe bereits überlegt, nach New York zu schwimmen«, sagt er und blickt mir dabei tief in die Augen. Er schafft es, mir mit diesem Satz ein Schmunzeln ins Gesicht zu zaubern, denn genau das hat Mia auch gesagt. Er drückt seine warmen Lippen zärtlich auf meine, und auf meinen Armen bildet sich eine Gänsehaut, die sich von dort über meinen ganzen Körper ausbreitet. Langsam berühren sich unsere Zungen und ich kralle mich fester an ihn, an seinen definierten Körper, und inhaliere süchtig seinen Geruch.

»Du kannst dir gar nicht vorstellen …«, sagt er und hält kurz inne. »Wie oft ich mir diesen Moment vorgestellt habe.«

»Dass ich hier in eurem Ferienhaus plötzlich mit einem Sportwagen, den ich selbst gelenkt habe, auftauche?«, frage ich ihn lächelnd.

»Nein, davon hätte ich ihm Leben nie geträumt … Ich meine, dass du endlich wieder hier in Italien bist. Bei mir.«

»Und wenn ich darf, würde ich gern für immer bleiben«, sage ich vorsichtig.

»Kate, was wird das? Ein Heiratsantrag?«, fragt er mich mit einem Zwinkern.

»Ja, denn zu jedem Sonnenaufgang und zu jedem Abendrot will ich bei dir sein«, bricht es zwischen Weinen und

Lachen aus mir heraus. Fede löst sich von mir und entfernt sich einen Schritt. Aus seiner Trainerhose holt er einen Ring hervor und greift nach meiner Hand. Völlig überwältigt davon, beginne ich zu stottern.

»Wie? Was? Woher hast du den?« Seine Hand fühlt sich so warm und vertraut an, und ich blicke ununterbrochen auf den Ring und dann wieder in Fedes Gesicht.

»Ich habe ihn vor einem Monat gekauft«, kommt es über seine Lippen. »Ich wollte dich am Ende des Sommerfests am Hügel um deine Hand bitten.« Peinlich berührt sehe ich in seine Augen. Aber ich war noch nie in meinem Leben so glücklich, dass ich am liebsten schnell verdrängen möchte, dass genau ich diesen Moment versaut habe.

Fede greift meine Hand noch fester und küsst mich so intensiv, wie ich es noch nie vorher wahrgenommen habe.

Liebe ist ein eigenartiges Gefühl. Von einer Sekunde auf die nächste kann sich Herzschmerz in Schmetterlinge verwandeln. Die grauen Wolken in uns verwandeln sich in Sonnenstrahlen, und die Tränen, die wir vergießen, werden zu einem Lächeln. Vor einigen Tagen habe ich mir noch das Ende meines Lebens gewünscht bei dem Gedanken, Fede zu verlieren, und jetzt, wo ich seine Frau werde, kann ich mein Glück kaum fassen. Der Grat zwischen Freud und Leid ist nirgends so schmal wie in der Liebe.

Zurück in Lugana …

»Verrätst du mir jetzt endlich die Überraschung?«, frage ich Fede voller Aufregung. Er bleibt sich wie immer treu und verzieht keine Miene. Wie kann er nur in jeder Lebenslage so ruhig bleiben? Er nimmt meine Hand und führt mich aus dem Hauskaffee zu den Treppen, die in den oberen Stock führen. Seit ich aus New York zurückgekehrt bin, habe ich mein Zimmer aufgegeben und bin zu Fede ins Apartment gezogen. Seine Terrasse ist atemberaubend und die Aussicht wahnsinnig schön. Abends verbringen wir sehr viel Zeit dort. Lesen, quatschen, schauen einen Film oder necken uns gegenseitig in seinem Whirlpool. Wenn Fedes Apartment bereits so luxuriös eingerichtet ist, dann würde mich nicht wundern, wenn seine Eltern einen ganzen Pool auf ihrer Terrasse hätten.

Mit langsamen Schritten gehen wir in den oberen Stock, und als Fede die Tür zum Apartment aufsperrt, kann ich bereits Teelichter und Rosenblätter auf dem Boden erblicken. Ich traue meinen Augen kaum, wie schön er alles dekoriert hat. Am Boden stehen bestimmt über hundert Kerzchen und zeigen uns den Weg zur Terrasse.

»Du Romantiker! Es ist so wunderschön«, sprudelt es aus mir heraus. Fede hält noch immer meine Hand fest und begleitet mich Schritt für Schritt den Teelichtern entlang auf die Terrasse. Auch rund um den Whirlpool stehen Lichter und Tausende von Rosenblättern bedecken den Boden. Auf dem Tisch daneben stehen eine Flasche Prosecco und zwei Gläser. Er öffnet die Flasche und schenkt ein. Der Ausblick von hier ist unbeschreiblich schön. Die Lichter der Häuser spiegeln sich im dunklen See. Alles wirkt so mysteriös und trotzdem so vertraut.

Fede tritt näher an mich heran. Seine Augen funkeln im Kerzenschein und seine Haare erstrahlen noch dunkler. Seine Hand fühlt sich warm an meiner Wange an, die er zärtlich streichelt. Als er meinen Hals berührt, verspüre ich am ganzen Körper Gänsehaut. Seine Finger wandern zu meiner Schulter und er reibt an dem Träger meines BHs. Mein Bauch beginnt zu kribbeln und ich presse meine Lippen zusammen. Diese Bewegung seiner Hand macht mich verrückt. Er streicht den Träger zur Seite und küsst mich an dieser Stelle. Das Kribbeln in meinem Bauch breitet sich auf meinen ganzen Körper aus und meine Beine zittern. Egal wie oft ich Fede bereits geküsst habe, es ist noch immer so intensiv wie beim ersten Mal.

»Dreh dich um«, flüstert Fede zärtlich in mein Ohr. Ich balle meine Hand zu einer Faust, um mich zu beruhigen. Er streift auch den zweiten Träger von meiner Schulter und öffnet mein Kleid am Rücken. Fedes Finger streicheln meinen Rücken bis hinunter zu meinem Hintern. Als er diesen berührt, zucke ich zusammen, so gut fühlt es sich an. Seine Finger wandern zu meiner Brust und mein Körper pulsiert pausenlos. Seine Küsse an meinem Hals fühlen sich unfassbar gut an, und als er seine Finger unter meinen BH gleiten lässt, stöhne ich auf, drehe mich wieder zu ihm und sehe in seine Augen. Sein Blick ist so klar wie noch nie zuvor, und ich merke, wie sehr er mich vergöttert. Ich presse meine Lippen auf seine, so sehr, dass auch sein Körper zusammenzuckt. Mit meinem Becken gleite ich näher an ihn heran. Ich fühle seine Erektion durch seine Anzugshose hindurch. Die Nähe zu ihm macht mich beinahe verrückt. Aus seinem Mund entwischt ein leises Stöhnen, dieses Stöhnen, das ich an ihm so liebe. Er drückt sich fester an mich und umfasst mit seinen beiden Händen zärtlich meinen Hintern. Ich fühle unter seinem Hemd seine harte, trainierte Brust und knöpfe es vorsichtig auf. Als sie zum Vorschein kommt, küsse ich ihn leidenschaftlich. Meine Küsse wandern zu seinem Hals und zu seinen Brustwarzen. Er greift mit beiden Händen nach meinem Kopf, hält ihn fest und presst seine Lippen auf meinen Mund. Seine Zunge kreist langsam um meine und ich spüre seinen Atem auf meiner Nasenspitze. Er zieht mein Kleid vollständig nach unten und lächelt bei dem Anblick von BH, Slip und viel nackter Haut. Ich öffne langsam den Knopf seiner Anzughose, die ich zu Boden drücke. Fede stöhnt auf. Vorsichtig drückt er mich an den Rand des Whirlpools. Seine Küsse wandern von meiner Brust hinunter bis zu meinem Bauch. Er blickt zu mir nach oben und lächelt mich an.

»Wollen wir hineingehen?«, fragt er zärtlich. Er reicht mir seine Hand und hilft mir in den Whirlpool. Das Wasser ist angenehm warm auf meiner Haut. Er streift sich seine Boxershorts ab und gesellt sich zu mir. Sein Oberkörper gibt noch mehr Wärme ab als das Wasser, und ich genieße ihn sehr. Fede küsst mich zärtlich, als er langsam in mich eindringt, und seine sanften Bewegungen lassen mich ihn noch mehr spüren. Dieses Gefühl wird so intensiv, dass ich meine Finger in seinen Rücken kralle und mein Stöhnen immer lauter wird. Auch Fedes Stöhnen ist nicht mehr zu überhören.

»Ich liebe dich«, schreit er, während er sich in mir ergießt und mich an meinen Höhepunkt bringt. Ich blicke in seine Augen und fühle mich zu Hause. Zu Hause hier in Italien und vor allem in seinen Armen.

Epilog

Der Frühling breitet sich über das ganze Land aus und die Tage werden immer länger. Die Temperaturen steigen von Tag zu Tag an, die jungen Blätter der Weinreben sprießen lindgrün und die winzigen Trauben bilden sich bereits an ihren Reben. Ich liebe diese Jahreszeit in Lugana, denn alles erwacht wieder zum Leben. Die Touristen strömen in unser Weingut und es finden immer mehr Events statt, die ich und die gesamte Belegschaft planen dürfen.

Auch die Hochzeitsplanung ist so gut wie abgeschlossen. Es fehlen nur noch die letzten Kleinigkeiten und ich kann es kaum noch erwarten. Ich freue mich unendlich auf diesen Tag. Unseren Tag. Ein Tag, an dem sich die gesamte Familie, alle Freunde und zahlreiche Bekannte nur für uns Zeit nehmen. Na ja, fast alle. Mia kann arbeitsbedingt nicht dabei sein. Das Unternehmen, für das sie arbeitet, hat sie genau diesen Monat nach Australien geschickt, um dort über Events zu schreiben. Als sie mir davon berichtete, war mir zum Heulen. Was soll ich denn ohne meine wichtigste

Brautjungfer bloß tun? Aber ich musste es akzeptieren, und sie hat mir versprochen, den gesamten Tag per Videochat dabei zu sein. Fede hat sogar eine verschiebbare Halterung fürs Tablet gebaut, damit ich Mia überall mithinnehmen kann.

Ein wichtiges Detail unserer Hochzeit fehlt aber noch. Meine Mutter. Fede und ich machen uns auf den Weg zum Flughafen, um sie abzuholen. Ich kann meine Freude kaum verbergen, denn auch wenn man einen geliebten Menschen seit langer Zeit nicht mehr gesehen hat, fühlt es sich in dem Moment, in dem man ihn wieder im Arm hält, genauso an, als wäre man nie getrennt gewesen. Ich habe meine Mutter und ihr bezauberndes Lächeln so schrecklich vermisst in den letzten Monaten. Aber ich bin nun überglücklich, dass sie ein paar Wochen mit uns zusammen verbringt. Ich setze mich zu ihr auf die Rückbank von Fedes Wagen.

»Es sieht so aus, als wärst du unser Taxifahrer«, sagt meine Mutter zu Fede und klopft ihm lachend von hinten auf die Schulter. Im Rückspiegel kann ich erkennen, dass er sich auch über den Witz meiner Mutter amüsiert.

Sein Blick fällt die ganze Zeit auf sein Handy. Normalerweise fährt er strikt, ohne einen Blick darauf zu werfen, um keinen Unfall zu produzieren. Es irritiert mich, dass er gerade heute, wo meine Mutter neben mir sitzt, so unachtsam fährt.

Meine Mutter freut sich wie ein kleines Kind, endlich wieder bei uns zu sein. Ich habe sie schrecklich vermisst. Aber sie muss mich in New York noch mehr vermisst haben, denn ich habe zumindest Fede an meiner Seite.

»Es ist hier einfach traumhaft«, schwärmt meine Mutter, als sie aus dem Auto steigt.

»Es ist sehr schön, dass es Ihnen bei uns gefällt«, sagt Leonardo, der sich uns langsam nähert und meine Mutter umarmt. Sie lächelt, da wir es in New York nicht gewohnt sind, von »fremden« Männern umarmt und auf die Wangen geküsst zu werden.

»Nie im Leben hätte ich mir einen schöneren Ort für meine Tochter wünschen können«, sagt sie lächelnd.

Fede räuspert sich. »Und einen schöneren Mann, bitte«, feixt er.

»Natürlich könnte ich mir auch keinen besseren Mann für Kate wünschen«, amüsiert sich meine Mutter über Fedes Anmerkung.

Was wäre wohl passiert, wenn ich vor eineinhalb Jahren nicht in diesen Flieger gestiegen wäre? Diese Frage stelle ich mir jedes Mal, wenn ich hier das Weingut betrete. Und insgeheim muss ich mich bei Henry bedanken, denn ohne seinen Seitensprung mit Grace hätte ich die Reise nach Italien gar nicht erst in Betracht gezogen. Glücklich blicke ich in den Himmel und genieße die Wärme, die die Sonne heute abgibt. Wenn das Wetter morgen genauso schön bleibt, dann steht einer wundervollen Hochzeit nichts im Wege.

»Möchtest du mich kurz begleiten? Ich müsste dir vor der Feier noch etwas zeigen«, bittet mich Fede. Er nimmt mich an seine Hand und wir laufen gemeinsam zum Gartenhaus. Ich habe keinen blassen Schimmer, was er mir jetzt noch so Wichtiges dort zeigen könnte. Wir haben doch bereits alles so wunderschön dekoriert und gestaltet.

»Fede, was soll das? Was willst du mir zeigen?«, bettle ich nach einer Antwort und halte ihn an seiner Hand zurück. Er dreht sich zu mir und blickt mir tief in meine Augen.

»Sei nicht immer so ungeduldig!« Er grinst spitzbübisch und gibt mir einen dicken Kuss auf meine Nasenspitze.

Als wir um die Ecke zum Gartenhaus biegen, höre ich bereits Geräusche. Es klingt so, als würde sich jemand hinter den Sträuchern verstecken. Und als wir zur Eingangstür des Gebäudes kommen, sehe ich nur noch die wackelnden Sträucher und dahinter ein rotes und ein violettes Kleid. Ich erkenne das rote sofort.

»Mia«, schreie ich laut. Sie hüpft aus dem Gebüsch hervor und umarmt mich fest. »Ich kann nicht glauben, dass du trotzdem hier bist«, sage ich und wische mir eine kleine Träne von meiner Wange.

»Wie könntest du nur ohne mich heiraten? Das würde ich mir nie verzeihen«, sagt sie und gibt mir einen Kuss auf die Wange. Ich kann mein Glück kaum fassen und möchte sie am liebsten gar nicht mehr loslassen.

»Wie hast du das bloß geschafft? Ich dachte, du bist noch mindestens eine Woche in Australien?«, frage ich sie verwundert.

»Das war auch der Plan. Aber ich konnte nicht. Ich musste zu dir, und nach einem langen Telefonat hat das dann auch mein Chef verstanden«, antwortet sie mir. Überglücklich schmeiße ich mich erneut in ihre Arme.

»Kate, hör zu«, sagt Fede, und er sieht plötzlich etwas nervös aus. »Ich habe noch jemanden eingeladen. Wir sollten auch keine Hochzeit ohne Grace feiern. Ihr kennt euch bereits seit eurer Kindheit, und ich war so frech und habe sie eingeladen.«

Ich bin mir in dem Moment, als Fede zu Ende geredet hat, unsicher, ob ich mich freue oder sauer auf ihn bin. Ein schüchternes Mädchen tritt hinter Mia hervor. Grace sieht dünner aus, als ich sie in Erinnerung habe. Und in dem Moment, als sich unsere Blicke treffen, passiert in meinem Körper etwas Unerklärliches. All der Zorn und die Wut der letzten Zeit verwandeln sich in Freude. Ich falle meiner Freundin um den Hals. Ich war so sauer auf sie und konnte mir nicht vorstellen, ihren Vertrauensbruch jemals zu verzeihen, während sie die ganze Zeit versucht hat, mit mir zu reden. Jetzt, wo ich in ihren Armen liege, erkenne ich erst, wie sehr ich sie tatsächlich vermisst habe.

Jeder im Leben macht Fehler, auf die er nicht stolz ist. Und jeder verdient die Chance, seine Fehler wieder gutzumachen.

Denn würden wir diese Chance nicht gewähren, dann würde das Leben eine komplett andere Richtung nehmen. Ob positiv oder negativ, steht in den Sternen. Tief in meinem Innern danke ich Fede, dass er uns diese Chance gegeben hat. Denn einen geliebten Menschen sollte man wenn möglich halten.

Überwältigt von den vielen Emotionen, die mich heute erreicht haben, machen wir uns auf den Weg in unser Apartment.

In zirka einer Stunde erwarten wir die ersten Gäste und ich bin weder geschminkt noch angekleidet. Fede hat sich für den heutigen Abend einen wundervollen Anzug schneidern lassen. Im Ankleidezimmer kann ich meinen Blick nicht von ihm abwenden.

»Wenn du in diesem Anzug bereits so wunderschön aussiehst, dann falle ich morgen bestimmt um vor Begeisterung«, sage ich lachend und gehe einen Schritt auf ihn zu. Ich lege meine Hand auf seine Schulter, die wunderbar in das Jackett passt. Mit meiner anderen Hand wuschle ich in seinen Haaren. »Ich kann mein Glück noch immer nicht fassen«, sage ich und küsse ihn.

»Ich kann mein Glück fassen, denn es steht genau vor mir«, sagt Fede und legt seinen Finger auf meine Lippen. Immer wenn wir uns tief in die Augen blicken, entsteht ein Gefühl der Verbindung zwischen uns. Eine Verbindung, die ich sonst noch bei niemandem gespürt habe. »Ich warte unten auf dich«, flüstert er sanft in mein Ohr.

Als Fede das Ankleidezimmer verlassen hat, laufe ich zu den Mädels ins Wohnzimmer. »Grace, Mia, seid ihr bereit?«, frage ich sie voller Aufregung.

»Und wie! Schminkkoffer ist bereits hergerichtet«, entgegnet Grace.

»Und der Lockenstab aufgeheizt«, ruft Mia hinter dem Sofa hervor.

Vorsichtig schlüpfe ich in mein weißes kurzes Kleid. Ich habe es extra zusätzlich für diesen Abend gekauft. Es ist mit dezenter Spitze verfeinert und lässt mich edel und gleichzeitig verführerisch aussehen. Als mich Grace und Mia in dem Kleid erblicken, kommen sie aus dem Staunen beinahe nicht mehr heraus.

»Es passt zu dir, wie du zu uns«, sagt Mia mit Tränen in den Augen. So gerührt habe ich sie schon lange nicht mehr gesehen.

Grace trägt vorsichtig mein Make-up auf und Mia macht mir die Haare. Sie sind beide so gute Eventmanagerinnen, dass sie sogar alle Beteiligten vor dem Event noch stylen könnten. Was würde ich nur ohne sie tun?

»Wo ist überhaupt meine Mutter?«, frage ich die beiden.

»Sie ist mit Leonardo verschwunden, er wollte ihr den Weinkeller zeigen. Seither sind sie nicht mehr aufgetaucht«, antwortet Grace.

»Dann lasst sie uns mal suchen und die ersten Gäste begrüßen«, schlage ich vor.

Fede wartet bereits vor der Eingangstür und spricht sehr vertieft mit Elisa. Ein bisschen Anspannung ist ihm ins Gesicht geschrieben. Das merke ich immer, weil sich dabei eine kleine Falte an seiner Stirn bildet. Vorsichtig laufe ich in meinen hohen Schuhen zu ihm hinüber. Bereits einige Meter vorher bemerkt er mich. Seine Falte verwandelt sich in ein Lächeln und seine Augen beginnen zu strahlen. Ein schöneres Kompliment könnte er mir zu meinem Kleid kaum machen.

»Du siehst wunderschön aus«, sagt er und legt seine Hand in meine. So stehen wir nun hier und warten auf unsere Gäste. Hand in Hand, mit einem Strahlen, das bis nach New York leuchtet.

Anna und viele weitere Freunde, Verwandte und Bekannte trudeln auf dem Weingut ein, und Fede und ich schaffen es kaum noch, alle zu begrüßen.

»Anna, Grace, Mia, könntet ihr bitte einen kurzen Moment mit mir mitkommen?«, bitte ich sie. Gemeinsam entfernen wir uns von der Gruppe und schlendern zum Hügel.

»Stimmt etwas nicht?«, fragt mich Mia besorgt.

»Nein, alles Bestens«, antworte ich ihr. »Ich möchte euch gern fragen, ob ihr morgen meine Trauzeuginnen sein möchtet?«

»Oh, ich weiß gar nicht, was ich sagen soll … einfach nur ja«, schreit Mia gerührt. Auch Anna und Grace wissen nicht, wie sie ihre Tränen im Zaum halten können.

»Ja! Auf jeden Fall, ja. Ich hätte mir nie im Leben gedacht, dass sich irgendwann ein Mädchen aus New York zu uns verirrt und dass sie mir dann auch noch so ans Herz wächst«, sagt Anna voller Freude.

»Ich weiß nicht, was ich sagen soll … Nichts lieber als das, Kate«, stottert Grace. Sie hat wahrscheinlich am wenigsten damit gerechnet, was ja auch verständlich ist. Ich habe auch lange mit dem Gedanken gespielt, sie nicht zu fragen, aber mir wurde klar, dass man manchmal Altes ruhen lassen muss. Eine Freundschaft von über zwanzig Jahren wirft man nicht einfach davon. Es werden immer Situationen im Leben kommen, wo man abwägen muss, ob es sich lohnt, sein Herz dafür wieder zu öffnen. Lohnt es sich nicht, ist es womöglich sogar besser, wenn man diese Person nicht wieder hineinlässt. Ich weiß nicht, ob ich Henry irgendwann verzeihen kann, aber ich weiß, dass es sich für Grace lohnt. Glücklich fallen wir uns in die Arme.

»Ach, hier seid ihr«, sagt Fede, der gerade um die Ecke biegt. »Ich habe dich bereits vermisst.« Er legt seinen Arm um mich und küsst mich zärtlich auf den Mund.

»Ist das Essen schon fertig?«, frage ich ihn mit großen, glücklichen Augen.

»Hast du Hunger? Dann ja!«, grinst er mich frech an. »Nein, echt. Es haben sich bereits alle gesetzt und ich fühle mich so allein ohne dich auf unserem Thron.«

»Na dann los, Mädels, das Steak wartet«, rufe ich fröhlich. Glücklicherweise hat sich Giovanni von unserem Lieblingssteakhouse bereit erklärt, unsere Gäste mit dem besten Fleisch des Landes zu versorgen. Immer wenn wir bei Giovanni sind, kommen positive Gefühle in mir hoch, denn ich werde Fedes und meine Anfangszeit nie vergessen. Und jetzt ist Giovanni bei uns mit seinem riesigen Kohlegrill, auf dem bereits saftige Steaks brutzeln. Glücklich blicke ich in die Runde und lasse mich auf meinen »Thron«, wie ihn Fede genannt hat, fallen.

Er schlägt mit dem Messer an sein Glas und alle Blicke der Gäste fallen zu ihm. Was hat er bloß jetzt schon wieder vor?

»Danke, dass ihr heute alle hier seid und mit uns den Abend vor unserer Hochzeit verbringt«, sagt er und richtet anschließend seinen Blick auf mich. »Ich kann mich noch sehr gut an den Moment erinnern, als ich dich das erste Mal gesehen habe. Mehr will ich dazu jetzt besser nicht sagen.« Ein Lachen aus dem Publikum ertönt und auch meine Wangen verfärben sich zartrosa. Wahrscheinlich wissen eh die meisten, wie zerstört ich damals im Pyjama und mit zerzausten Haaren die Tür geöffnet habe.

»Trotzdem wusste ich bereits damals, dass du etwas Besonderes bist. Als du dann endlich, nach einigen kleinen

Schwierigkeiten, in Italien bei uns am Weingut angekommen bist, wusste ich, dass du eine Herausforderung für mich werden würdest. Mit deinem Dickkopf bist du lieber gegen die Wand gerannt, als mir nachzugeben. Was ich auch unglaublich an dir liebe. Für dich war ich nie Federico Ventura, sondern einfach nur der Nachbarskerl. Aber für mich wurdest du von Tag zu Tag wichtiger. Wenn ich morgens im Garten stand, hoffte ich schon, dass sich deine Tür öffnen und ich dich zu Gesicht bekommen würde. Manchmal, muss ich zugeben, habe ich sogar etwas länger gewartet. Und als mir dann klar wurde, dass ich mehr als Nachbarschaft für dich empfinde, dauerte mein Kampf um dich lange. Aber jede Sekunde davon hat sich gelohnt, denn ich möchte dich keine Sekunde mehr in meinem Leben missen. Auf die Liebe«, sagt er, nimmt meine Hand und drückt sie an seinen Mund. Ein wunderbarer Applaus ertönt, den ich aber nur im hintersten Winkel meines Kopfes wahrnehme, weil ich so voller Glück zu Fede blicke.

»Ich liebe dich«, flüstere ich ihm zu. Fede nimmt sein Weinglas in die Hand und hält es hoch. Unsere Gäste tun es ihm gleich.

Nach dem wunderbaren Essen wird die Musik lauter gedreht und alle beginnen, um uns herum zu tanzen. Die Stimmung ist unverwechselbar gut und es wird gelacht und gefeiert. Anna und Carlo, der heute als Freund und nicht als Band bei uns ist, kommen sich beim Tanzen immer näher.

Es amüsiert mich sehr, zu sehen, wie glücklich sie dabei aussieht, obwohl sie sich von allein nie getraut hätte, ihn anzusprechen.

»O Anna, das könnte noch eine interessante Nacht für dich werden«, flüstere ich in ihr Ohr.

»Heute setze ich alles auf die Liebe, so wie es Fede vorhin gesagt hat. Aber heute ist euer Abend, deswegen lauf zu deinem Prinzen und genieße ihn«, sagt sie und lächelt dabei von einem Ohr zum anderen.

Ausgelassen und eng umschlungen tanzen Fede und ich zu der Musik, bis Leonardo auf uns zukommt.

»Meine Lieben, es wird Zeit für euch, ins Bett zu gehen. Ihr habt morgen einen wichtigen Termin«, sagt er und zwinkert.

Fede schnappt sich meine Hand und zieht mich im Laufschritt hinter sich her. »Was hast du vor?«, frage ich lachend, aber etwas außer Atem.

»Das wirst du gleich sehen«, antwortet er mir und stoppt erst wieder vor unserem Apartment. Glücklich blicke ich in seine Augen.

»Jetzt erzähl schon«, bitte ich ihn, aber er bleibt standhaft und verzieht keine Miene. Stattdessen hebt er mich mit beiden Armen hoch, sodass meine Beine in der Luft baumeln.

»Ich möchte meine Braut über die Türschwelle tragen«, scherzt er. Ich muss auch lachen, denn er hält mich so fest, dass ich mich nicht von allein befreien kann.

»Das macht man doch erst nach der Hochzeit«, sage ich lachend und strample mit den Beinen. Um mir zu signalisieren, dass ich den Mund halten soll, küsst er mich zärtlich. Vorsichtig schiebt er die Tür auf und schreitet mit mir in seinen Armen hinein. Um ehrlich zu sein, fühlt es sich sehr gut an.

»Eigentlich habe ich noch etwas für dich«, sagt er einfühlsam, als er mich heil wieder am Boden absetzt.

»Mach es doch nicht immer so spannend«, bitte ich ihn. Er blickt mich mit seinen großen Augen an. Mein Herz setzt für einige Schläge aus, so schön ist der Moment. Langsam nimmt Fede ein kleines Paket hinter dem Sofakissen hervor. Es ist umhüllt mit goldigem Papier und einer weiß-glitzernden Schnur. Mein Herz beginnt wieder schneller zu schlagen, als er mir das kleine Päckchen überreicht. Vorsichtig ziehe ich an der Schnur und öffne das Papier. Eine weiße Schachtel blitzt hervor. Mit zitternden Fingern öffne ich sie, und als ich den Inhalt erblicke, kullern mir große Tränen über die Wange.

»Damit du deine Vergangenheit, deine Gegenwart und deine Zukunft immer bei dir trägst«, sagt er mit zärtlicher Stimme. Ich kann mein Glück kaum fassen, als ich den Anhänger betrachte. Es ist ein kleines goldenes Herz. Auf der Vorderseite ist Fedes Initial eingraviert, auf der Rückseite die Initialen meiner Eltern. Mit strahlenden Augen nimmt er die Kette aus der Schachtel und legt sie mir um. Wie kann man so viel Glück in einem Menschen finden?

Als ich die Vorhänge in unserem Schlafzimmer aufziehe, strömt tonnenweise Tageslicht herein und die Sonne schimmert durch das große Zimmerfenster direkt in Fedes Gesicht. Er glitzert beinahe, so hell scheint sie. Sogar im Schlaf sieht er wunderschön aus, und ich kann es kaum fassen, dass ich diesen Mann heute heiraten werden. Ich drücke ihm einen zärtlichen Kuss auf die Stirn.

»Aufwachen, mein Liebling«, flüstere ich in sein Ohr. Verschlafen blickt er mich an und lächelt.

»Guten Morgen, Frau Ventura!«

»Psssst, das darfst du doch noch gar nicht sagen«, scherze ich.

»Aber warum denn nicht? In weniger als vier Stunden ist es so weit«, sagt er mit großen und wunderschönen Augen.

»Ich bin ein bisschen nervös«, gestehe ich ihm.

»Warum denn nervös? Ich lasse dich bestimmt nicht am Altar stehen«, scherzt er und zieht mich zu sich ins Bett. »Nie wieder wirst du mich los, Kate. Darauf gebe ich dir jetzt und auch später vor dem Altar mein Wort.« Glücklich kuschle ich mich in seine Arme. Ich möchte auch nie mehr wieder ohne ihn sein.

Leise klopft es an der Zimmertür.

»Ich komme!«, rufe ich und mache mich auf den Weg zur Tür. »Oh, wie schön euch zu sehen, kommt doch bitte herein«, bitte ich Mia, Grace und die etwas kleinere Frisörin hinter ihnen. Sie hat einen mobilen Frisörsalon dabei und schleppt mehrere Koffer ins Zimmer. Fede hat sich in der Zwischenzeit ein T-Shirt übergeworfen und blickt vorsichtig ins Wohnzimmer.

»Oje, oje. Das ist mein Zeichen, aus der Wohnung zu verschwinden«, scherzt er und drückt mir einen Kuss auf die Lippen. »Bis später, ich warte dann auf dich.«

»Kate, du siehst einfach wunderschön aus. Wenn dich dein Vater bloß so sehen könnte«, flüstert meine Mutter, die sich zu unserer Kosmetikrunde gesellt hat, ergriffen.

»Aber Mama, er sieht mich doch«, sage ich und blicke in ihr Gesicht. Ihre Augen strahlen vor Freude, werden aber auch etwas feucht.

»Ach, mein Mädchen. Ich bin so froh, dass alles so gekommen ist, wie es gerade ist. Nie hätte ich mir etwas Besseres für dich wünschen können«, sagt sie. Glücklich umarmt sie mich. »Wollen wir los?«, fragt sie mich dann. Ich kann einen Hauch von Aufregung in ihrer Stimme erkennen.

»Gleich. Ich muss nur noch kurz etwas erledigen, dann komme ich runter in den Vorhof«, antworte ich ihr.

Lugana, 15. Mai 2019

An dich.
Du, in meinem Herzen,
und als mein Schutzengel im Himmel.

Lieber Papi,

wahrscheinlich wartet Fede schon ganz ungeduldig auf mich, aber ich muss dir vorher zum Geburtstag gratulieren. Alles Gute an den besten Papi, den man sich wünschen kann. Heute ist ein wunderschöner, sonniger Tag in Lugana. So wie ich ihn mir gewünscht habe. Danke, falls du auch ein bisschen mitgewirkt hast. Ich muss zugeben, dass ich ziemlich aufgeregt bin. Alle Augen werden gleich auf mich gerichtet sein, und ich würde mir so sehr wünschen, dass du an meiner Seite meine Hand halten würdest und mich beruhigen könntest. Aber ich weiß, dass du in meinem Herzen bei mir bist und auf mich herabsiehst. Mama wird deinen Part übernehmen, und ich bin mir sicher, dass sie vieles von dir gelernt hat. So gern würde ich dir noch *Weiteres aus meinem Leben erzählen und wie großartig Fede zu mir ist, aber heute habe ich dafür leider keine Zeit mehr. Meine Hochzeit wartet auf mich. Ich verspreche dir, dass ich dir weiterhin Briefe schreiben werde. Briefe zur Erinnerung an unsere Vergangenheit!*

Ich liebe dich,
deine Kate

Ich lege den Stift beiseite und öffne die Schublade meines Wandschranks. Zahlreiche weitere Briefchen an meinen Vater schauen mir entgegen. Ich lege den heutigen dazu und laufe in den Vorhof. Meine Mutter wartet dort bereits auf mich. Traditionell begleitet der Brautvater die Braut zum Altar, bei mir übernimmt diese Aufgabe meine Mutter. Neben Fede ist sie die wichtigste Person in meinem Leben.

»Einmal noch tief durchatmen und dann übergebe ich dich deinem Bräutigam«, sagt sie und drückt meine Hand noch fester. Ich blicke in den Himmel, denn ich weiß, dass mein Vater gerade genau über mir ist und mit mir den Weg zum Altar geht.

Bereits von Weitem erblicke ich Fede in seinem dunkelblauen Anzug. Er passt wie immer angegossen und sieht damit bezaubernd aus. Seine schwarzen Anzugschuhe funkeln und darunter leuchten bunte Socken hervor. Typisch Italiener. Und als er seinen Blick zu mir wendet, verformt sich sein doch etwas angespannter Gesichtsausdruck zu einem Lächeln. Er sieht mich so an, als wäre ich die schönste Frau auf diesem Planeten und als könnte er es kaum noch erwarten, mich an die Hand zu nehmen. Er geht uns sogar ein paar Schritte entgegen. Alle anderen Gäste, die links und rechts neben mir auf den Stühlen sitzen, bemerke ich gar nicht. Ich sehe nur ihn und in ihm meine Zukunft. Er bedankt sich höflich bei meiner Mutter und nimmt mich fest an die Hand. Die, wie ich hoffe, er nie wieder loslassen wird.

Danksagung

Vor etwas mehr als einem Jahr habe ich meinem Bruder von einer meiner Geschichten erzählt, und er meinte, ich solle endlich damit anfangen, sie aufzuschreiben. Danke Jakob dafür, denn ohne dich würde es dieses Buch wahrscheinlich nicht geben. Ein großer Dank gilt auch meiner Mama und Andi, die all meine plötzlichen und manchmal auch überstürzten Ideen von Anfang bis zum Ende unterstützen und immer für mich da sind. Auch möchte ich meinem Freund Florian danken, der das endlose Getippe am Laptop Tag für Tag ertragen hat und bei allem hinter mir steht. Benjamin, danke dafür, dass du immer einen guten Rat für mich hast und mich deine wundervollen Bilder begleiten dürfen. An meine Gitschn Carmen, Cludi, Clu, Franzi, Greta, Katia, Michi, Theresa, Anna, Tanja – danke, dass es enk in mein Lebm gib.

Danke an alle, die mein Herzensprojekt lesen.

Kurz zur Entstehung von „Abendrot am Gardasee“:

Schon sehr lange gehören Liebesromane zu meinen absoluten Lieblingsbüchern. Dort kann man in eine Welt eintauchen, die einen träumen lässt. Und was gibt es Schöneres, als sich an so einen fabelhaften Ort wie den Gardasee hinzuträumen? Er steht auf meiner Urlaubsliste auf Platz eins und ich könnte jede freie Minute dort verbringen. Bei meinem Urlaub in Lugana/Sirmione habe ich mich erneut in den wundervollen Ort verliebt, und ab da stand für mich fest, dass der Roman dort spielen wird. Nicht zu vergessen sind die zauberhaften Sonnenuntergänge, bei denen der See seine leuchtend rote Farbe erhält. Wenn man genau zu diesem Zeitpunkt an der Promenade spaziert, kann man wirklich etwas Wunderschönes erleben. Die Entstehung des Romans hat etwas über ein Jahr gedauert und ich habe sehr viel Zeit investiert, aber jede Minute davon hat sich gelohnt.

Die Autorin

Mirjam Schweigkofler wurde 1997 in Bozen geboren und lebt mit ihrer Familie auf dem wunderschönen Ritten. Wenn sie nicht Romane schreibt, ist sie gerne mit ihrem Partner und ihren Freundinnen und Freunden unterwegs, macht Urlaub (am liebsten am Gardasee), kocht oder ist beim Wellnessen anzutreffen.

ISBN 978-3-7575-2811-9
9 783757 528119 00002
www.epubli.com